MINGUO TONGSU XIAOSHUO
DIANCANG WENKU

民国通俗小说典藏文库·冯玉奇卷

颠倒夫妻·逃婚

冯玉奇◎著

中国文史出版社

目　录

颠倒夫妻

逃　婚

颠 倒 夫 妻

第一回

月到中秋分外明

是一个八月十五中秋节的晚上，天是碧青的，月是光圆的，晶莹玉洁，像个少女的脸庞经过一度化妆之后，比往日似乎是格外白嫩和圆润了。它吐着一缕缕柔软的光芒，笼罩着院子里一池塘青青的莲蓬，越显出娇绿得可爱了。微风吹动着池水，荡漾起一圆圈一圆圈的波纹，水面上仿佛浮现了一片晶莹莹的水银。在池塘旁几枝飞舞着绿波的柳丝，它是没有像春天里那么娇嫩得鲜美了，它是苍老了。柳丝舞动时奏出的瑟瑟的声响，犹若在惋惜它青春的易逝。在柳树的下面，有着一张小小的大理石的圆桌子，桌上放着两杯热气腾腾的玫瑰茶，还有一盘西瓜子和一盘红红绿绿的奶油糖。桌旁坐着一对年老的夫妇，他们闲嗑着瓜子，欣赏着这一年一度难得见的月华。从夜风中飘过来桂子的幽香，使他们心头更感到了欢悦的意味。

从清辉的月光照映之下，可以瞧到那男子是穿着一件蓝缎圆花纹的夹袍子，外面还罩了一件元色缎的马褂，头顶是光秃秃的，青得好像在发亮，眉毛稀疏得很，已经掺和了几许灰白的颜色。从这一点子看来，这个老者是足足已有六十开外的年纪了。那个妇人虽然是穿了旗袍，可是却梳了一个头，一双脚是缠得小小的，瞧她年纪至少也在五十以上的光景。两人正在静静地欣赏着月华的当儿，忽然见那边树丛内奔出许多矮小的黑影子来，他们的小眼睛亮晶晶的，像天上的小星，瞥见了两人之后，一个喊祖父、一个喊祖母地大嚷起来。这仿佛是一群小狗儿围在两人身子的四周，只听那你一句我一句的声音，几乎把两人的耳朵都要震聋了。那个做祖母的梅老太只管把小脚往里面缩，当然，她是怕孩子们踏痛了她的小脚。做祖父的梅孟起，瞧了这一群的孙儿女，心里有说不出的喜欢，尤其在这月圆如镜的中秋之夜，他更感到得意一些，拉开了嘴，呵呵地笑得合不拢来。他叫大家排在一起，把桌上那盘糖果你一把他一把地挨次分了过去。他在月光下似乎瞧不清楚谁是哪一房里的孩子，一个一个地拉拢来细细地认，这才瞧清楚那是大房里的志光和玉英，这是二房里的志明和玉如，这是三房里的志新和玉珍。玉珍还只有四岁，在六个孙儿女中年纪最小，她两只滴溜乌圆的小眼睛望着盘子里的糖果出神。梅孟起在给她一把奶油糖之后，抱起她的小身子，在她颊上还亲亲热热地吻了一个香。

六个小东西在得到了祖父的糖果之后，他们奔奔跳跳地又一哄而散了。做祖母的连忙喊"慢些奔，不要绊了跌"，可是任她这么着急，却一个也没有理会她。大家只管笑闹着成一堆，小身子在黑魆魆的树蓬内又消失了。

夜静悄悄的，四周依然恢复到原有的沉寂。梅孟起夫妇俩望着那桌子上那只已空的铜盘子上，被月光是映得雪亮的，竟有些闪人眼目。这时，大房里的翠环、二房里的青鸾、三房里的红莺，都慌慌张张地从假山背后走过来，向两人急急地问道：

"老太爷、老太太，小少爷和小小姐他们都走到什么地方去了呀？"

"你们也太不小心了，怎么管顾孩子管得人都找不到了？还来问我们，那可不叫人生气吗？"

梅老太的心里有些不自在，瞅了三人一眼，这两句话是包含了埋怨的成分。翠环听了，慌忙含了笑容，向梅老太太低低地告诉道：

"小少爷们原在草地上游玩的，我们就坐在假山旁休息一会儿，

4

不料一转眼间，人便都不见了。"

"看管这几个孩子真也太不容易，一会儿奔到东，一会儿奔到西，一天到晚就只好跟在他们的背后，真是怪吃力的。"

还是老太爷能体谅她们的苦，忍不住笑着说。一面又把手向那边树蓬内指了指，接着又道：

"都到那边梅林去了，快去跟着他们，叫他们早些回房去睡了，别让他们出了乱子哩！"

翠环、青鸾、红莺三人答应了一声，转过身子，匆匆地都向梅林那边追上去。在柔和的月光照映之下，消失了她们窈窕的身影。

"我倒又想起一件心事来了，老四竟傻骏到这个程度，这妻子都不要娶，那真叫人又好笑又好气的，你瞧这个问题如何解决好？"

梅孟起眼瞧着三人的影子消失了，他拿起玫瑰茶来微微地喝了一口，忽然若有所思般地向梅老太望了一眼，皱了他两条稀疏的眉毛，低低地说出了这几句话。梅老太听他提起老四这个孩子，摇了摇头，不禁轻轻地叹了一口气，说道：

"这孩子在十一二岁的时候，还没有傻到这个模样，以为年龄大了，总会慢慢地改好的，不料这八九年来，傻的程度一年深如一年，连吃饭都躲在厨房里独个子吃。妻子又不喜欢讨，早知他长大了二十岁还是这个样子，我们就悔不该给他定下这个亲事了。"

"可不是嘛。但这头亲事原是他幼年时定下的，谁料到他会这么傻气呢？现在那对方这孩子也有十九岁了，论年龄，彼此实在很可以结婚了。前星期我碰到竹明允，和他一同在茶室里吃些点心，听他的话中，似乎也有催我赶快把他女儿娶去的意思，那么彼此也好完了一桩心事。我虽然也和他有同样的意思，无奈我心头的苦衷又不好向他尽情地告诉。唉！我真梦想不到老四会傻到这一份模样，没有理由能够可以和他说话，这真是要命的了。"

梅孟起听她这么地说，一面把亲翁竹明允的意思向她告诉，一面望着那轮光圆的明月，也深长地叹了一口气。梅老太听竹明允已有来催婚的意思，这就微昂了脸，对着明月也自不免沉吟了一会儿，忽然，她打定主意般地立刻回眸望了他一眼，毅然地说道：

"我想这傻子既然执意地不愿娶亲，那么这头婚姻也得趁早地解除，反正你和竹明允原是极要好的朋友，对于这头婚姻，好在当初也没有什么大媒，都是你们两亲家自己接洽的。现在你和明允说，老四这孩子实在傻得没有用，还是解除了婚约的好，否则倒反而害了她女儿的终身。我想明允听女婿是个戆人，心里当然也不喜欢，自然也会赞成的。你想，我这意思好吗？"

梅孟起听老太婆想出解除婚约的办法，虽然这办法也是为了人家姑娘终身的幸福着想，但他曾经见过秀娟姑娘的人，觉得很不错，所以有些舍不得，遂也说道：

"我记得订婚的那一年，这儿是曾经拿过去五千元钱作为聘金的。假使婚约解除了，竹明允也是个很爽快的人，他当然会把这五千元的聘金送还过来，这样子在秀娟姑娘的心中，自不免十分难受。况且这个姑娘，天赋她的丽质和慧质，一望而知是个温和幽静的姑娘。我们大房里的素贞、二房里的静珠、三房里的云英，哪一个能及得来她？这样一个美而贤的姑娘，明明是我家的媳妇了，现在若一旦地放弃，那叫我怎么舍得？"

梅孟起说到这里，摇了摇头，又轻声地叹了一口气，他心里感慨着，儿子太骏笨了，媳妇太贤淑了，这是怎么好呢？忽然，他有了一个主意，不禁以手加额，连拍了两记，把忧愁而改变了喜悦，笑了一笑，继续又道：

"有了有了，我倒有一个好法子了。老四既然不要娶亲，我们不是还有一个老五吗？老五今年十八岁，虽然比秀娟小一岁，我想那也没有什么关系的，这一对配起来，才可说是郎才女貌，不知你的意思以为怎么样？"

梅老太听老头子说完了这两句话，脸上显出特别兴奋和快乐的样子，遂撇了撇嘴，瞅了他一眼，很不乐意似的道：

"你快不要给我提起老五这个孩子了，一提起了他，我心里就会感到生气的。自从前年和我斗了几句嘴，这两年来就没有喊过我一声妈。你瞧他的性气高傲不高傲？害得这个十七岁的妹子也老是说我妈的不是，什么旧脑筋、旧思想，还说我是个没落分子。虽然不知道没落分子是个什么意思，不过我总也知道他们是怨我年纪老背了，我气得真没有了法儿，所以打定主意不管他们的闲事。管得好，他们也不会向我妈赞一声好，管得不好，倒反来怨我做妈的害了他们了，所以我劝你这个主意还是不要想出来为妙。"

梅老太说到这里，想起了自己给孟起做填房以来，也养了两个儿子和一个女儿，大的偏是个骇子，小的虽聪敏，不过太聪敏了，不免也带有了骄傲的样子，因此自己养的三个儿女，一个都不合自己的意思。倒还是孟起前妻养的三个儿子，他们见了我，还都顺我的心意呢！梅老太有些失望的感觉，忍不住又叹了一声。梅孟起倒忍不住哑声地笑起来了，望着她说道：

"老夫人，你怎么和孩子一般见识了呢？且老五还是你养的呢，我以为这孩子很有些志气和勇气，将来恐怕倒是最有出息的一个哩！说老大吧，我瞧他人虽然精明能干，但每天躺在床上吞云吐雾地抽大烟，把一些志气都消磨了，终非成大事的人。说老二吧，除了喝酒之外，还喜欢赌博，喝酒已经能够误事，那何况赌博呢？所以也不是成大业的人。说老三吧，虽不吸烟喝酒，却成天地在外面沉醉女色，这和吸烟喝酒赌博一样可恶，荒唐之人，安能成大事耶？说老四骇子，更不足为谈。只有老五这个孩子不吸烟、不喝酒、不赌博、不玩女人，偶然瞧瞧影戏、玩玩公园，这无伤大雅，所以我说他是个前进的青年。"

"你怎么知道他这样安分？他在外面荒唐，你又不跟在他的身后，你哪儿知道呢？"

梅老太听他一个一个地批评着，还算老五最有希望，因为老五究竟是自己的亲生儿子，所以也有些喜欢的感觉。不过想到这孩子倔强的态度，她有些怨恨，脸上浮了半喜半恨的神色，向孟起望了一眼，低低地追问。

"虽然我没有随在他的身后，不过只要瞧他每学期考试的成绩，我就可以明白他是个好青年。俗语道：心无二用。假使他在外面荒唐的话，学业还有这么进步吗?"

梅孟起把事实向她作复，表示老五的确是个好孩子。梅老太听了，沉吟了一会儿，又道：

"话算这样说，不过他对待我做娘的总欠孝顺一些，所以我感到很不快乐。"

梅孟起伸手抓过一把西瓜子，嗑了一颗吃着，一面又道：

"他也并非不孝顺你，你应该知道我们的年纪是老了，思想是陈旧了，说出来的话就会和他们年轻的人背道而驰的。老五这孩子偏是个心直口快的人，他听得不受用，不但在你的面前，就是在我的跟前也会抢白的。有时候我也生气，不免向他喝了几句，可是他就恨恨地走了。所以我也不常去说他，因为他到底没有别的什么大错。你假使认为这头婚姻换一下是好的，那么我明天就和老五说了，再向竹明允商量去，你瞧好吗?"

梅老太听他把秀娟赞美得这么好，心中自然已是一动，又因为老五是自己亲生的儿子，所以也就答应了，点头说道：

"我本来也没有什么主意，只要竹明允答应，你喜欢，那也就是了。"

梅孟起听夫人没有异言，心里很是喜欢。正在这个时候，忽然听得一阵哼京调的声音从夜风中度到耳中来。这不合节拍、高低不匀的调子，很明显就是老四的声音了。孟起抬头望去，只见老四手里拿了一根竹竿，边走边唱，好逍遥自在的神气，遂叫道：

"定铮，定铮，你过来，一个人又在捣什么鬼了?"

梅定铮听爸爸这么叫他，他很快地丢了手中的竹竿在老远就"哟"了一声大叫起来了。这一下子，倒把梅孟起夫妇大吃了一惊，只见定铮已奔到了面前，他脸无人色地叫道：

"爸爸，你说鬼在哪儿？鬼在哪儿？"

梅孟起夫妇这才恍然大悟了，一时真有说不出的好气又好笑，遂喝道：

"胡说，哪儿来什么鬼？这样好的月色，我问你一个人在做什么呀？"

"我又不曾见什么鬼，还不是爸爸故意拿话来吓我吗？"

梅定铮这才放宽了心，望着孟起的脸嘻嘻地笑。梅孟起夫妇俩见他穿了一件灰哗叽的夹袍子，衣襟上全是一堆一堆的油渍，头上虽是留了西发的式样，但乱得像稻草似的，脚上那双黑纹皮的皮鞋，鞋头差不多已变成白麂皮的了。瞧了他这一副的模样，心里当然很难受，而且也很生气。梅老太绷住了脸孔，白了他一眼，说道：

"你已经是二十岁的人了，还是这么傻头傻脑的，像个什么东西？爸会来吓你吗？真是叫人生气的。瞧瞧你身上的衣服，这还是上个月新制成的，好好哗叽长衫，穿在你的身上，就会变了样子。头发也不梳梳整齐，外面的叫花子比你也整齐一些哩！唉！养你这么一个孩子，真叫人灰心，我瞧你的心肝究竟是怎么样生着呢？"

梅定铮被妈这一顿大骂，把笑容就收起了，噘着嘴，眼泪汪汪地望着两人，说道：

"好好地在院子里散步，偏把我喊到面前大骂了一顿，我到底有什么错？见了我没有笑，只有骂，那么你来理我做什么呢？让我死了，也不关你们的事……"

说到这里，似乎受了很大的委屈，以袖拭泪，他的身子便向后匆匆地走了。梅孟起听了他这几句话，觉得至少带有些可怜的成分，一时心中也由不得悲伤起来，叹了一口气，向梅老太说道：

"你也不要见了他就骂了，因为在他完全是先天不足，本身上已经是够可怜了，我觉得他很伤心，因为他并没有罪恶，他实在是太不幸了。"

说到这里，又把他叫住了，问道：

"定铮，你不要走，我问你，你的年纪也不小了，爸已给你定下了一头亲事，这个姑娘非常美丽，有这么美丽的姑娘做妻子，你为什么不要结婚呢?"

梅老太被丈夫这么一说，她心中也很替定铮伤心，常言道，自养自肉疼，当然梅老太也会感到他的可怜，因此望着他那副如醉如痴的神情，她几乎也要淌下泪来。这时，梅定铮被爸又喊住了，遂回转身来，摇了摇头，却是怔怔地愣住了一会子，方才说道：

"我不要结婚，我就这么一个子好了。"

梅孟起见他执意到底，心中奇怪，遂又问道：

"那么你为什么不要娶亲？总也该有一个道理的，你倒给我说出来听听。"

梅定铮这回却没有回答，尽管木然地出神。梅老太想起自己和丈夫大都已衰老之人，他日亡后，定铮这孩子免不得要受苦了，所以又劝他说道：

"好孩子，你不要傻了，瞧哪一个男子有不娶妻子的吗？男大当婚，女大当嫁，这是古今皆然。你瞧大哥、二哥、三哥，他们都娶了妻子，而且也养了儿子，不是很幸福吗？因为有了孩子之后，将来年纪大了，便可以给做父亲的帮手，像你不要妻子，就没有了儿子，那么将来一个孤老，靠谁去过活呢？所以我的意思，你快结婚了，说不定养个儿子倒是大富大贵的，那你往后也不会吃苦的了。"

不料定铮听了，依然摇了摇头，过了一会儿，方才说道：

"妈，你这话错了。我常常见到大嫂、二嫂、三嫂和大哥、二哥、三哥吵嘴的情景，我觉得他们都很痛苦的，有时候还把东西都掷碎了，从这一点子瞧，娶了妻子绝不会得到什么幸福的。与其是

10

结了婚后痛苦，还不如我一个子好吗？至于儿子也没有什么用的，比方二哥喝醉了酒，赌输了钱，便和爸妈来寻事情吵了；比方大哥抽足了鸦片，也会拿话冲撞爸妈；三哥花完了钱，没有钱用的时候，也跟爸妈来吵。就是我吧，虽不会向爸妈寻事吵，但爸妈却喜欢见了我就骂，因此也时常生了你们的气，所以我说儿子愈多，气也愈多，那么做人何苦要这么自寻烦恼？倒不如我一个人幸福得多了吗？"

梅孟起夫妇俩听他絮絮地说出了这一大篇的话，觉得这骏子倒别有见解，仿佛是个看破红尘的槛外人之言语，那么他不是骏戆，却竟是个大智慧的人了。因此面面相觑，倒不禁怔怔地愕住了一会子，良久，方齐声地问道：

"那么你是抱定主意不结婚的了？"

定铮点了点头，却没有作答。

"既然你不想结婚，现在我把你定下的那个姑娘，改配给你五弟做妻子了好不好？"

梅孟起向他又这么地问了一句。定铮依然点了点头，没有说什么。

"将来你弟弟结婚了，你见了这么一个美丽的姑娘，你心里不会懊悔吗？"

梅孟起把手指在桌上弹了一下，向他追问了两句。

"假使我要懊悔的话，我倒愿意结婚了。不会的，不会的，我也读过书，也识得字，既然说出了口，岂有懊悔的道理吗？"

这次梅定铮方才开口回答了这几句话，他的身子便又向前面匆匆地走了。从夜风中犹送过来他一阵不入调门的哼声，在清高气爽的天空中流动。

"孔子云：唯上智与下愚不移，其信然矣！"

梅孟起见他走远了，情不自禁地叹了一口气，自语了这两句话。秋夜的风扑面吹来，颇感有阵说不出凄凉的意味。梅老太的心中也颇觉感伤，慢慢地垂下头来，望着月光下自己坐着的黑影子，又愣住了一会子。这时，上房里的紫霞匆匆走来，说道：

"时候已不早了，老太太还不预备回房去安息吗？"

"你把茶杯和瓜子盘都拿进去了，我们也就回房来了。"

梅老太遂微抬头，望了紫霞一眼，向她悄悄地吩咐，紫霞答应了一声，遂先拿了茶杯回上房去了。这里两老站起身子，移着极缓的步伐，向前一步一步地走了。穿过了一架葡萄棚，前面是一座假山，假山上有一个茅亭，旁边也有一个池塘，人到茅亭，须走过一条板桥的。假山上植有桂枝两棵，倒映水中，黄黄的花球反射着水银的月光，在水面上荡漾的时候，真有说不出的好看。忽然间，播送来一阵吹口琴的声音，还掺和了一阵弹月琴的声响，悠扬地触到他们的耳鼓，只觉其声清脆而柔软，悠扬而铿锵，十分悦耳动听。梅孟起凝眸望去，见那池塘的旁边，两株柳树下的草地上坐着两个年轻的男女。男的身穿西服，怀抱月琴；女的身衣绯色绸的旗袍，斜卧地上，吹奏口琴。正是老五定钧和老六碧云，兄妹两人一个抬头望月，一个凝眸望着池水，倒真好道遥自在的。

"定钧、碧云，时已不早，你们怎么还不去睡觉呀？秋凉天气了，如何还躺在地上？真正的太孩子气了，快站起来吧！"

梅孟起见了老五、老六的清雅，由不得微微地一笑，但想到他们躺坐草地生恐受寒，所以向他们又急急地喊着。定钧和碧云听了喊声，遂停止了奏乐，抬头望去，一见了爸妈，便一骨碌地翻身跳起，各自叫了一声"爸爸、妈妈"，一同笑道：

"十一点钟还没有到哩，睡觉太早，这样好的月华，一年一度难得见的明月圆如镜，不是该多玩一会儿吗？"

"那么你们也该叫雪雁端两张椅子来坐，瞧你这孩子的臂胳多凉呀！"

梅老太走上一步，伸手去摸碧云的柔荑，瞅了她一眼，有些嗔怪他们的意思。碧云纤手撩上去掠了一下被风吹乱的鬓发，俏眼向她斜乜了一下，咻地笑道：

"妈，一个人的皮肤总有些阴凉的，其实我没有感到寒意，我只觉得轻快爽朗。你们也坐一会儿，我和五哥弹月琴、吹口琴给你们听，真悦耳呢!"

"你这孩子总是这么顽皮……"

梅老太听碧云的话，至少是包含了一些淘气的成分，遂抚摸着她柔荑得意地笑。这时，梅孟起想到了刚才和梅老太商定的主意，遂望着定钧沉吟了一会儿，说道：

"定钧，老四这么骙骙，竟不要结婚，但人家姑娘的年纪也不小了，那可怎么办呢?"

定钧听爸爸这么问，心里倒不禁为之愕然，暗想：这如何来问我呢? 我可不是四哥呀! 因此望着父亲，倒是怔住了一会子。不料碧云听了，立刻别转身子，瞟了定钧一眼，笑道：

"爸爸，我倒有一个好法子，四哥不要结婚，那么就给五哥做嫂子好了，这不是一样的吗?"

碧云说这句话，原是说笑话而已，故而弯着腰肢，笑得花枝乱抖起来。不料梅孟起却听到心眼儿里去了，笑了一笑，正欲说话，却见定钧红了脸，啐了妹妹一口，笑嗔道：

"妹妹，你再胡说白道地取笑我，我可不依你的。"

谁知梅孟起很认真地说道：

"定钧，你妹子虽然说的是一句笑话，可是我却很有这个意思，你听了不要奇怪。因为你哥哥既然不愿结婚，这个亲事势必要解约了，不过我和竹明允在社会上也是很有地位的人，这婚约解除的消息，若被外界众友朋所知，实在很不好意思，而且对方的姑娘心中也十分难受。为此，我有个两全其美的办法，就是把秀娟姑娘改配与你做妻子，不知你心里可喜欢吗?"

碧云想不到自己说了一句笑话，竟真的成起事实来了，因此倒反而停止了笑，望着五哥的脸出神。只见他两颊由红变青，由青变白，很不自在地说道：

"爸爸，你这话打哪儿说起？婚姻大事，比不了别的东西，四哥不要结婚，我做弟弟的就把嫂子去顶替了来，这被外界知道，岂不是天大的笑话吗？那可不行，那可不行！"

梅孟起听儿子这么说，又见他的神情，显然他是十分不赞成，遂忙又说道：

"这又有什么笑话？况且外界因我的儿子多，也未必知道详细的。你以为秀娟姑娘不好吗？论年龄只不过长了你一岁，论容貌真和她名字一样秀娟，性情更好得了不得。其实我是因为舍不得放弃这么一个才貌两全的好媳妇，所以才有这一个办法的。你放心，将来结婚的时候，总不会使你感到失望的，她又不曾和你四哥结过婚，这'嫂子'两字又打哪儿来呢？所以你千万不要违拗我的意思，我明天便和竹明允立刻去说妥了。"

定钧听了这话，急得两颊由白又变成绯红起来，本来身子是很凉爽，此刻额角上的汗也冒了上来，急急地道：

"爸爸，并不是我嫌她的容貌和才学不好，因为终身大事并不是儿戏的，这种盲目的婚姻，我无论如何不能答应。为了哥哥的不愿结婚，岂可以把我拿去当作牺牲品呢？况且我的年纪正轻，在读书的时代，根本就谈不到这个问题上去呀！"

"孩子，你这话说得太以过分了，怎么说把你当作牺牲品呢？你的意思，我是早已明白了，大概为了读过几年书的缘故，什么事情都带了新派，以为两性的结合是一定要自由恋爱的，对不对？不过我也并非反对新派的自由恋爱，只怕你在外面恋爱的女朋友，没有像秀娟那么美丽，没有像秀娟那么温和吧！"

梅孟起听他这么说，心头虽然有些恼怒，但是他还竭力和平了脸色，向他低低地劝告着。

"不，任她怎么美丽和温柔，对于这头婚姻我总不能答应的。"

定钧觉得这事关系自己的终身，岂可以贸然地屈服在这个愚孝之下？所以他鼓足了勇气，竭力地反抗着。

"那么我问你，你在外面学校里是不是另有爱人了吗？"

梅孟起见他这样决绝的样子，遂向梅老太望了一眼，似乎有叫她也劝劝的意思，不料梅老太站在旁边，一语不发地只管装木人，于是他想了一会儿，又对他这么地问了一句。定钧摇了摇头，说道：

"我以为在这个求学时代，根本谈不到'爱情'两字的。"

梅孟起听他说得嘴响，遂又说道：

"既然没有爱人，为什么你执意地不答应？我也并不是立刻就要给你们结婚的，只要你答应了，我可以和竹明允商量，给你们先走动走动，我想你见了秀娟姑娘之后，你心里准定会欢喜哩。"

"不，对于四哥的未婚妻，我总不愿意占为己有的。假使爸爸欲强迫我的话，那我情愿终身不娶的。"

定钧抱定主意，摇了摇头，始总是竭力地反对着。梅孟起心中暗想：老四欲抱独身主义，不料你也以此作为拒绝的借口了。这就愤怒地说道：

"老四的不愿结婚，是因为他神经有病，我同情他，我可怜他。但你是一个聪敏的孩子，竟也以此二字来伤老父之心，汝可谓不孝极矣！现在你还没有长成，就这样不听我话，那么将来还当了得吗？老实对你说，你要拒绝这头婚姻的话，那么你即刻离开家庭，反正你心目中也没有我爸爸这个人了……"

说到这里，犹怒气冲冲的神气。梅定钧在无限怨恨之余，意欲返身就走，但他到底忍熬住了，他想到年已花甲的老父，假使因我一走之后，也许会受不了这个刺激的，万一有了不幸，我的良心何在？我更有何面目见天下的人吗？想到这里，一阵悲酸，两行热泪早已滚下颊上来了。碧云站在旁边，见事情已成了僵局了，于是不得不开口说道：

"爸爸也太性急，五哥也太决裂，什么事情总也该有个商量的地步。四哥的妻子突然要改嫁给五哥了，这在五哥当然感到一件难堪的事情。不过五哥也不用拒绝得这么快速，也许秀娟姑娘真是一个人才，那么就此定了，也未始不是一个缘。但爸爸也不能叫五哥立刻就答应，因为婚嫁的事情到底不是买青菜萝卜，难道就这么一说便成了吗?"

梅孟起被女儿这么一说，倒是半晌没有回答什么，又见定钧淌泪的情形，一时也深悔自己的话未免伤了父子之情，遂又转婉和了口吻说道：

"我给他们婚前先走动走动，这也总算特别开通了。我是一些也没有用强迫的手段，因为秀娟真是一位才貌卓绝的姑娘，做父母的心里，总希望儿子有个美而贤的媳妇，岂肯把丑恶的女子来害自己的儿子吗？唉！你真也想不明白的。"

梅老太太这时也方才说道：

"我是晓得这两个孩子的脾气，所以我曾劝你不要多管这个闲事，老四既然不愿结婚，就此解除婚约也罢了，你偏又想出这个两全其美的办法，现在你看，他肯不肯依从你啦？所以我是绝对不劝一句的，那么将来我也不会做难人了。就是碧云这妮子，将来对于嫁丈夫的事情，也是多么难定哩！"

碧云被母亲这么一说，她的粉颊顿时笼上了一朵玫瑰的花朵，"嗯"了一声，秋波逗给他一个娇嗔，却是赧赧然起来了。不料出人意外的，定钧这时却含泪答应了，说道：

"既然爸爸一定要把秀娟姑娘嫁给我，我也只好答应了，不过我有一个条件，结婚须在我大学毕业之后的。"

梅孟起听他这样说，暗想：他已是大学一年级了，待他毕业，也不过在二十二岁上半年，那时候结婚也不算迟。于是很喜欢地答应，遂和梅老太一同步回上房里去了。

梅定钧待爸妈走后，他方才颓然地又坐到草地上，怀抱了月琴，含泪望着池水中荡漾成碎片的明月的影子，手指弹在月琴的弦线上，发出哀怨之声来。碧云觉其声呜呜然，如泣如诉，如怨如慕，若巫峡之啼猿，犹如夜半之鹃声，听了这音韵，就可以明白五哥的心中是多么凄悲啊！于是也在他身旁坐下了，用了温柔的口吻，低低地问道：

"五哥，你怎么就答应爸爸了呢？"

"我不能伤老父的心，我没有办法，我除了答应之外，难道我竟抛家出走了吗？那我如何对得住良心？唉！我只有用功我的学业，把我的心灵完全寄托到将来的事业上去。"

梅定钧回眸过来，望了妹妹一眼，他的眼泪更像泉水一般地涌了。碧云明白五哥的答应完全是为了他一片的孝意，她一颗芳心很感动，秋波脉脉含情地凝望着五哥俊美的脸，偎过身子去，取出手帕，亲自给他拭泪，说道：

"五哥，你不要伤心，爸爸既然说秀娟姑娘是个才貌双全的女子，我想也许不会骗你，倘若果然是个有思想的女子，那么也真是你们的良缘了。"

定钧见妹妹给自己拭泪，又这么温柔地劝慰自己，心里非常感激，遂低低地说道：

"妹妹，我虽然没有和秀娟姑娘见过一面，不过我也并非生恐她生得难看。美貌丑陋这又是一个问题，不过对于四哥的未婚妻竟嫁给我做妻子了，我心头总感到不自在。"

当然，定钧这几句话是激起了碧云无限的同情，因此微蹙了眉尖，也轻轻地叹了一口气。夜已深沉了，光圆的明月也慢慢地偏西了，四周是万籁俱寂，只有秋虫的鸣声继续地似乎正在为它的生命做最后的挣扎。定钧是很哀怜这些秋虫的孤弱，觉得真和自己一样可怜，虽然中秋夜的月儿是分外明、特别圆，而自己也意外地得了一个妻子，但他并没有感到幸福和快乐，他只有感觉无限的悲酸，觉人生中变幻的事情，犹若流水无停，浮云没踪。他含泪仰望着天，手指弹着月琴上的琴弦，其音韵之哀怨，真所谓大有令人凄然泪下之慨。碧云听了一会儿，不觉全身生寒，遂低声道：

"五哥，夜深露重，不如回房去吧。"

定钧点点头，站起身子，可是他的手指并没有终止他的弹琴，两人移着凄婉的步子，在草地上拖着瘦长的黑影，慢慢地在清澈的月光笼映之下，终于把他们的身影被黑魆魆的树蓬里所吞没了。

第二回

妯娌闺中称英雌

室中亮着一盏五十支光的电灯，显得很光明的。这时，桌旁坐着一个年约二十七八的男子，穿了一件咖啡色哔叽的长袍子，他桌子的面前放着两只大蟹，手里握着酒杯，凑在嘴边，只管一口一口地喝着。他显出很得意神气，把身子摇摆了一会儿，抬头望着窗外天空中的明月，出了一会子神后，忽又低低地念道：

"人生几见月团圆？万事不如杯在手。"

念毕，又连喝了两口，伸手去握酒壶，再向杯中筛的时候，不料里面的酒已没有了，于是扬着脸，向里面一间房中高声地叫道：

"青鸾，青鸾，志明和玉如还没有睡熟吗？"

"才睡熟了一会子，二爷，你又要拿什么东西了呀？"

随了这一句话，里面悄悄地走出一个十九岁的姑娘来，放低了喉咙，向坐在桌旁的梅定邦低低地问着。梅定邦把酒壶向上一提，望着她粉脸，笑道：

"酒没有了，你再给我去烫一壶来吧。"

"二爷，吃晚饭的时候已喝得不少，此刻又喝了一斤，也就差不多了。况且此刻时也不早，厨下的火也许熄了吧，留些明天不是再可以喝吗？"

青鸾摇了摇头，秋波瞟了他一眼，向他含笑着说，在这几句话中，至少是包含了好意的成分。梅定邦听她这么说，笑了一笑，

19

说道：

"你骗谁来着？他们的牌还不曾打完哩，难道不要烧夜点心吃的吗？此刻厨下的火也许正旺着，想不到你竟比二奶奶还管束我得紧呢！"

说时，醉眼模糊地望着她，不免有些涎皮嬉脸的神气。青鸾被他这么一说，两颊自不免飞过了一阵红，羞涩地逗给他一个娇嗔，恨恨地道：

"我真不会来管束你，这全是二奶奶关照我的，不许你多喝酒的。"

"青鸾，喊她倒是喊二奶奶，喊我就是你你，难道你连这些规矩都没有了吗？"

梅定邦见她娇羞的神情，觉得自有一股子处女的美，遂望着她故意生气地责问着。

"这不是青鸾没有规矩，都是二爷自己没有了规矩，所以害得我们也没有规矩了。"

青鸾撇了撇嘴，却俏皮地说着。梅定邦听了，"啊哟"了一声，笑道：

"你这话真正岂有此理！爷们在丫头的面前，难道也有规矩吗？那你不是我的丫头，竟是我的小娘了……"

青鸾的粉脸益发红晕起来，啐了他一口，嗔道：

"你听听，这话可是爷们对丫头说的话吗？爷们对丫头的规矩就是要正正经经的呀！"

"你这话益发奇了，我叫你再去烫一壶酒，这话难道是不正经的吗？"

梅定邦乘着酒兴，便也索性和她缠绕着，还装出一本正经的模样，向她怔怔地发问。

"那么我听从二奶奶的话，劝二爷少喝一些酒，不是也很正经吗？那二爷怎么又说我来管束二爷，这话……"

青鸾说到这里，顿了一顿，却不好意思再说下去，在抿嘴一笑之后，秋波又逗给他一个妩媚的白眼。梅定邦心里有些荡漾，微微地笑道：

"你真会说话，算是我的不好，爷们向你丫头赔不是，那总好了。难道你还要罚我跪在你的面前求饶不成？"

"谁跪在谁的面前求饶啦？"

不料正在这个时候，忽然一阵笑声送到两人的耳鼓，只见妹妹碧云已姗姗地走进房中来了。青鸾这一难为情，真把她耳根子都羞得绯红起来，慌忙叫声"六小姐"，遂借故去倒茶了。梅定邦自然也有些不好意思，不过他的脸红因为是喝过了酒，所以也辨不出他是为了羞涩的缘故，向妹妹笑问道：

"六妹，你还没有安息吗？"

"瞧你喝酒直喝到现在还没有停止哩，我真奇怪你难道不会醉死的吗？"

碧云见二哥这个模样，心里真有些生气，遂白了他一眼，向他低声地问着。青鸾倒了一杯茶，回身走过来，听碧云这么说，便也微笑道：

"可不是！六小姐，二爷还要我去烫酒，我也不过劝他几句，谁知二爷就向我说起醉话来了。"

碧云当然明白青鸾是为了避嫌疑的意思，所以才向我说这两句话的，这就向定邦噘了噘嘴，用手指划到脸颊上去羞他，笑道：

"喝得连自己身份都忘记了，还要再喝哩，怪不得你要向青鸾跪下去叩头了呢！"

"妹妹，你不要瞎造谣言吧，我哪儿曾经向她跪过？别给我去胡说，被人家听见了，算什么意思？"

梅定邦生恐妹妹淘气，把这话传开去，所以向她很正经地说着。但碧云偏也是个不认错的，啐了一口，说道：

"装什么假正经？是我亲耳听见的，你还赖到什么地方去？"

"那么也只不过说一句醉话，可又不曾真的跪她。好妹妹，你给我留些面皮吧！"

定邦奈何她不得，只好赔了笑脸，向她低声地央求着。

"你这张老面皮还会怕羞吗？只是青鸾人家可还是一个姑娘哩。放心吧，我真不会管你们这些闲事的。二嫂牌还没有玩毕吗？我到大哥房中瞧去。"

碧云见他认了错，方才抿嘴一笑，匆匆地回身向房外走了。碧云走不了多少路，后面青鸾悄悄地跟上来，低低地唤道：

"六小姐。"

碧云回眸望她一眼，问道：

"什么事情？"

青鸾支吾了一会儿，方才嗫嚅着道：

"二爷酒后总有许多醉话的，六小姐千万别向二奶奶告诉，否则，生恐又多是非了。"

碧云暗想：从这一点子想，可见二哥果然有野心的，而青鸾也未始没有这个意思，所以会担着虚心地向我恳求。假使正大光明的话，又何必怕二奶奶知道呢？不过一份大家庭之中，这些事情总也免不了，我瞧着三房中的丫头，早晚是逃不了姨奶的身份了，遂笑道：

"青鸾，你真也太会多心了，瞧我六小姐可是爱管闲事的人吗？我自己成天地忙着功课还来不及，哪来工夫管这些没关系的事情？你放心吧，我也明白你们做丫头的苦。"

"六小姐，我真感激你。"

青鸾听她这样说，心头似乎落了一块大石，明眸充满了感激的热情，脉脉地望了她一眼，诚恳地说。碧云抿嘴一笑，遂匆匆地向大哥房中去了，心里可在想着，一个家庭的腐败，真会影响到整个的社会，她感到大家庭的罪恶，忍不住微微地叹了一口气。碧云一脚跨进上房，只听三嫂周云英笑着嚷道：

"又是敲大哥的庄，今天大哥在真交了红运了。"

接着，便是大嫂卫素贞和二嫂李静珠的笑声充满了这个卧室中。碧云这就走到二嫂的背后，见她面前摊了一副牌，是副筒子清一色，遂也笑道：

"你们兴致也真好，已经十二点三刻了，还没有歇手吗？"

大哥梅定国一见了碧云，便伸手按着嘴，打了一个呵欠，连忙笑道：

"六妹，六妹，你快来给我代轿几副，我一个人独输呢。"

碧云见大嫂面前筹码颇多，遂笑道：

"不要紧，反正大嫂赢着哩。"

卫素贞恨恨地白了她一眼，如嗔如笑地说道：

"我赢的本领哪儿及得来他输的本领大？你瞧他一个人输三百多元，我也不过赢一百六十几元呢！"

李静珠却拉了碧云的手，乐得眉飞色舞地笑道：

"六妹，你给我算一算，这副牌有九代哩！"

碧云望了牌一眼，笑道：

"哪里来这许多代？清一色不是只有三番吗？"

"我们玩的是新式麻雀，我算给你听，清一色算四番的，碰和、断幺九一般高，自摸、门前清那不是有九番吗？满贯，满贯，大哥不用肉疼，还是快些解钱吧！"

李静珠一面向碧云说，一面望着定国扑哧地笑，于是大家数着筹码，向二嫂解钱。梅定国解毕钱，把手揉揉眼睛，又打了一个呵欠，向碧云望了一眼，招了招手，笑道：

"六妹来哟，快给我来代玩几副，我真有些受不住呢。"

碧云是有名的淘气精，她见了大哥这一副神情，便忍不住哧哧地笑，说道：

"早哩，你的眼泪鼻涕还没有淌下来，就再熬一会儿吧。"

众人听她说得有趣，便忍不住哧哧地笑起来了。定国白了她一眼，也笑道：

"你这妮子说话最刁，快别笑了，给我来代玩几副吧。"

说着话，身子已站了起来。卫素贞因丈夫输了这许多钱，料想他自己再也打不好的了，遂也向碧云笑道：

"六妹，你做做好事，就给他去抽几筒吧。"

"可是我不懂新式的许多花样，回头给你多输了我可不管账的……"

碧云这才停止了笑，向她认真地说着。

"那当然，难道我还叫你分输几元钱不成？不过今晚我原不存心玩的，都是她们说三缺一，若不凑一脚，那是有伤阴骘的事，所以我这钱输了，是可以不认账的。"

梅定国一面说，一面笑起来。

"你是顶顶大的大阿哥，说这句不认账的话，难道不怕难为情吗？"

碧云瞅了他一眼，又去羞他，众人听了，都又笑起来了。这时，定国已叫翠环把烟盘端到炕床上，叫她服侍自己吸烟了。这里碧云只好在定国的位置上坐了下来，给他代打牌了，打了一会儿，忽然她想起了一件事情，遂对大家说道：

"我告诉你们一个消息，你们一定还都没有知道。"

"是什么消息？你快告诉我们吧！"

卫素贞先向她急急地问着。

"四哥的未婚妻秀娟姑娘，现在已给五哥做妻子了，你们想，这不是有趣的事情吗？"

碧云一面发着牌，一面笑盈盈地告诉着。

"真的吗？这是爸的主意，还是妈的主意？"

定国躺在炕榻上，吸了一口大烟，却插着嘴问。

"是爸的主意，因为四哥执意不要结婚，爸没有办法，所以只好有此异想天开的补救方法来了。"

碧云说这几句话的神情，不免带有些不满的意思。

"那么现在五叔可曾知道了吗？"

周云英望了碧云一眼，也低低地问。

"我和五哥在院子里弹琴赏月，爸爸走来向五哥这么说的。"

碧云轻声地告诉。

"五叔怎么样表示？我想他是个思想崭新的人物，大概不见得会欢喜吧？"

李静珠倒深知定钧的心，摇了摇头猜想着。

"可不是，五哥不但不欢喜，而且还竭力地反对呢。但爸爸一定要给他做妻子，五哥没有办法，可怜他刚才还淌了不少的眼泪呢。"

碧云很同情地向他们告诉。

"五弟真是个傻子，那有什么伤心呢？秀娟姑娘小的时候我曾瞧见过，生得一副苹果的脸，两只滴溜乌圆的小眼睛灵活十分，就可知是个聪敏的女孩子。鼻梁是挺直的，嘴唇又薄薄的，鲜红得可爱。当初我曾经这么想过，四弟真好艳福，有这么一个美丽的妻子，不料四弟偏是个骙子，竟不爱结婚。现在给了五弟，那五弟真该喜欢才是，不料却伤起心来，那还不是个大傻瓜吗？"

定国有两筒大烟抽下了，精神就好了许多，遂笑着说了一大套。卫素贞听了，心中有些不受用，一面连喊"白板碰碰"，一面向定国白了一眼，说道：

"爷爷说给了你，你心里倒喜欢的吧？"

"那除非和你先去离婚的了。"

定国笑嘻嘻地说着玩。

"哪用离什么婚？明天我不是可以死的吗？"

卫素贞冷笑了一声，语气是十分怨恨。

"大嫂，今天是中秋节，说说玩玩，何苦来认了真？不是没有意思吗？"

李静珠瞅了她一眼，表示埋怨她不该说死的意思。

"不要紧，此刻已一点快到了，只好算为十六的日子了。"

碧云始终包含了幽默的口吻，向她们俏皮地说着。二嫂、三嫂都笑了，大嫂也只好笑起来，又恨恨地道：

"你们不听他说话说得叫人生气吗？"

碧云抿嘴笑道：

"我说一句公平话，你们两人都不好，不过在不好之中，还是大嫂先不好。大哥今年是三十五岁的年纪了，大嫂还和他喝这一罐子没紧要的醋做什么？大哥说秀娟姑娘美丽，也不是说一句笑话而已嘛。"

碧云这几句话，在静珠和云英的心中是亦有同样的感觉，不过她们两人不敢说，而碧云尖嘴小姑终于先说了出来，于是静珠、云英都笑得花枝乱抖般地直不起腰肢来了。

"六妹，你这几句话说得中听，我非常地赞成。"

定国躺在床上，连连地点头，笑着说。

"你不要空高兴，这一副四番也是满贯的了。"

卫素贞听碧云这么地说，又见众人的情景，仿佛都有说自己不好的意思，于是也不禁绯红了两颊，有些难为情起来了。正在这时，她抓了一张三万，齐巧自摸嵌三万，于是把牌推倒，她便借此把这件吃醋的事情含混过去了。三嫂静珠停止了笑去瞧，见是断幺九，缺一门，边嵌，自摸，果然是副四番，这就向云英望了一眼，笑了一笑，说道：

"你这一桩敲下来，恐怕没有什么赢了吧？"

"还输着五元钱来，这一圈牌我竟解去五十多元呢，看样子我也靠不住的了。"

云英一面解钱，一面数着自己的筹码，她末了这句话是包含了担心的成分，大家解毕钱，继续抹牌做牌。云英于是把五叔的婚事又开始议论着道：

"我想爷爷对于这头婚姻未免太盲目了一些，无怪五叔要伤心

26

了。我以为两性结合，倒不以为钱多貌美，只求彼此性情相合，也就是了。比方你的三哥，大学毕了业，容貌又美，只是一味地在外面荒唐，你想，纵然和他结了夫妇，人生还有什么乐趣呢？所以我怨当初没有先和他交一个朋友……"

云英这几句话是推己及人，当然是有感而发的。碧云抿嘴一笑，说道：

"三嫂，你也不用说这些怨恨的话了，难道好的时候就没有了？假使没有恩爱时候的话，那么志新、玉珍这两个孩子又打从哪儿来的呢？"

周云英这就伸手划到脸上去羞她，"哟"了一声，笑道：

"六妹，这话可是你说的吗？还要难为情吗？"

随了云英这句话，室中的众人无不大笑起来。碧云也自知失言了，粉颊红得像一朵娇艳的玫瑰，"嗯"了一声，真羞得无地自容的了。一会儿，又对她们嗔道：

"你们再要笑，我可站起走了。"

定国在旁先急起来道：

"六妹，那可不行，你不是和我过不去吗？"

众人听了，又混笑了一阵子，方才静静地打牌了。在一点半的时候，方才把牌打完，结果两赢两输。定国输四百五十六元，云英输一百元，静珠赢一百八十元，其余都是素贞和头钿上的。这时，张妈已烧好了一锅的虾仁面，放出桌上，一面把牌收拾过去。定国也早抽足鸦片，先握了筷子，向大家笑道：

"来，来，大家吃了面，再回房睡去。"

碧云纤手按在嘴上打了一个呵欠，摇了摇头，说道：

"我此刻睡比吃还要紧，好吧，明儿见。"

说着，身子便向房外走了。周云英却把她拉住了，笑道：

"为什么这样性急？又没有新姑爷等着你，我们一块儿走好了，吃不下就少吃一些。"

"新姑爷慢慢自然会有的，六妹，你说对不对？"

素贞听三嫂这么说，忽然想起了自己的弟弟素臣，于是俏眼向碧云一瞟，笑盈盈很神秘地说着。碧云被她们说得两颊仿佛涂过了一层胭脂，只觉热辣辣地发烧得厉害，遂恨恨地啐了她们一口，嗔道：

"你们信着嘴只管胡说吧，我真的要去睡了。"

"哦，我们不说，我们不说，六妹，你就多少吃一些吧。"

云英却拉着她不肯放松，一同走到桌旁去。碧云没法，只好和大家吃了两筷子，方才出了房门，各自回房去安息了。这里张妈把筷碗收拾过去，翠环来扫了地，关上房门和窗户，近拢纱幔，这才悄悄地回到后面房中去安息了。素贞吸了一支烟卷，见定国坐在桌旁，拿了一把小刀扦着天津雅梨，遂逗给他一个娇嗔，很怨恨地道：

"真是一场空欢喜，想不到你会输这么许多，带头输进，还要输现钞八十元，以后坐两脚打牌，我真也不高兴哩！"

"女人家量就真小，这一些钱就肉疼了。我输四百五十六元，就全数还给你是了，你性急什么呢？"

定国抬头望了她一眼，见她噘着嘴的神情，倒反而笑嘻嘻地说。

"还我，还我，嘴里说得好听，你拿出来呀！"

素贞依然薄怒娇嗔地白了他一眼，语气是包含了十分的怨恨。

"你的就是我的，我的就是你的，你拿了去，就拿自己的钱一样，那又何必争论呢？好奶奶，别生气了，我切好了梨，分一半你吃，那总好了。"

定国见她这么说，遂站起身子，涎皮嬉脸地走到床边去，把半只扦好的梨放到素贞面前的梳妆台上去。

"这半只的梨就值到四百五十六元钱了吗？"

素贞白了他一眼之后，却忍不住又抿嘴好笑起来，接着又道：

"我怨你真不中用，偏一个人独输，其实我也不想你赢，只要你不输，那么我不是可以赢二嫂和三嫂的钱了吗？"

定国在她身旁坐下，一面吃着梨，一面笑道：

"我又何尝不想赢呢？无奈牌风不好，那叫我又有什么办法？我想这是没有赌运，真所谓命该如此的了。"

"我运道比你好，你自己运道不好哩！以后你不许打牌。"

素贞听了他末后这两句话，心头更觉生气，把烟尾向痰盂罐里一丢，又恨恨地白了他一眼。定国暗想：靠你女人家赌运好些也不会好到什么地方去，你说我运道不好，我这几天标金和棉纱却都赚钱的呢！虽然是这么想，但却不敢抢白她，赔了笑脸，把半只鸭梨又从梳妆台上拿到素贞的手里去，笑道：

"我原不想打牌，今夜你自己不是也赞同我的吗？我因为你两只手痒得厉害，所以才助助你的兴致哩。"

素贞听了这话，啐了他一口，却又抿嘴嫣然地笑了，遂拿过鸭梨，放在嘴里吃了。定国这时偎过身子去，却有些涎皮嬉脸的样子。素贞红晕了脸，笑嗔道：

"鸦片抽足了，你精神百倍了吗？"

定国不说什么，却只管嘻嘻地笑。不多一会儿，室中的灯光却早熄灭的了。

周云英回到卧房，见红莺坐在灯下还在结玉珍的绒线衫裤，瞧她揉了揉眼皮，还不住地打着呵欠，从这一点子瞧，可见她是很倦怠的了，遂笑道：

"红莺，你怎么还不睡？"

"奶奶没有回房，我怎么敢先睡？时候也早哩，赢吗？"

红莺一见云英，慌忙放下活针，含笑站起，向她低低地问着。

"起先倒赢过一百三十多元，结果反输了一百元钱，你想霉不霉？"

云英一面回答，一面把身子懒洋洋地坐到床边去，换上了一只青绒的睡鞋，她轻轻地叹了一口气，显然是十分恼恨。红莺一听她是输了钱，遂不敢多说话，就去倒上了一杯香茗，悄悄地放到梳妆台上去。云英抬头望了她一眼，忽又问道：

"少爷还没有回来吗？"

"三爷没有回来。"

红莺点了点头，低声地回答。

"这死坏一天到晚在外面胡调，唉！"

云英听了这话，因为输了钱已经是很恼恨，此刻也就愈加地愤怒，咬着牙齿，骂了一声，却忍不住又叹了一口气。就在这个当儿，只听一阵咭咯的皮鞋声触送到耳鼓，云英抬头望去，只见定钰手里拿了一个纸盒，见了云英坐在床边，先满脸堆了笑容，说道：

"咦，你还没有睡吗？"

云英冷笑一声，却不作答，站起身子，在烟罐子里取了一支烟卷，划了火柴吸烟。红莺见三奶奶这个举动已有了吵嘴的架子，这就觉得今夜这场争论又是免不了的。梅定钰也觉得情势不对，遂把纸盒子打开，放到云英的面前去，笑道：

"断命这几个朋友，瞧了影戏，还到雪园去消夜，因此迟到这个时候才回家，累你也等得这么久，对不起，肚子怕饿了吧？这西点很新鲜，你吃些吧。"

说着，回头又向红莺道：

"你给奶奶倒杯茶来吧。"

红莺见三爷大拍其马屁，忍不住扑哧一声笑出来，一面答应，一面便又倒茶去。云英见他这样赔小心，一时倒也发作不出，遂回眸过来，向他瞟了一眼，因了这一瞟，倒又给她发现了秘密了。她心头的怒火立刻又直蹿到头顶来，冷笑道：

"不用推三推四推在朋友的身上，也不用瞒骗我瞧什么影戏、消什么夜，是不是在舞场里玩到这时候才回家的？哼！若要人不知，除非己莫为。你孙行者本领虽大，可总也翻不出我如来佛的手掌。"

梅定钰听她说得活龙活现的，一时倒不胜奇怪起来，望着她满面娇嗔的粉脸，不禁怔怔地愕住了一会子。良久，方又显出毫不介意的神气，说道：

"你这话又太多心了，我如何敢瞒骗你呢？好奶奶，何苦来生气？你气坏了身子，不是叫我肉疼吗？"

"我不是舞场里的舞女，用不着你灌迷汤的，你还赖什么？要不我拿凭据给你瞧？"

云英见了他这一副小丑的脸，心中愈加恼恨，绷住了粉脸，绝对不露一丝笑痕的，向他声色俱厉地追问着。定钰暗想：她可不是半仙，如何就知道我在外面的事情？一定女人家故意脱丈夫真情的本领，我绝对不能承认的。于是也很认真地说道：

"你有什么凭据？说出来给我听吧。"

"那么你且把西服脱下来。"

云英白了他一眼，正经地说。红莺第二杯茶放在梳妆台上，听奶奶这么说，一颗芳心也很觉奇怪，这就望着他们出神。

"西服脱下来干吗？"

定钰低头瞧瞧自己的衣襟，心中真有说不出的惊疑。

"你问它做什么？你脱下来就脱下来是了。"

云英还是一本正经的，一些笑容都没有。

"你拿去，难道凭据就是这一件西服吗？"

定钰到底不敢违拗，只好把外褂脱下，交到云英的手里去，可是他的口中偏还这么地强硬了一句。云英冷笑了一声，把上褂接过，单拿了右肩胛的一方花呢，给定钰瞧望，说道：

"这是什么东西？你瞧呀！"

定钰在这一瞧之下，他不禁目瞪口呆，可再也说不出一句话来了。好一会儿，方说道：

"这是红墨水渍，行中一个同事不小心给我沾上的。"

"放你狗屁！你竟把我当作屈死了，给红莺瞧，这是红墨水渍，还是胭脂渍？"

云英啐了他一口，恨恨地骂声"放屁"，把衣服拿到红莺的面前去。红莺瞧了瞧，果然有个鲜红的嘴印，这就抿嘴向定钰一瞟，微笑道：

"这好像是胭脂渍，不过胭脂渍如何会到这个上面去呢？"

"红莺，你这个会不明白？三爷穷开心似的不是在跳舞吗？那舞女大概比你三爷矮小得多，所以她偎在你三爷的怀里，把嘴齐巧凑在这个上面，因此留了个记号。你不信，可以再闻肩胛上舞女按过手的地方，就有一阵香气哩！"

云英见红莺不懂，遂把这理由告诉了她，一面把西服左肩拿到她的鼻子前去，是叫她闻一闻的意思。红莺低头在一闻之后，果然有阵细细的幽香，心中这就暗自敬佩奶奶见多识广，心细如发，真有些侦探的风度，便扑地笑道：

"三爷，你不用赖了，还是招认了吧！"

云英见定钰呆若木鸡似的站着，不免恨到心头，遂把衣服丢到沙发上去，伸手一把抓住他的领带，咬紧银齿，说道：

"你现在还有什么话说？你说呀！我和你见爷爷去，究竟我哪一处错待了你，所以你要到外面玩女人去？"

说到这里，只觉一股子悲酸触鼻，那眼泪早已涌上来了。

"好奶奶，有话不是可以说的吗？何苦一定要闹开来？红莺，你不要光瞧着，不是也该来劝劝奶奶吗？"

定钰听她要闹到父亲面前去，这就急起来，皱了眉尖，愁苦着脸，向她央求着，一面回头望了红莺一眼，又向她求救。红莺在旁瞧此情景，心里忍不住好笑，遂把云英身子拉了拉，可是却向定钰说道：

"要奶奶饶三爷也不难，只要三爷以后不上舞场也就是了。"

"不上舞场就不上舞场，再要上舞场，烂掉我的脚后跟，那总好了。好奶奶，你放了手吧，我被你要勒死了，跪在你的面前，你还不肯饶我吗？"

梅定钰说到这里，身子真的向云英跪下来了。云英虽然感到胜利了，不过她也觉得定钰这举动是太过分了，太过分，便有恶意的成分，所以她放了领带，回身奔到床边去躺下了。女人家唯一的法宝就是眼泪，男子见了女人家的眼泪，心肠就会软了一半的，所以云英既躺到床上之后，她便呜呜咽咽地哭泣起来了。红莺见三爷真的跪下来，便把手指划到颊上去羞他，一面向床上努了努嘴，扑哧一笑，她便悄悄地退到房外去了。定钰笑了一笑，这才走到床边，按着云英的腰肢，柔和地道：

"云妹，你这哭不是莫名其妙吗？假使我回你一声嘴，或者和你争吵了，那你哭倒也在情理之中。自今我知道错了，凭你这么责罚，我不敢哼一声，你还哭什么呢？"

云英听了，猛可又坐起身子，微竖了柳眉，逗给他一个娇嗔，说道：

"我气就气在你好像是个活死人，假使你也和我争论几句，我倒也罢了。偏你不声不响像贼一样，还要恶意跪下，那你不是明明地阴损我吗？"

定钰听她又这么说，倒不禁为之哑然失笑，暗想：一个做丈夫的人，总千万不可以怕老婆的，女人家实在太刁恶了，横不好，竖不好，她倒想得出这一些话来的。于是笑道：

"云妹，你这是什么话？我如何敢阴损你？我是真正怕你，不，我又说错了，说怕你，你又要不高兴的。我是真正爱你，所以我才不敢和你回一声嘴。今天是中秋节，哭得泪人似的这何苦来？好妹妹，亲妹妹，下次杀掉我的头，我也不去玩舞场了……"

说到这里，把她拥到怀里来，给她拭泪。定钰比老二小三岁，今年二十五岁，云英十八岁和他结婚，第一年就养志新，第三年养玉珍，现也有五长年六个年头了。少年夫妻的相骂，和年纪大一些的总有些不同，所以云英在定钰一味温柔之下，也失却了相骂的能力，这就偎在他的怀里，泪眼盈盈地白了他一眼，啐道：

"我问你，你有几颗头可以杀？我自和你结婚至今，这六年来，你几时好好儿伴我到外面去玩一次？只晓得自己在外面一味地荒唐，你自问良心，可对得住我吗？"

"是的，我错了，现在我真的发誓，若再上舞场……"

定钰抱着她娇躯，说到这里，云英却伸手把他嘴扪住了，说道：

"发誓难道还有假的真的吗？你这种人信用全失，我真不要你念什么誓了。"

"那么你应该相信我，云妹，明天是星期日，我就伴你去吧。时候不早，我们也该睡了。"

定钰见她不要自己念誓，遂含了笑容，向她又竭力地温存着。两人睡在被窝里的时候，云英忽然取过他的皮匣，说道：

"你给我检查，早晨我见你有三百元钱藏着，现在还剩多少？"

"只用八十元钱，你瞧好了。"

定钰低低地说着，见她一张一张地数钞票。

"我和大嫂、二嫂打牌输两百元，赔我正好，这二十元留着给你做车钱。"

云英把钞票塞到枕底下去，逗给他一个倾人的媚眼。定钰见她的手段比舞女还要辣，不过把自己的妻子总不好意思去比舞女，遂笑道：

"我午夜一点半回家，只怕路上遇到强盗，但路上不曾遇到，谁知却在被窝里碰见强盗了，但强盗放良心，总算还剩二十只洋。"

云英听了，啐他一口，恨恨地打了他一下，说道：

"你不用骂我，老实说，与其把钞票送到别个女人家的手里去，倒还不如我给你拿下了好吗？"

定钰不敢说不是，含笑点了点头，于是两人遂沉沉地入梦乡去了。

次日，梅孟起打电话给竹明允，约他午后三时在大东茶室接谈。竹明允接此电话，心里十分欢喜，暗想：那一定是和我商量结婚的办法和日子了。遂喜匆匆地在三点敲过就到大东茶室去。二老相见，握手言欢。大家坐下，先拿了几客春卷、鸡饱等点心，吃了一会儿，梅孟起方才开口说道：

"明允兄，我今日约你到此来，是有一件不近人情之请，你听了之后，千万要原谅我，并要且答应我才好的。"

竹明允突然听了他这几句话，一时倒疑心这头婚姻是有了变化了，不免暗吃了一惊，但他表面上还竭力镇静了态度，含了微微的笑容，说道：

"孟起老哥，你也太客气了，怎么说不近人情之请呢？假使在情理之内的事情，我总没有不答应你的。"

"令爱和我老四的婚姻是远在十年以前而订下的，虽然当时没有什么媒人，不过凭我俩一言为定，当然比媒人更靠得住些。"

梅孟起握了杯子喝了一口茶后，方才这么地说了几句。竹明允听他这样说，又觉得不像有退婚的意思，于是点了点头，连连说了两声"不错"，微蹙了稀疏的眉峰，望着孟起的脸，又听他说下去道：

"明允兄，这当然是我所意想不到的事情，我这老四孩子，不但傻得厉害，而且也骇得可怜，说起来惭愧，此子是根本没有出息的……"

竹明允听到这里，再也忍熬不住地问道：

"你家老四有些骇傻，我也听人说起过，不过我却没有知道傻得如何程度，以为孩子年纪轻，少不得有些蛮性，这也没有关系。如今听了老哥的话，莫非他先天有些不足吗？"

梅孟起点了点头，叹了一口气，低低地道：

"令爱小姐的才貌，我确实是太中意了，但若嫁给了我老四，实在是太委屈了令爱，所以我心头感到有些不忍。"

"这个……"

竹明允听到这里，心中又焦急又难受。难受的是自己秀娟这孩子，长了这一副好模样，生了这一副好性情，可怜她在家已受了后母多少的磨折，不料嫁个夫婿，又是这么骏傻，那难道她貌艳于花而命薄如纸吗？焦急的是，既然老四这样不成器，害了秀娟的终身，也是不忍心，那么除了退婚之外，还有什么第二个办法呢？明允急得满头是汗的当儿，只听梅孟起又徐徐地说道：

"我左思右想地忖了多日，倒给我想出一个补救的办法来。不知你老兄心里也喜欢吗？"

竹明允听他这么说，心里不觉又是一喜，伸手拭了一下额角上的汗点儿，轻松地笑道：

"老哥又有什么补救办法，你快告诉我吧！"

梅孟起见他脸有喜色，遂也很欣慰地告诉道：

"老五定钧，今年十八岁，已考入清江大学一年级，此子我认为在五个兄弟之中最有出息，容貌亦甚端整，生平颇有抱负。虽然年龄比秀娟小一岁，但照我看来，倒是一对璧人，所以我已征得老五之同意，把秀娟改配与老五，你想这个办法好不好？"

竹明允听完了他的告诉，他不禁深深地透了一口气，眉飞色舞地拍手笑道：

"老哥，你这个补救的办法真可说是好到极顶了，我赞成我赞成。你这样为我小女终身幸福着想，真使我父女俩感恩不尽了。"

明允说到这里，想起秀娟种种受委屈的情形，爸虽有爱女之心，而竟无护女之力，因为老五是个有抱负的青年，他为女儿一喜欢，几乎欲淌下老泪来了。梅孟起自然也十分欢喜，遂忙说道：

"你的女儿和我女儿一样，我如何不爱惜呢？不过我的老五说，结婚要待他大学毕业之后的。我想他现在一年级，二十二岁上半年可以毕业，令爱也不过二十三岁，这样年龄结婚也不算迟，你说是不是？"

竹明允表面上虽然点了点头，但心中却在暗想：我这个后妻实在太悍妒了一些，好像和秀娟是冤家般的，但秀娟偏是个纯孝的女儿，总是不敢回嘴，偷偷垂泪，这样子若日子久了，也许使她有郁郁成病的可能。明允这样想着，意欲向他说明原委，恳求他早些结婚，但又恐孟起笑自己惧内，因此也就始终再鼓不起这个勇气。两人既已商量定妥，于是坐了一会儿，也就付账各自回家了。

竹明允怀了满腔的喜欢，兴冲冲地回到家里，不料一脚跨进上房，只见秀娟站在一旁垂泪，那个悍妇却把茶杯、烟缸打碎了一地，指手画脚地正在向秀娟大发脾气哩！

第三回

悍妇施虐孤女泪涟

在法国公园的门口，站着一个妙龄的女郎，身穿条子呢的单旗袍，外披天蓝色时式大衣，一双粉红色绝薄的丝袜，配着那双湖色的高跟皮鞋，益发显得亭亭玉立，十分美妙动人。她一会儿抬头仰望，一会儿凝眸远眺，看她意态似乎很焦急似的，显然她是等候着一个人。正在这个当儿，忽然听得耳边有人呼道：

"碧云，碧云。"

碧云回眸去望，见是个身穿西服、外披薄呢大衣的一个俊美的少年，正是自己的意中人田丹枫，这就芳心宽松了许多，扬着眉毛，嫣然地一笑。但忽然她又噘着小嘴儿，露出一脸娇嗔的神情，说道：

"好大的架子，是你约了我，还比我迟来，你说该怎么地罚一罚呢？"

"那简直是该打该死，因为我吃好午饭，想起头发这么长，胡须又像毛刷似的，所以到理发所里去剃一个头修一个面，不料就累你等久了。好妹妹，你原谅我好吗？"

田丹枫握着她手，一面向她告诉，一面又笑嘻嘻地向她赔不是。碧云听了，把娇媚的秋波向他掠了一瞥，掀着酒窝儿笑道：

"现在这个世界真掉了一个头，你瞧我们女子头发蓬松松的，一些香油都不上的，你们男子的头发却亮得光可鉴人，那再过几年，你们男子不是要穿起旗袍来了吗？"

说到这里，却忍不住哧哧地笑起来了。田丹枫拉了她手，一面向公园里面走，一面也笑道：

　　"那不是这样说的，因为时代的进展，化妆也改良了。你们女子头发长，一般读书的学生又不爱烫发，因此把头发都卷起来，头发一卷之后，假使上了油，反而嫌俗，这是为美丽起见，所以你们女子才不上油的。我们男子头发短，若不上些油，被风一吹，都要乱得散开来，这又是为了礼貌起见，所以没有法子，才上些油的呀。"

　　碧云秋波白了他一眼，啐道：

　　"女子是为了美丽，你们男子却为了礼貌，这话好不混账！既然你们怕被风吹乱，那么何不去剃一个光头呢？这不是省却许多麻烦吗？"

　　丹枫听她这么说，心中暗想：这妮子倒是刁恶的。遂笑道：

　　"这里又有一个缘故，就是为了女子爱美丽的道理，所以我才不剃光头的，因为我剃了光头之后，和你走在一处，你一定会感到讨厌，深恐被熟悉的人瞧见了，说梅小姐怎么有一个寿头寿脑的朋友呢？这话若给你听见了，你心里不是会不高兴吗？"

　　"你现在是说话学校毕业了，谁还说得过你呢？"

　　碧云听他说来说去，还是说为了女子爱美丽的缘故，这就恨恨地打了他一下，忍不住哧哧地笑了。丹枫有些得意的感觉，望着她倾人的粉脸，也不禁微微地笑了。两人慢慢地携手偕行，迎着稍带凉意的秋风，因为彼此内心都兴奋热情的缘故，所以倒反而感到十分爽快。前面是一个假山，山下有一片树丛，树丛下有一把亮眼的长椅子，丹枫和碧云遂在椅子上坐下。他们的面前还有一个池塘，假山上也不知打哪儿来的水向池塘里倒泻下来，这仿佛有些像瀑布似的，水流在池面上，都起了一个个的水泡，飞溅起了水花，觉得十分好看。两人凝眸望了一会儿，丹枫却向碧云瞟了一眼，碧云的感觉是相当灵敏，遂也回眸斜也他一眼，齐巧成个四目相对，这就问道：

"你望着我做什么？"

"我在想你的家……"

丹枫微微地一笑，轻声地回答。

"想我的家？有什么可想呢？"

碧云听了他的话，心头感到有些奇怪。

"我觉得你的家就像散沙的一样，各管各的，虽然是个大家庭，但走到你的家，还是冷清清的，一些也不热闹。"

丹枫因为和定钧是同学，所以他曾经到碧云家里去过几次，凭他几次去的感觉上所得，他们的家庭是很散漫的。

"古来大家庭都是这个样子，那是没有办法的事情。"

碧云听了，心里有些感触，忍不住轻轻地叹了一口气。

"我瞧起来，你和定钧比较谈话的时候最多，其余差不多都不在一处的。尤其你的四哥，我认为是最孤独、最可怜了。"

丹枫见她翠眉含颦的意态，遂又低低地说。

"你不要提起我的四哥了，我听了心里会感到难受，昨天为了四哥，却累五哥哭了一整夜。唉！"

碧云摇了摇头，有些黯然神伤的样子。

"这是为什么缘故？碧云，你快告诉我吧！"

丹枫把身子侧过去，望着碧云的粉脸，怔怔地出神。碧云微叹了一声，秋波掠了他一下，说道：

"这事说起来也好笑也好气的。四哥幼年时定下一个姓竹名叫秀娟的姑娘为妻子，现在四哥二十岁，那秀娟姑娘也有十九岁了，两家父母便欲给他们商议办结婚的事情了，不料四哥却固执地拒绝不愿结婚。爸爸见他骏蠢得可怜，想到人家姑娘的终身问题，所以也不相强，可是他老人家却异想天开，说把姓竹的姑娘改配给五哥做妻子，虽经五哥竭力地反对，但到底不敢违拗爸爸的意思，因此不许你不答应地承认了。你想，这叫五哥心中如何不伤心呢？因为这种盲目的婚姻，究竟是太使五哥难堪一些了。"

丹枫听了她这几句话，脸上也显出很代为焦急的神气，说道：

"这……这……如何可以呢？假使你爸爸为了人家姑娘终身幸福着想，那么尽可以把那婚姻解除呀，如何能够张冠李戴地就此给定钧做妻子了？这岂不是笑话吗？"

"就是为了这样说呀！但父母既出了这个主意，叫我们儿女又有什么办法好呢？唉！"

碧云见他很同情哥哥的样子，遂一撩眼皮，瞟了他一眼，又叹了一声。丹枫听她这么说，心中颇不以为然，自不免沉吟了一会儿，说道：

"我以为父母的话，做子女的虽然应该听从，但也瞧情形而定的，像这一件事情，定钧若不答应，这也不能责他为不孝。因为婚姻大事，究属是关系切身的幸福，说句笑话，那到底不是你爸爸娶妻子呀，所以在这个时代，我们也不能太以愚孝的。"

"话虽这么说，不过五哥还在求学时代，经济不曾独立，这是一件最痛苦的事情，所以在他的答应，我谅解他内心必有说不出的苦衷。"

碧云听他心直口快地说着，遂也把五哥的苦衷向他低低地解释。不料碧云这几句话并不能博得丹枫的同情，他摇了摇头，说道：

"不过你五哥究属太没有勇气了。西哲有言，不自由，毋宁死，我们岂能因偷生而做被束缚之罪犯吗？"

碧云听他这么愤激，一时倒有些感到奇怪，秋波脉脉地凝望着他英俊的脸，不禁怔怔地愕住了一会子。丹枫这时忽又握住了她的纤手，诚恳地道：

"碧云，我和你说一句笑话，你听了不要生气。假使你也遭到和定钧同样的情形，我问你是不是也屈服在这旧礼教的婚姻制度下吗？"

碧云是个聪敏的姑娘，心中这才恍有所悟，原来丹枫所以愤激的意思，他是不在彼而在此的，于是粉脸一层一层地娇红起来，仿佛涂上了胭脂一样娇媚，秋波逗了他一瞥哀怨的目光，沉吟了一会儿，忽然正色地道：

"丹枫，我明白你的意思了。不过我和五哥的地位又不同，假使我遭到了这样的变故，有谁能同情我，而能够帮助我不屈服在这恶势力范围之下的话，那么我一定鼓足了勇气，向光明的道路上奋斗的。"

说到这里，又向他嫣然地一笑，接着又逗他一句道：

"只怕你没有这样的勇气吧？"

丹枫见她既说出了这末后一句话，却又显出不胜娇羞赧赧然的神气，一时心头真有说不出的安慰，遂握住她纤手紧紧地摇撼了一阵，笑道：

"碧云，你放心，我若没有这般的勇气，我一定不会生存在这个世界上的。"

"好，那么我们往后瞧着吧。不过我总希望我的环境不要有这种不幸的变故才好。"

碧云自然很感动，把娇躯偎过去一些，微仰了粉脸，秋波逗了他一瞥感激的目光，倾人地甜笑。

"自然，我也和你有同样的希望。"

丹枫半抱着她的肩胛，点了点头，低声地回答。秋风扑送到他们脸颊上的时候，这才感到有些凄凉的意味。静悄悄地过了一会儿，丹枫忽然又想到了一件什么似的，说道：

"那么这个秀娟姑娘不知是个怎么样的人？你们可曾瞧见过她吗？"

"我们没有瞧见过她，据爸爸说，秀娟姑娘是个才貌卓绝的人，但究竟如何，我们既没有亲眼目睹，自然也不得而知的。"

碧云摇了摇头，方才低低地告诉了他。

"假使真是个才貌兼美的姑娘，那倒也罢了。这里尚有个问题，就是你的五哥不知他心目中可已有了情人吗？"

丹枫听碧云这样说，遂点头笑了一笑，又这么地低低地问。碧云沉吟了一会儿，说道：

"昨天我见哥哥很沉痛的神气，遂也问过他这句话。五哥说情人是并没有一个，只不过原是四哥的未婚妻，突然要给他做妻子了，所以觉得太难堪罢了。五哥话虽这么说，但我明白他在外面少不得有个知心朋友，这点也无非是推托而已。"

"是的，我觉得定钧的遭遇确实是太不幸了。"

丹枫认为碧云的话说得不错，点了点头，他为定钧而感到郁郁不欢，忍不住深深地叹了一口气。正在这个当儿，忽然听得一阵嘤嘤的笑声，只见假山洞内钻出两个女子来，丹枫回眸望去，见其中一个女子正是自己已嫁的表姊张翠萍。这时，翠萍也已瞧见了丹枫，丹枫因为已不能躲避，只好含笑站起，招呼道：

"咦！表姊，你们也在这儿游玩吗？我给你们介绍，这是我表姊张翠萍女士，这是我朋友梅碧云女士。"

丹枫说时，回头向碧云又低低地介绍，于是两人含笑弯了弯腰，大家招呼了。翠萍又向旁边那个少女给他们介绍道：

"我也给你们介绍，这位是我初中时的同学竹秀娟女士，这位是我表弟田丹枫先生。至于梅小姐和竹小姐谅来你们刚才都已听到，我也不多噜苏了。"

大家听了，笑了一笑，遂重新见礼。这时，丹枫和碧云听那少女就是竹秀娟姑娘，两人相互地望了一眼，遂不免把她细细地打量起来。只见秀娟生得一个鹅蛋的脸，因为她并没有涂什么胭脂，所以两颊并不红晕，但皮肤是细腻而白皙，因此更显得秀娟可人。至于她的五官，真所谓眉不画而翠，唇不点而红，双眸明如秋波，两颊艳若玫瑰，修短合度，秾纤得衷。两人不免暗暗地喝了一声彩，原来秀娟姑娘竟是个这么的人才，真不愧这"秀娟"两个字了。秀娟见两人目不转睛地呆望着自己，一时芳心中好生奇怪，遂也望了他们一眼，见梅碧云也是一个容貌超人的少女，而田先生的英俊也是少年中的人才，这就暗暗羡慕。想起了自己的夫婿，听说是个骏蠢的人，心中又感到难受，因此很灰心似的垂下头来。

原来竹秀娟对于这头婚姻因为是自小儿配成的，说句可怜的话，除了夫婿姓梅的外，连叫什么名字都不知道，那何况是小姑有几个，又叫什么名字呢？所以她是并不知道碧云就是自己的小姑，她只感到碧云是个幸福的少女。碧云见她怕羞的样子，还以为她知道自己就是她的小姑，因此自不免暗暗地好笑，不过为了要试试她的口才起见，遂和她有一搭没一搭地闲谈着。秀娟见她同自己很表示亲热的样子，因为是惺惺相惜的缘故，遂也和她含笑地谈着琐琐碎碎的各种事情。两人在经过一阵子谈话之后，只觉情投意合，十分相得。碧云暗暗地欢喜，她觉得这是一个不可思议神秘的缘分，她为五哥欢喜，又为秀娟庆幸，于是她颊上的笑窝儿也就没有平复的时候了。丹枫见她们这么亲热，遂俏皮地笑道：

"梅小姐、竹小姐谈得好亲热，真可谓一见如故，其实梅、竹原是一家人哩！"

翠萍、秀娟还以他说的是两人的姓字，谁知他其中还含有这一层意思呢。但碧云很明白的，秋波斜乜了他一眼，却是抿着嘴儿味味地笑了，大家坐着聚谈了一会儿，于是也就分手各自别开了。碧云望着秀娟远去了的背影，点头叹息道：

"今睹秀娟之美，我不及她多矣。"

丹枫笑道：

"何必自谦？我见你们并站一处，一个仿佛笼烟芍药，一个犹若出水芙蓉，真所谓是无分轩轾了。"

碧云听他这样说，秋波逗给他一个又羞又喜的娇嗔，也不免得意地笑了。两人到各处又去游玩了一会儿，方才到外面吃点心去了。

张翠萍和竹秀娟别了两人，走到一个茅亭里坐下，翠萍笑道：

"表弟倒也有这么一个美丽的女朋友，当初我却不知道。"

秀娟含笑点了点头，但不知怎么的，一个感觉之下，她又深深地叹了一口气。翠萍似乎有些明白她叹气的原因，心头也感到有些黯然，遂拉了她的手，低低地说道：

"娟妹，我说你到底太懦弱，你应该为你的终身幸福着想，要鼓足些勇气，向你爸爸要求解除这个婚约的。凭你这一副的脸蛋儿，难道会嫁不到一个才貌双全的少年吗？娟妹，我一向同情你的环境，把你当作亲妹妹一般看待，所以我这话也不是拆散你的姻缘，实在为你的前途感到太可惜了。"

"我当然明白翠姊完全是爱护我的意思，虽然我屡次想和爸爸说明我的心事，但我怕母亲又会骂我不要脸，说在外面做了不正当的事情，所以才会把父母配的婚姻不要，那还当了得吗？老实说，我见了母亲，像老鼠见了猫，听了母亲的骂声，我的身子就会不寒而栗的。虽然有时候我愤极了要回嘴几句，但我想着自己生娘会早早亡故，说来总是我的命苦，因此我除了哭泣之外，还有什么话可以说呢？唉！我是没有一个知音的。"

秀娟说到这里，心中一阵悲酸，那眼泪已忍不住夺眶而出了。翠萍见她淌泪，虽然也代她伤心，可是却非常愤怒，说道：

"娟妹，你也不是个三岁两岁的孩子了，难道就这样怕她吗？她既无做长辈的情义，你又何必尽小辈的孝道？现在这个世界是欺善怕恶的，你太老实了，她会爬到你的头上来，所以凡事也得瞧情形而论，我就不赞成'愚孝'二字，何况她还是你的继娘呢？"

"姊姊，我并不是怕她，我心中原也有说不出的苦衷。因为我若回了她的嘴，可恨她并不和我吵，她跟爸爸面前大闹大吵。可怜爸爸是个近六十岁的人了，他为了我总是长吁短叹，暗自伤心，所以我为了爸爸少受些气，我情愿是多受一些委屈的。"

秀娟揉擦了一下眼皮，把自己的苦衷向她又低低地告诉了。翠萍摇了摇头，感叹地道：

"娟妹，你真是一个孝女，虽然你的人格自是伟大，然而你的用心亦可谓良苦矣。我劝你不要太郁郁于怀，自伤身子，盖积劳所以致疾，而久郁因以丧生。假使你在家里不高兴住的话，那么你就不妨到我家里去住几天玩玩，也省得这个老不死把你视作眼中钉了。"

"翠姊爱护我之情，真使我心头感激涕零……"

秀娟说到这里，忽然连连地咳嗽起来，遂取出绢帕，吐了一口痰。翠萍斜眼望去，见她痰中略有血丝，遂微蹙了眉尖，向她悄悄地问道：

"你咳嗽多少日子了？为什么不请个大夫瞧瞧呢？"

"我的咳嗽是老毛病，十五岁到现在差不多已四年多了。秋风起的季节，咳嗽就厉害了一些，爸爸也给我诊治过几次，但钱花多了，母亲又会说话的。我想这么环境之下，能够早日死了的话，倒也干净，免得多受许多的痛苦……"

秀娟言念及此，不免又凄然泪下。翠萍听了鼻酸，眼皮也微红起来，暗想：这样说来，她自小受后母之磨折，抑郁在心，直到现在莫非是患了痨病了吗？若果然如此，这孩子危险了。遂恨恨地道：

"这样悍妒的妇人，可谓世所罕有，令人切齿，我想你妹子丽娟莫非从中在搬弄是非吗？"

"这倒不要冤枉她，丽娟见我被责，有时候总劝阻母亲的，她见我哭泣，也会陪在一旁淌眼泪。所以我真奇怪，这样好妒的妇人，却也会生这么一个好的女儿。"

秀娟摇了摇头，她想到妹子待自己的好处，遂代她低低地辩白着。翠萍道：

"这不是她的天性，根本是你爸的天性，所以你们姊妹俩才会相像呢。我想你现在恐怕已成了病，所以你应该向爸爸恳求，到医院里去疗养几个月，因为我很替你担心。娟妹，我和你知己，才说这句话的，你应该听从我才好。"

秀娟苦笑了一下，点了点头，说道：

"翠姊对我说的没有一句不是为的我好，我如何不知道？但要想到医院去休养，这也无非是梦想罢了。爸爸纵然是答应了，但妈妈要阻拦起来，她寻死觅活都做得出来的。你想，我们如何抵得住她的泼辣？翠姊，我老实地说一句话，我生长在这个世界上，亲娘是死了，未婚夫婿又是个骗子，那我根本已没有了希望，与其活着感到痛苦，倒不是死了清爽吗？所以我倒也并非因有病而感到伤心，我只感到十分快慰，因为病根深一天，我痛苦也可以早脱离一天。"

秀娟嘴里虽然是这么说，但她内心的肝肠已经寸断，眼泪却如泉水一般地涌上来了。

"娟妹，你快不要这么说，叫我听了心里伤悲。你是一个才十九岁的姑娘，岂可以抱这种消极的思想？我希望你应该要积极一些。唉！只可惜我不是你的亲姊姊，假使是的话，虽然我已出了嫁，但我总也不能眼瞧着你受这么委屈的。"

翠萍听她说得伤心极了，她抚着秀娟的肩胛，眼泪也在眼角旁涌现了。秀娟心头是说不出的甜酸苦辣的滋味，也叹了一声，倒在翠萍的怀里，情不自禁呜呜咽咽地哭起来了，说道：

"是的，我假使有你那么一个姊姊的话，母亲也不敢这么欺侮我，而且我的一切，也可以由姊姊给我做主了。"

翠萍知道末了两句话她是包括可以解除婚约的意思，因此她也为秀娟而伤心，抱着她的身子，两人默默地淌了一会儿眼泪。因为那边有游客来了，翠萍才扶起她的身子，叫她收束了泪痕，说到外面去吃些点心吧。秀娟没有表示不可，遂跟她一同走出了法国公园的大门。吃毕点心，两人在锦江茶室的门口，翠萍握了她手，说道：

"今天就跟我回家去玩几天好不好？这种人不见到她，也就罢了。"

"多谢姊姊，我过几天准定来玩吧。"

秀娟心中虽然很感激，但她却婉言谢绝了。

"那么你最要紧的就是身子保重，心头烦闷的时候，只管到我家来玩玩，我是很欢迎你的。"

翠萍再三向她嘱咐着，语气是十分诚恳，秀娟点头称谢，两人遂握手分别，各自回家。秀娟到了家，先到上房里去报到，只见竹太太坐在沙发上吸烟卷，见了秀娟，便脸一板，指了指桌上的座钟，冷笑了一声，说道：

"你瞧瞧桌上的时钟吧，你还可以晚一些回来了！"

秀娟见她这副嘴脸，遂也沉着粉颊，冷冷地说道：

"还只不过五点钟敲过，也算不了这么迟呀！"

"还不算迟？你午饭吃好就出去，原说一会儿就回来的，我问你，这四五个钟点到底在什么地方玩？哼！已经将出嫁的姑娘，还要在外面东西乱走，明天干出不名誉的事情来，叫人家说起来不是我做娘的没有家教吗？"

竹太太见她嘴犟，遂恨恨地把手中的烟尾掷到地上去，睁了她那双三角眼，向她大声地叱喝着。秀娟听了她这几句话，心中又羞又急，又怨又恨，气得涨红了脸，说道：

"我在同学张翠萍姊姊家里游玩，她约我去公园坐一会儿，怎么就会干什么不名誉的事情来？这岂不是笑话吗？妈，你只管放心，我秀娟还得替已死的亲娘争一口气哩！"

秀娟这几句话原也说得不老实，所以这就触怒了竹太太，把茶几用手一拍，说道：

"我做娘的这话难道就说错了吗？你不给我争气，倒给死鬼争气，死鬼养了你怎么要紧地走了？你又为什么不把她拉得牢呀？一个女孩儿家，成天地在外面荡来荡去，还算个什么大姑娘？我这话就得罪了你小姐吗？回头你爸回来，我叫他来评评，看到底我可曾管错了你？"

秀娟听了，几乎气得要哭出来，因为气得过度，倒反而笑了，说道：

"我母亲没有得罪你，你别骂我的娘。要知道，一个人的生死有命，岂可以笑人家早死呢？妈管束我原也应该，不过你怎么不说妹妹呢？妹妹和我一同走出瞧朋友的，她此刻可曾回家？难道你怕我会干不名誉的事，你倒放心妹妹不会丢你的脸吗?"

这几句话听到竹太太的耳里，心中一气愤，愈加暴跳如雷，她猛可地站起身子，把茶几上的茶杯和烟缸伸手掼了一地，指手画脚地骂道：

"我偏骂死鬼，你敢来干涉我? 丽娟是从小有母亲的人，她绝不会丢我脸的。你是个没娘的野孩子，谁知道你在外面干些什么勾当? 你的命好，你也不会死了娘，你也不会配了这么好宝贝的夫婿，这是你的命呀! 哼哼哼! 你这不要脸的贱货，我骂了你，你也难道也好骂我的吗?"

秀娟听了她这一篇话，她伤心极了，悲酸极了，她的眼泪终于像雨点儿一般地滚下来了。她觉得她的心之毒甚于蛇蝎，所以她也不想再回说什么，正欲回身走出的时候，忽然见爸爸一脚跨步进房。竹太太见了明允之后，这就愈加乱撞乱颠地哭闹起来了。明允和孟起在大东茶室会谈之后，欢欢喜喜地回到家里，但做梦也想不到家里已经是闹得天翻地覆的了，这就皱了稀疏的双眉，问道：

"秀娟，怎么啦? 到底为了什么事你母亲又发脾气了?"

秀娟没有回答，只管扑簌簌地落眼泪。不料竹太太听了明允这样问，又恨他问错了话，遂停止了哭闹，冷笑了一声，说道：

"我发脾气? 我得罪了你的好女儿呀! 她在外面走了一下午，我问她在什么地方玩，不料这句话就问错了，她说我只管她，不会管丽娟。你想，我好意管她，还是恶意管她? 常言道，父亲床前走过，也得叫一声娘，何况我是堂堂正正花轿抬来的，难道我就管不得她了吗? 你说，你说，只要你说一句话，我立刻让她……"

说到这里，把两只小脚乱蹬，仿佛是发了疯的模样。秀娟听她在父亲面前又是这么一番话，可知她人格的卑鄙、手腕的龌龊，真是可耻到了极点，所以她也不愿辩白，抬起满颊是泪的粉脸，说道：

"妈，你也不用说这些话，一切总是我的错，使你老人家生气，也是我的罪恶，你不用向爸告诉。只要你爱打爱骂，任凭你怎么按摆，我总没有一句怨言的。"

竹太太听了这些话，心头愈加可憎恶，恨不得把秀娟咬了几口，但表面上还向明允哭道：

"你听听，我是这么凶恶吗？我敢动她一根汗毛吗？她这话不是明明说给你做爸听的吗？我准定让她……让她一生一世和你爹在一处……"

竹太太边说边撞，在她意思，是最好借明允的手去打秀娟几下。就在这当儿，幸喜仆妇张妈、林妈、赵妈等都上来了，劝的劝，拧手巾的拧手巾，倒茶的倒茶，打扫的打扫，才把竹太太疯狂的神态按坐到沙发上去了。竹明允除了心头气愤之外，他是一句话也说不出，因此泥塑木雕地坐在椅子上出神。竹太太用手巾拭了眼泪之后，兀是滔滔不绝地说个不了，不料回视房中，却已不见了秀娟，于是又向明允说道：

"瞧你这种人有做爸的资格？好像是一个哑子，一句话都没有，那就无怪做女儿的胆子越弄越大了。我瞧你再下去，可以喊她娘的了！"

竹明允究竟是个涵养功夫已深的人，他听了太太的话，便望着她笑起来，说道：

"都是你们说话，我哪里还插得进去说一句话？也不是只好瞧着你们说好吗？我做爸的老实说一句也做得怕了，女儿虽然不好，但到底不是三岁五岁的孩子，我做爸的也不能将她抓来捶一顿。说一个十九岁的女儿还要被爹打的话，这被仆妇们说起来，也未免是笑话嘛！我说秀娟已是许人家的姑娘，在家的日子也是算得出的了，那么乐得客气一些，将来回娘家来走走，究竟也是一个女儿，何苦大家要像冤家似的，这也不是太不值得了吗？"

林妈是竹家多年的老妈子，差不多还是明允娘手下用下来的，秀娟一周岁就死了娘，从小全仗祖母抚养成长，到十三岁，祖母死去，一切起居便由林妈照顾的。此刻林妈听了明允的话，遂也含笑说道：

"老爷这话也说得是，太太这样地爱护小姐，小姐总也感激你的，将来结婚后，做了梅家的人，再见面的时候，也就客气的了。"

竹太太虽然觉得林妈的话至少有些怨恨自己的作用，但是因为她说得很好，所以也奈何她不得，只有暗暗地恨之。过了一会儿，张妈、赵妈走下去了，林妈收拾房中，竹太太遂向明允问道：

"梅孟起约你大东谈话，到底是为了什么事呢？"

竹明允听她这样地问，心中倒又喜欢起来，遂含了笑容，告诉道：

"梅亲翁对我商量一件事，说他的老四实在是一个不中用的人，因为生恐害了秀娟孩子的终身，所以欲把秀娟改配给他老五定钧。老五比秀娟小一岁，现在大学读书，才貌俱全，和秀娟实在是一对璧人。我听了这个消息，真是喜之不胜，当下立刻应允。太太你想，本来是戆大女婿，现在换作了一个年少英俊又聪敏又能干的快婿，这不是要欢喜煞人吗？"

竹太太听了他这几句话，她心里不但一些也不喜欢，而且还非常妒忌，暗想：我刚才讥笑她命苦，配一个骁子女婿，不料一忽儿之间，她竟然换一个聪敏的了，这是叫人多么羞恼呀！所以她冷笑了一声，嚓了嚓嘴，说道：

"梅孟起这人也糊涂，怎么老四的妻子可以给老五呢？那被外界知道了，岂不是笑话吗？"

"你这话也叫人好生不明白，难道你倒喜欢一个戆大女婿吗？这也不是我们去要求梅家，是亲翁自己的主意，承蒙他爱惜我的女儿，这岂不是求之不得的事情吗？"

竹明允听她这么说，心中倒是一怔，不免望着她愕住了一会子。竹太太于是无话可答了，遂也不再说什么。这时，林妈心中却暗暗地在谢天谢地，真是非常欢喜，她悄悄地走出了上房，到了大小姐的房中，不料见秀娟躺在床上，却正在呜呜咽咽地哭泣哩。

第四回

诚心诚意欲窥娇妻

林妈听老爷的告诉，说小姐已改配与梅家的五少爷了，一时心里真有说不出的欢喜，暗想：小姐这么的才貌，我知道她必定能得一乘龙快婿，若真的嫁与梅家四骇爷，这不是太委屈了小姐？一面想，一面把身子已匆匆地到了大小姐的房中，不料秀娟倒在床上，正哭泣得伤心。林妈遂悄悄地走到床边，推了推秀娟的身子，笑道：

"大小姐，快不要伤心了，你的气总也有一天可以不受了，我告诉你一个消息，真是恭喜大小姐！"

秀娟听林妈这么说，还以为爸爸和梅家已商定结婚的日子了，于是她愈加地感到心痛，一阵连连地咳嗽，她坐起身子，低头向痰罐内吐痰，只见痰中血丝愈多。她觉得什么希望都已将在黑暗里幻灭了，她倒在床上忍不住又惨痛地哭起来了。

"大小姐，你应该保重你自己的身子呀！老爷今天在大东茶室和梅家老爷会谈，说梅老爷因爱怜小姐的才貌，所以把小姐已改配与五少爷了。五少爷年纪虽然比小姐小一岁，但他已在大学里念书了。大小姐，你快不要哭了，这意外的消息，不是要恭喜大小姐吗？"

林妈见她兀是伤心地哭泣，遂坐到床边，把秀娟的身子扶起，一面给她拭泪，一面把这件喜欢的事情絮絮地向秀娟告诉着。秀娟听了这个话之后，她也不免感到了意外的惊喜，遂停止了哭泣，怔怔地出了一会子神。良久，她把纤手揉擦了一下眼皮，向林妈低低

52

地问道：

"你这话可是真实的吗？"

"如何敢相欺大小姐？当然是千真万确的事情，大小姐，我说凡事总有一个数的，假使像大小姐那么才貌双全的姑娘，而竟嫁一个骏姑爷，这老天不是也会不忍心的吗？"

林妈望着秀娟的娇靥，忍不住又笑嘻嘻地说着。秀娟没有回答什么，她低了头，粉脸是一层一层地红晕起来。正在这时，见爸爸也走进房中，见林妈坐在她的旁边，遂笑道：

"林妈，你把这话已告诉过大小姐了吗？"

"这么一件大喜的事情，我如何会不急急地报告给大小姐知道呢？我劝大小姐千万不要多伤心，总要爱护自己的身子要紧，在家的日子也可以计算了，五少爷是个好人才，那么小姐将来的幸福自然不必说的了。老爷，你想这话对不对？"

林妈说着话，身子已经站起来，她笑了一笑，便自管到厨房内料理去了。秀娟这时也站起身子，泪眼盈盈地逗了他一瞥哀怨的目光，说道：

"累爸爸老人家心里难受，这全是女儿的罪孽……"

说到这里，忍不住又辛酸泪落。明允见她像海棠着雨那么的粉脸，倍觉楚楚可怜，忽然抬头瞥见了壁上挂着前妻的小照，一时也不免泪水夺眶而出，父女相对垂泪，默无一语。良久，还是秀娟收束泪痕，走到面汤台旁，拧了一把手巾给明允，说道：

"爸爸，你不要伤心，你是上了年纪的人，你应该想明白一些，趁着活在世界上的时候，要吃吃些，要穿穿些，高兴了也出去玩玩。因为我见你辛辛苦苦地做着事，精神上又不能得到一些安慰，这不是太痛苦了吗？"

"这是我的命太劳苦，也怨不了谁的，只不过为了我生平太懦弱，一向被她做了大，因此使你受了许多的委屈，我对你实在很感到惭愧。"

明允听女儿这么地说，点了点头，一面拿手帕拭了泪，一面又低低地说。秀娟听了这话，又勾引起无限的伤心，但是为了老父的缘故，她终于把要淌下来的眼泪又忍熬住了，伸手去接过面巾，把身子别了转去。

　　"秀娟，对于你已改配与梅家老五了，这一点我真感到太欢喜了。否则，我心头也自郁郁不乐。因为像我们这样人家，若解除婚约，给外界知道了，面子上都很不好意思，若不解除婚约，又觉太委屈了你。正是委决不下，谁知梅亲翁有个这么补救的办法，那不是叫我欢喜煞人吗？秀娟，老五人才不错，他将来希望可大啦！你就再忍耐一两年吧，反正你不和她吵嘴，瞧她一个人怎么样地吵呢？"

　　明允走上一步，叫了一声"秀娟"，一面向她诉说，一面又向她低低地安慰。

　　"爸爸，我知道，你放心，我总不敢再向她回一句嘴了，以后她若要骂我，我自管走开，那么她也无从骂起的了。"

　　这两句话听到秀娟的耳中，一颗芳心才算得到了一些安慰，遂回过身子，点了点头，软和地答应着。父女俩彼此安慰了一会儿，明允生恐竹太太又欲寻事吵，所以不敢久坐，就回到上房里去了。这里秀娟因哭泣了一会儿之后，颇觉脑子疼痛，遂躺在床上，静静地睡了一会子，一颗芳心由不得暗暗地思忖起来。我突然又改配给老五了，这真仿佛是绝处逢生的一样，老五也不知叫什么名字，他既比我小一岁，那么还只有十八岁，以一个十八岁的青年，已读到了大学，他的聪敏当然不想可知。这真所谓一母生九子，连娘十条心了。现在我得了一个好夫婿了，这我自然是非常欢喜和安慰，不过这里我也觉得有个疑问，老五既是个大学生，他外面少不得有几个女朋友，那么他对于这头莫名其妙的婚姻如何肯答应呢？即使他答应，我想一定也很勉强的吧？想到这里，又不免暗暗地忧愁了一会子。正在这时，忽听一阵皮鞋脚步声响进来，同时还叫着道：

"姊姊，恭喜你，恭喜你，你如今是得了一个乘龙快婿了。"

秀娟一听是妹妹的声音，遂连忙从床上坐起，回眸望去，见灯光之下，妹妹的后面还随着一个亭亭玉立的二八女郎，和妹妹一样高，一样可爱。仔细一认，知道是妹妹道中女中的同学秦玉卿，于是含笑站起，叫道：

"妹妹和玉妹从什么地方游玩回来的呀？"

丽娟秋波逗了她一瞥神秘的媚眼，笑道：

"我们在瞧电影，姊姊，你心里喜欢吗？怎么还躺在床上做什么？"

玉卿也微笑道：

"赖在床上为的是怕难为情呀！娟姊，我听伯父说，五少爷是个又聪敏又多情又美貌的少年呀！"

说时，和丽娟哧哧地笑弯了腰。秀娟被她们说得也不禁为之嫣然失笑，红晕了两颊，说道：

"你们这两个孩子真淘气，我因为有些头痛，所以才躺一会儿的，倒叫你们瞎七搭八地胡说了我一会子。"

这时，玉卿停止了笑，望了秀娟一眼，说道：

"伯父说五少爷的意思，要他大学毕业后方才可以结婚，那么至少还得再过三四年，我想娟姊未免要等得太性急了吧？"

"你这妮子就亏说得出的，我想你虽然还只有十六岁，大概是很想婆家了吧，我明天准定给你作伐去。"

秀娟说着话，秋波白了她一眼，也哧哧地笑。玉卿这就"嗯"了一声，走到秀娟面前，向她缠绕着不依。秀娟握了她的纤手，只好连连地告饶。正在这时，张妈来叫道：

"大小姐、二小姐、秦小姐，老爷叫你们吃晚饭去了。"

"玉妹，别吵了，快和二妹一同吃晚饭去，我实在有些不舒服，所以不奉陪你了。"

秀娟听了，这才向玉卿正经地说着。玉卿听她这么说，便不依她，说道：

"娟姊，我明天跟爸妈要动身到南京去了，难道最后同吃一次饭也不肯陪陪我吗？"

"我不信，你好好儿的到南京做什么去？二妹，她说的话可是真的吗？"

秀娟对于她这句话有些不大相信，遂回眸望了丽娟一眼，低低地问。丽娟点了点头，说道：

"这话倒是真的，因为她祖父病得很厉害，南京有电报来叫他们都回去呢。所以今天我和她瞧一场电影，留个纪念。"

秀娟笑道：

"玉妹年纪轻，到底会说孩子话，那么这也不能说是最后两个字呀！你们到南京之后，一待祖父病愈，不是就要回上海来的吗？"

"娟姊，你不知道，爸爸也许要调到南京行中做经理去，所以这次到南京之后，恐怕不见得会回上海来了。"

玉卿拉了她手，又低低地告诉着。

"那么我们将来总有机会见面的。"

秀娟说时，赵妈又来叫道：

"三位小姐怎么啦？老爷、太太可等急了呢！"

秀娟没有办法，只好被玉卿拉着一同到上房里去了。秀娟这晚睡在床上，对于梅家老五要待大学毕业后结婚的一句话，自不免又暗暗地猜疑了一阵，这话莫非是推托之词吗？我想老五一定是不赞成这个婚姻的，他所以会答应下来，还不是迫于父母之命吗？这样想来，老五当然另有情人的了。可怜秀娟是太聪敏了，聪敏的人往往容易自寻烦恼，所以秀娟又整整地哭泣了一夜。

梅碧云和田丹枫在外面吃了点心，方才各自分手回家。碧云到了家里，兴冲冲地走到定钧的房中，见五哥坐在案头上埋首疾书，不知写些什么东西，遂低低地笑叫道：

"五哥，你也不知修了几世才有这样的艳福，秀娟嫂子我已瞧见过了，真是美丽极了，堪称'国色天香'四个字了。"

"妹妹，你不是很同情我吗？那么你也不该向我吃这个豆腐了。"

定钧抬起头来，放下了笔杆，哀怨地逗了她一瞥，轻轻地说出了这几句话。碧云听他这么说，遂急急地说道：

"五哥，你千万不要误会，我并不是和你开玩笑，确确实实我已瞧见过秀娟嫂子的了。"

定钧听她说得这样认真，遂转过身子，望着妹妹的娇容，怔怔地愕住了一会子，说道：

"妹妹，你在什么地方瞧见过她？你又如何知道她就是秀娟姑娘呢？"

碧云遂把公园里经过情形向定钧细细地告诉了一遍，并且又道：

"我瞧秀娟姑娘不但美丽到极顶，而且谈吐流利，态度稳重，真是一个才貌双全的姑娘。爸爸对你说的话，至此我才明白不虚哩。"

定钧听了这话，不免将信将疑，遂凝眸沉思了一会儿，望了碧云一眼，说道：

"她若和妹妹相较，妹妹比彼如何？"

碧云抿嘴笑道：

"我如何能与秀娟相较？不及多了。"

"如此说来，则不可信矣。"

定钧平日认为妹妹之貌堪称倾国倾城，如今听妹妹都不及她，天下哪里还有这么美丽的姑娘？所以，他以为妹妹和自己开玩笑，便摇了摇头，表示并不相信的样子。碧云笑道：

"你以为我骗你，那么过几天你不妨到她家里先去走动走动，你若见到了她，就知道我不是和你开玩笑了。五哥，你不要再郁郁寡欢了，因为你得秀娟为妻，亦可称为心满意足，故而妹妹代你十二分欢喜。"

定钧知妹妹虽然淘气，但正经的事情她素来不开玩笑，那么秀娟姑娘莫非真是个绝世美人吗？于是心里倒不免又一喜，说道：

"若果然是才貌双全，可见婚姻大事，是在五百年前早已注定的了。"

兄妹正在闲谈，忽见院子外走进一个少年来，身穿西服，翩翩风流，见了两人，便笑道：

"你们两人倒没有出去吗？我有三张戏票，请你们大光明瞧戏去。今天开映的是《风流皇孙》，这张片子可不错哩！"

定钧回眸望去，原来是大嫂的弟弟卫素臣，遂忙含笑相迎，说道：

"素臣哥，多早晚来的？请坐，请坐，这个时候也有影戏开映的吗？"

"五点半到七点半一班，瞧好影戏，出来吃饭，那不是很好吗？五哥，烟抽一支。"

卫素臣在一旁坐下了，从袋内取出一只白金的烟盒子，揭开烟卷盒盖，伸手递了一支过来，一面又向碧云笑道：

"六妹也吸一支吗？"

"谢谢你，我不会抽的。"

碧云乌圆眸珠转了转，摇了摇头，低低地回答。

"那可是笑话，反叫客人给主人吸烟，这原因我们兄妹都不吸烟。素臣哥，你自己吸吧。"

定钧拿了火柴，一面笑嘻嘻地很不好意思地说，一面给他燃火。

"抽支玩玩也不要紧的。"

素臣说着话，略欠了身子，又向他说声"劳驾"。定钧摇了摇头，说道：

"从来不吸烟，我也不去破戒了。大嫂也一块儿去吗？"

"大嫂是不爱瞧电影的，现在五点十分，五哥、六妹，我们此刻就动身了好吗？"

素臣一面说着，一面已站起身子来了。碧云笑了一笑，说道：

"五哥和素臣哥同去吧，我不去了。"

素臣听了，急急地道：

"六妹，那是为了什么缘故？难道你还有别的约会吗？"

素臣说到这里，他瞥见碧云身上还穿着大衣。

"哪来什么约会？因为我刚才从公园里回来，身子觉得怪累的，你不见我身上的大衣还没脱去吗？"

碧云觉得在他这一句约会的话中，至少是包含了一些神秘的意思，这就微红了两颊，秋波瞟了他一眼，微含了笑容，向他辩解着。

"既然没有约会，那么就赏我一个脸，这也是件难得的事情。六妹，你就答应我吧！"

素臣两眼望着碧云的粉脸，话声是带有了央求的成分。

"妹妹，素臣哥这样诚心诚意地请我们瞧戏，若回绝了人家，这未免架子太大了，我们就一同去一次吧。"

定钧是重情面的人，向妹妹低低地劝。碧云因情意难却，所以也只好答应了，于是定钧站起身子，在衣钩上取下大衣，披在身上，和素臣、碧云一同步出院子外去了。三人到了大光明，素臣买的是花楼票子，丁是匆匆上楼。碧云齐巧坐在定钧和素臣的中间，素臣还买了三排咖啡糖给两人吃。不多一会儿，电灯熄灭，银幕上也就开映了，《风流皇孙》是一张很热情够人刺激的革命巨片，中间穿插男女的爱情，结果在天涯落魄中演成圆满的结束，所以观众们都觉得很满意，认为这张片子是有些价值的。

从大光明戏院出来的时候，街上是早已万家灯火的了，素臣向碧云望了一眼，笑道：

"六妹，你爱上什么地方吃饭去？"

"随便什么馆子都行，我甜酸苦辣的菜都爱吃的。"

碧云抿着嘴微微地笑，神情是非常天真可爱，至少还包含一些孩子的成分。

"那么我们上四川馆子都成饭店去好不好？"

定钧想了一会儿说，望着两人，表示征求他们意思的样子。碧云和素臣点了点头，三人决定了之后，便坐车到都成饭店去了。三人跨进大门，侍者招待三人到一间很精美的房间，把三人大衣都挂到衣钩上，泡上三壶香茗。碧云拿过菜单，望了两人一眼，笑道：

"我来点菜，不知你们两人可喜欢吃的吗？"

"只要你喜欢吃的菜，我们总也喜欢吃的。"

素臣见她意态大方，举止豪爽，遂望着她娇餍俏皮地说。碧云听了，却把秋波逗给他一个妩媚的白眼，定钧笑了，素臣也微微地笑起来。在都成饭店里吃饭毕，定钧摸出皮匣来付钱，不料却被素臣带皮匣一同抢过来，放在一旁，然后把自己的皮匣取出，向侍者付了钱，这才把定钧皮匣送还过来，笑道：

"今天原是我请你们出来的，如何好意思叫你破钞？所费不多，老弟又何必这么客气呢？"

碧云不等定钧回答，先瞅了他一眼，笑道：

"这是素臣哥自己太客气，怎么反说我们呢？"

定钧接了皮匣，藏入袋内，也笑道：

"这次就叨扰了素臣哥，下次我们也可以请还的。"

"这也算不了请，说起来我们是至戚，星期假日，理应大家聚聚的。"

素臣说着话，侍者已把钱找来，就此作了小账。侍者服侍他们披上大衣，于是三人走出都成饭店去了。在都成饭店门口，见有一个摩登女郎跟着一个西装客笑盈盈地步进来，那女郎见素臣，便秋波逗过来一个媚眼，露齿嫣然地一笑，似乎欲向他招呼，但素臣和她一点头，却自管和碧云搭讪去了。那摩登姑娘理会他的意思，遂也不再说什么，跟着那个西装客走进里面去了。素臣瞧了瞧表，向两人望了一眼，说道：

"时候还早，只有九点十分，两位还有兴趣去听一会儿音乐吗？"

碧云故作不解似的问道：

"到什么地方去听音乐呢？"

"圣乔斯舞厅那班乐队可不错，五哥和六妹不知可曾去玩过吗？"

素臣望着碧云妩媚的粉脸，这才含笑低低地说出来。

"素臣哥，说出来也不好意思，我们实在没有到过舞厅，你听了可别见笑才好。"

碧云秋波向他一瞟，抿着嘴儿却是憨然地笑。

"六妹这话不是太客气吗？现时代的青年，还有个不上舞厅去玩过吗？"

素臣却听不懂碧云这两句话的作用何在，他以为碧云是闹着客气，遂笑嘻嘻地说。定钧插嘴笑道：

"这么说我们是落伍了，其实妹妹并没有说谎，确实我们是没有踏进过舞场的门，不过听音乐，我们倒真的很喜欢。今天早晨，我们又到青年会去做礼拜，每星期都举行很伟大的音乐会。素臣哥假使爱好音乐的话，下星期不妨也去参加听听，那音乐也许不像舞厅中包含了一些靡靡之音的。"

碧云听哥哥这几句话讽刺得很厉害，心中倒很替素臣难堪，恐怕他要不高兴。但素臣这人好像没有灵感似的，他却并不在意地笑了一笑，说道：

"既然你们真的没有去过，那么今夜就不妨去见识见识好吗？圣乔斯舞厅的装潢真富丽堂皇，好像水晶宫似的。人入其中，几疑已置身神仙境界一样的了。"

"回去太迟，明天上学校恐怕贪了睡，我想要玩得在星期六夜里，那么星期日睡一上午，也没有关系的了。"

定钧含了微笑，向他婉言地谢绝了。碧云落了一头做难人的心事，遂故意望着素臣笑了笑，还向定钧偷偷地努了努嘴，眨了眨眼睛，似乎有些嗔怪他的意思。素臣瞧此情形，知道碧云也许有意思去玩舞厅，只是被他哥哥一阻止，所以使她没有勇气再来答应我了。虽然有些怨恨定钧年纪轻轻倒好像小老头似的，不过他也暗暗欢喜，因为过几天可以约碧云一个人去游玩，想来她一定会答应我的了，

61

于是他也不再强劝，点了点头，说我们再见，便匆匆地分手别去了。碧云向定钧望了一眼，笑道：

"你是素来不会得罪人的，今天怎么也得罪人了？我想他听了你的话后，心中一定有些不高兴吧？"

"妹妹，你不见刚才那个妖形怪状的女人和他的情形吗？从这一点看起来，素臣的私生活一定很浪漫的，所以我觉得他的不足取。本来我很尊敬他，因为他比我大四岁，而且大学已经毕业了，在友谊上说，也是我的学长，我以为和他交朋友总有些益处的。现在看来，恐怕有损无益，所以倒不如抢白了他，和他冷淡了好吗？"

定钧听妹妹这样问，遂直直爽爽地回答了她，表示他心中对于素臣开始有些鄙视的神气。碧云听了，感到哥哥的不平凡，遂频频地点了一下头。两人一步一步地在人行道上走，树叶在他们头顶上奏出了美妙的声音，这音调虽没有像舞厅里那爵士乐曲一般热狂，可是也有一种幽静的调子，令人思虑会感到清新了不少。定钧这时又说道：

"我瞧素臣对待你的情形，似乎很有爱上你的意思，不知妹妹也有些感觉到吗？"

碧云微晕了两颊，淡淡地一笑，说道：

"五哥，你还只有今天感觉到吗？那你的人到底还不失是个忠厚的长者，其实我早已知道他的用意了。说也好笑，大嫂还一味地从中撮合哩。"

"妹妹，并不是我破坏你们的爱情，因为我是爱护妹妹的人，当然不得不向妹妹忠告几句。假使以素臣和丹枫而论，希望你还是亲丹枫而远素臣，不知妹妹心中的意思，亦以我言为善否？"

定钧为妹妹终身的幸福着想，所以他不管一切地对碧云陈说着。碧云听哥哥这样说，粉颊更红晕得美丽一些，秋波逗了他一瞥娇羞的目光，笑道：

"我还只不过是个十七岁的女孩子，我以为对于这些，那就根本谈不到的。"

定钧点了点头，很认真地说道：

"所以我说早婚确实于身体和事业都有害无益的，对于秀娟这头婚事，不管她的容貌如何，但一无感情可言，我觉得有些遗憾。"

定钧说到此，不免又提起日中的事情。

"但是爸爸说你可以先去走动走动，那么慢慢地不是也会生出感情来了吗？我说五哥这头婚姻虽由父母做主，不过确实是胜过自由恋爱了。也许你自由恋爱不会遇到这样美丽的姑娘呢！"

秀娟在碧云的脑海里留了一个很美好的影像，所以她在定钧的面前是竭力称赞着秀娟的人品。定钧听了，心里不免荡漾了一下，笑道：

"妹妹，你为什么要这样赞美她？难道你和她谈过许多话吗？我想也许你错了，此秀娟恐怕另有其人吧？天下哪有这样凑巧的事情，那么她心中不知可曾知道你是谁吗？"

"这个倒不知道，我瞧她神情很洒脱，也许没有知道我就是她的小姑。至于这个秀娟不是我的未婚嫂子，这又是你的过虑了，天下同姓的有，同名的也有，要同姓同名的那似乎很少吧。"

碧云听他还这样忧虑着，秋波瞟了他一眼，忍不住哧哧地笑。

"那么照你说来，她是真正的竹家的秀娟姑娘了？我听说秀娟是从小就没有娘的，她还是祖母抚养成人的呢。假使她真的嫁了四哥的话，她的命真也苦的了。"

定钧抬头望着天空，情不自禁地低低地说出了这几句话，在他的脑海中，幻想着一个美丽姑娘的脸庞。凭了定钧这几句话，碧云已经知道哥哥心中有了爱怜秀娟的意思了，这就笑道：

"五哥，假使你碰见了秀娟之后，我想你的心会赤裸裸地爱到她身上去的了。"

定钧有些难为情，笑了一笑，却没有作答。因为时已不早，他们遂各人坐了一辆街车，匆匆地回家去了。

第二天，定钧到学校里去，遇到了田丹枫，丹枫便向他恭喜道：

"定钧，祝福你，得到了一个这么又美丽又温柔的好夫人。"

定钧听丹枫也这样说，可见妹妹的话原不虚了，遂也笑道：

"我的妻子，我自己还不曾见过，不料你和妹妹倒先瞧过了。丹枫，真的很美丽吗？"

"那如何能骗你？昨天你妹妹和我谈起你这个婚姻问题，我听到之后，心里代你郁郁不平，觉得这样盲目的婚姻，我们青年实在不该忍受的。碧云说你为了一片孝心，所以只好委屈地答应了，我们正在十分地同情你，感叹的当儿，不料遇到了我的表姊，表姊身旁又有一个丽妹，经彼此介绍之下，方知她就是竹秀娟小姐。当务之急时碧云要试试她的口才，遂和她表示亲热，只听她说话流利，神情大方，我到此把郁郁不平的感慨早已化为乌有，而反替你感到十分欢喜。定钧，从这一点看起来，凭父母之命的婚姻，也有令人感到意想不到的美满呢！"

田丹枫见他似乎有不相信的神气，遂把昨天公园中的事情又向他告诉了一遍，含了笑容，表示很快慰的样子。定钧听他说的和昨天妹妹告诉的并无各异，于是也就深信不疑了，笑道：

"秀娟和你表姊是同学，你表姊不是结了婚吗？那么秀娟现在不知还在读书吗？"

"这个倒不知道，我想秀娟和我表姊一定是很知己的，也许她时常到表姊家里去玩的。下星期日我和你也到表姊家中去玩，说不定秀娟也在那里，那你们就可以相见了。这不是比你到她家中去认识要好得多了吗？"

丹枫希望定钧帮助自己和碧云成功一对，所以他也竭力地给定钧想法子。定钧听他这样成全，心头自然非常感激，握了他手，摇撼了一阵，两颊有些红晕，遂也含笑答应了，因为时已不早，大家就上教室中去了。

光阴匆匆，早已到了星期六了。下午分别的时候，丹枫和定钧约定明天午后一时，他到定钧家中来瞧他，定钧说好，遂各自分手回家。

星期日下午吃过饭，定钧在上午特地还去理了发，回家方欲和妹妹告诉，不料妹妹已被大嫂拉了一同到娘家玩去了，就是大嫂的妈小生日。定钧本想叫妹妹也一同去，现在也只好预备一个人跟丹枫一同去了。不多一会儿，丹枫来了，他见定钧理了发，换了一身浅绿条子花呢的西服，愈加显得风流潇洒，俊美十分，便笑道：

"你真预备做新贵人去了？"

"不要取笑，我是有一个月不曾理发了，并不是专为了去瞧未婚妻才这样的。"

定钧红晕了两颊，一面说，一面亲自倒了一杯茶。

"时候不早了，还喝什么茶？快些走了是正经。"

丹枫屁股还没有坐到椅子上去，就又站起身子来，向他催促着说。定钧笑了笑，拿过大衣，和他一同走出房外去了。在走出小院子门口的时候，丹枫忽又望了定钧一眼，说道：

"要不和你妹妹一块儿去吗？有了女的同伴，自然有许多的话可以说了。"

"我也这样想，不料妹妹已被大嫂上午就拉着一同到娘家玩去了。"

定钧微蹙了眉尖低低地说，表示很不凑巧的样子。丹枫听了，也就罢了，于是两人坐车到张翠萍的家里，仆妇王妈开门一瞧，便笑道：

"表少爷，你是好久不见来了，学校里功课忙吗？我家少奶时常记挂着你哩！"

丹枫含笑点了点头，遂引定钧到会客室坐下。王妈关上大门，便匆匆奔到楼上喊少奶去了。这时，定钧心头跳跃得很厉害，两颊不期然地也会红起来，他向丹枫叮嘱道：

"老田，假使秀娟今天没有来，你和表姊可不要说明这件事吧。"

丹枫说声"我知道"，他忍不住又笑了。就在这时，一阵脚步声，只见走下一个花信年华的少妇来，她见了两人，便嫣然一笑，说道：

"今天是什么好风才把表弟吹过来了？"

"表姊，今天我到来，一则拜望你，一则也有些小小的使命而来的。"

丹枫站起身子，一面说着话，一面已是笑出声音来了。翠萍听了这话，倒不禁为之愕然，怔怔地问道：

"你有什么使命呀？"

定钧见丹枫不但不瞒，而且一见面就这么地说，一时全身一阵热燥，两颊顿时热辣辣地起来了，虽然是站在室中，却感到有些局促不安。丹枫回过身子，把手一摆，说道：

"表姊，你且别问，我给你们介绍，这是我表姊张翠萍女士，这位是我同学梅定钧先生，就是上星期公园中遇见的那位梅碧云小姐的哥哥。"

定钧听了，遂红了脸，向她很恭敬地鞠了一个躬，叫声"张女士"，说道：

"来得很孟浪，还请原谅是幸。"

翠萍笑着弯了弯腰，忙也说道：

"别客气，梅先生既是我表弟的同学，那也和我的弟弟一样，是应该来玩玩的，请坐吧。"

随了这句话，三人便在沙发上坐下了。王妈倒上三杯香茗，递上两支烟卷，便悄悄地退下。丹枫道：

"姊夫没有在家吗？"

"他吗？外面应酬真忙，刚才有朋友打电话来，约他在国际饭店谈话，大概又为了组织什么公司吧？"

翠萍含了微笑，低低地回答，她的俏眼却向定钧瞟过去，觉得这孩子生得俊美，比表弟尤甚，仿佛带有些女孩儿的成分。表弟说有个小小的使命，不知是否就在他的身上？心中正在暗暗地想，听枫弟又道：

"上星期遇见的这位竹秀娟小姐，今天倒没有来表姊家中玩吗？"

翠萍听了，暗想：这话问得奇怪，莫非你来和这位同学做介绍吗？可是人家已有主儿了呢。遂笑道：

"你问她做什么？她说不定会来玩的。"

"因为我这位同学很想见见她，愿意跟她交一个朋友。"

丹枫回头指了指定钧，故意这么说笑话。定钧白了他一眼，红了两颊，却有些赧赧然的神气，垂了脸，默不作声。翠萍还暗自想道：果然不出我之所料，因为定钧娇羞万状的意态，心里倒也引起了可爱，觉得秀娟若能和他配成一对，真所谓是一对玉人的了。这就叹了一口气，摇了摇头，说道：

"可是人家已配了婆家，你没有知道吗？"

丹枫听了这话，忍不住哧哧地笑起来，说道：

"表姊，你道这位梅定钧是谁？原来就是秀娟的未婚夫呀！"

"什么？你这话是打哪儿说起？虽然秀娟的婆家果然姓梅，但是说一句笑话，她的夫婿听说是一个骏子呀！"

翠萍听他这么说，心中感到了万分奇怪，定住了眸珠，向定钧望着怔怔地出神。丹枫扑哧地一笑，指了指定钧，说道：

"表姊，他原是一个骏子呀！你瞧了他很俊美的脸庞，以为他是个很聪敏的人吗？他痴骏起来，比骏子更要痴骏得多了。"

丹枫这句话，当然是妙语双关的，听到定钧的耳朵，也不禁笑出声音来了。

"表弟，我这话不懂，你快些明白地告诉我吧！"

翠萍听丹枫这么说，因为自己说了他骏子，不免有些难为情，微红了脸，遂急急地问他。

丹枫笑了一阵之后，方才正经地告诉道：

"梅家原有五弟兄一女儿，老大、老二、老三都娶了妻子，秀娟配的是老四，老四大概先天不足，所以人有些呆钝的样子，老五是个天生的小白脸，那就是我这位同学了……"

翠萍听到这里，方才有个恍然大悟，这就不待他说下去，先接着问道：

"原来是这么的一回事呀。那么你如何又说老五弟是秀娟的未婚夫了呢？"

"这其中当然有一个缘故的……"

丹枫说着，遂把碧云告诉自己的话向她又说了一遍，并且又道：

"可怜我们这位老五是个崭新的人物，对于这样盲目的婚姻如何能欢喜呢？所以闷闷不乐，十分烦恼。谁知上星期我和他妹子游玩公园，偏会遇见了你们，当时我们听了'竹秀娟'三个字，心中就感到欢喜，所以碧云只管和她亲热地谈话，原来她心中含有深刻作用的呢！"

翠萍听了，暗想：怪不得当初你们目不转睛地向秀娟打量，我心中还暗暗地稀罕，原来其中有这么一段曲折的变化。一时也欢喜得眉飞色舞，笑道：

"这真是天可怜的，娟妹现在得了这么一个才貌双全的夫婿，我心中真欢喜极了。"

定钧被她这么一说，也就愈加难为情起来，绯红了两颊，额角上差不多要冒出汗珠来了。这时，丹枫又道：

"我既见过了竹小姐，遂向定钧庆幸，不料这位老朋友不相信，所以我就给他想出这个法子来，假使秀娟小姐今天也到表姊家里来的话，那么他们小夫妻不是可以见面了吗……"

说到这里，忍不住又好笑起来了。翠萍笑着向定钧道：

"老五弟，娟妹虽然和我初中时做了一年半的同学，但我们的友谊却一直到现在，并不是我在给娟妹鼓吹。以娟妹之貌，允称国色天香，她的美丽，并非是人工化妆，完全是天然的美。以娟妹之学，虽不曾读到大学，可是她的程度，确实较一班大学生有过之无不及的。老五弟，你虽然是个仪表非凡的少年，但若得秀娟为妻，也不辱没了你平生的希望了。"

定钧听她向自己这么解释着，一时心中把一星期来的烦恼都忘记了，遂微抬起了脸，望了翠萍一眼，点了点头，表示相信的意思。丹枫听了，也笑道：

"表姊这么说，我们两个大学生自不免有些难为情的了。"

翠萍笑道：

"我说的是一班普通大学生，像你俩好学不倦的大学生，自然又当别论了。"

丹枫笑道：

"表姊这话又有骨子了，那我们如何敢当'好学不倦'四个字呢？闲话少说，今天竹小姐究竟来不来呢？"

"这样吧，我打电话去把她喊了来好不好？因为我也很奇怪，上星期对于这件事情，秀娟为什么却没有告诉我呢？"

她一面说，一面身子已经站起来。定钧听了，这就不得不告诉道：

"上星期爸爸还只有和竹家伯伯去商量，所以秀娟还没有知道。我想特地去喊她来，这不是很难为情吗？"

"这有什么难为情？你不是特地来瞧未婚妻的吗？人家成全了你，你倒又假惺惺起来了。"

丹枫瞅了他一眼，扑哧地笑。定钧这就也笑道：

"并不是说我难为情，秀娟也许会怕羞不肯来的。"

翠萍笑着瞟了他一眼，说道：

"定钧弟这话有些骇了，我打电话去，难道说叫她来瞧未婚夫吗？"

丹枫听了这个"骇"字，不禁捧腹大笑，于是连定钧自己也好笑起来了。翠萍却姗姗地走到电话间中打电话去，拿起听筒，拨了号码，不到一会儿，就听有人问道：

"找谁？你是什么地方打来的？"

"我是张翠萍，叫你家大小姐接电话。"

那边听电话的是林妈，遂应了一声，搁下听筒，匆匆到秀娟房中，说有张翠萍叫大小姐听电话。秀娟一听，遂急急到电话间，握了听筒，含笑问道：

"翠萍姊吗？我是秀娟，有什么事情？"

"家里来了两个同学，叫你来做陪客，等着你，快些就来。"

"两个同学？是叫什么名字？我认识她们吗？"

"怎么不认识？其中一个，是你最亲爱的哩！快来，快来，我等着你。"

秀娟再欲问时，那边听筒已搁下了，一时暗想：我最亲爱的，那是谁呢？莫非是蔡明珠吗？也许是的，因为自己正闷得慌，所以很欢喜地到上房去禀告父母。明允立刻先答应了她，竹太太因为丽娟也出去了，不便说秀娟，遂也只得罢了。但明允还说道：

"同学家里是应该去走走的，闷在家里，身体要闷出病来的呢。"

秀娟听了父亲这几句话，心头感到十分痛快，遂把秋波逗了竹太太一瞥冷意的媚眼，笑盈盈回到房中换衣服去了。这在秀娟心中当然是做梦也意想不到的事情，她一脚跨进翠萍家的会客室的时候，不料见室中坐的并非是女子，却是两个年轻的男子，这就红了脸怔怔地愕住了。

第五回

郎情若水妾意如绵

竹秀娟一脚跨进会客室，只见室中除了翠萍之外，尚有两个西服少年，一时也不知翠萍闹的是什么玩意儿，所以绯红了两颊，倒怔怔地愕住了一会子。翠萍早已站起身子，拉了秀娟的手，笑道：

"娟妹，这是我的表弟，上星期在法国公园中不是已经遇见过了吗？所以我也不必再介绍了。还有这位先生，他是什么人，这是要请娟妹给我介绍的了。"

翠萍这两句话听到秀娟的耳中，真弄得莫名其妙，所谓丈二和尚摸不着头脑的了，绯红了两颊，秋波逗给她一个妩媚的娇嗔，扭怩着腰肢，不依着道：

"翠姊，你这是什么话？那不是叫我太不明白了吗？"

丹枫听翠萍说得有趣，早已也笑了起来，遂拉了定钧站起身子，望着秀娟玫瑰花样的脸庞，得意地说道：

"竹小姐，那真是天晓得的事情，你自己最亲爱的心上人，难道反要我们来给你们介绍的吗？罢了，罢了，这位就是梅家的老五定钧呀！你现在总可以明白他是你的什么人了。"

秀娟听了这话，方才有所恍然大悟了，暗想：原来翠萍是故意把我哄来相会的。这就把俏眼偷偷地逗了定钧一瞥，谁知定钧的明眸也在呆望着自己出神，心里这一羞涩，那粉脸便愈加通红起来，拉了翠萍的手，把身子也别过去了。

"娟妹，我可没有骗你吧？你问我哪两个同学，我说其中一个可不是你最亲爱的人吗？不用怕难为情，大家既然见了面，不是该招呼一声吗？别过身子去，那算什么意思？"

翠萍见秀娟回过身子去，遂伸手又把她拉了回来，同时笑盈盈地向她说着。秀娟在这个情势之下，当然不得不厚了脸皮，向定钧弯了弯腰，含笑叫了一声"梅先生"。定钧听她以友谊的地位向自己招呼，这就佩服她的聪敏，便一面还礼，一面也叫声"竹小姐"。丹枫、翠萍见了两人羞人答答的意态，大家都忍不住笑起来，齐声地说道：

"梅先生、竹小姐这两个称呼那可有些不大相宜，以你们的年龄而论，也该叫一声姊姊和弟弟呀！"

秀娟"嗯"了一声，伸手向翠萍一扬，做个要打的姿势，却是赧赧然地笑了。翠萍笑道：

"那么快把大衣脱下了，请坐吧。缠在我的身边那算什么意思？你又不是三岁的小孩子呀！"

于是秀娟才把大衣脱下，翠萍给她拿过挂在衣架上，然后四人都在沙发上坐了下来。定钧见秀娟穿了一件深蓝条子花呢的长袖子旗袍，脚下是一双黑色的丝袜，配了黑漆的半高跟皮鞋，因为全身都是深黑的颜色，把她那张脸蛋儿更衬托得白是白、红是红，分外鲜美了。虽然未见胜于妹妹，但也不亚于碧云，觉得幽静之态甚于兰桂，妩媚的风韵允称国色，洵不虚传，一时心头暗暗地欢喜，他脸上的笑容也就没有平复的时候了。秀娟垂了粉脸，也在暗自思忖：爸爸说老五美若潘安，才如子建，今日见面之下，方知容貌的映丽有甚于潘安，那么才学之好当然也不是虚话的了。自从十五岁渐省了人事，知道自己的夫婿是个骗子，郁郁至今，四年多来，万万也想不到有此意外惊喜的变化，这岂不是天可怜我吗？想到这里，因为是过分喜欢的缘故，所以倒反而暗暗地叹了一口气。丹枫见两人呆呆地坐着，遂笑了一笑，向翠萍瞟了一眼，说道：

72

"光是那么学老和尚打坐，那也不是一个道理，我们且做什么消遣好呢？"

翠萍凝眸含颦地想了一会儿，笑道：

"有了，我们这四个人，还是抹一会儿骨牌玩好吗？不过我们的玩牌，可不是为了赌钱，无非作为消遣，不知你们赞成吗？"

丹枫知道表姊的意思，因为定钧、秀娟贸然地不好意思谈话，那么玩了牌后，彼此要解钱，自然也有谈话的机会了。在经过几次谈话之后，自然也会慢慢地熟悉起来了，他认为这是一个好办法，遂点了点头，笑道：

"我虽然不大懂得抹牌的门径，可是今天是非常难得，所以我很赞成，快叫王妈来拉台子吧。"

"抹骨牌我是不懂的。"

秀娟这才抬起粉脸，向翠萍瞟了一眼，低低地说。

"我已声明在先，不是赌钱，是消遣而已，那么不懂也没有关系，你只管发错牌是了。"

翠萍笑盈盈地说着，一面已吩咐王妈摆台子了。定钧本来也要推辞，可是今听翠萍已这么说，遂也只好不言语了。王妈系好了台布，分齐了筹码，两角放了茶几，泡了四杯玫瑰花茶，笑叫道：

"少奶，你们可以入座了。"

翠萍道：

"我们也不用打庄，随便哪一只位置坐下好了。"

说着，就在靠东先坐下了。秀娟于是也不再客气，遂在翠萍对面坐下，剩下的南北两个位置，当然是定钧和丹枫坐的了。这时，王妈又端上四盘糖果，翠萍道：

"你们随意地吃，不要做客吧。"

丹枫抓了一把奶油糖给定钧，一面抹牌做牌，一面便静悄悄地玩起来了。定钧是坐在秀娟的上家，这时翠萍发出一张五筒，定钧似乎要吃的样子，不料秀娟却要喊对子了。定钧虽然没有说要吃，可是他手里一张四筒和六筒已摊下来了，现在被秀娟一喊对子，他只好把两张牌又竖起来。秀娟当初没有理会，此刻也瞧见了，于是放一个交情，秋波向他逗了一瞥妩媚的目光，微笑道：

"我不对了，给你吃了吧。"

定钧似乎也懂得这是秀娟的多情，遂笑了一笑，把四筒、六筒又摊下来，说道：

"这嵌五筒若给你对了去，那我这副牌就没有希望了。"

说着，把一只闲张发了出去。丹枫笑道：

"这是我的庄，定钧不怀好意，心中想敲我的庄，手里准是一副清筒子。竹小姐还要放交情，要如敲起庄来，我得叫竹小姐负一半责任的。"

秀娟听他这么一说，两颊这就涂过了一层胭脂那么娇红起来，一颗芳心也不免暗暗地焦急。因为自己手里原有三张五筒、一张六筒、一张七筒，五筒若对了一下，定钧的嵌五筒也就永远不会有的了，所以她放了一下交情，现在丹枫既然这么说，回头若要我把牌摊下的话，那不是有意用情吗？这给他们想来，当然非常难为情，所以她情急智生地反把五筒发了出去。翠萍瞧了，奇怪道：

"对不对了，反而不要五筒了，那算什么意思呢？"

"因为我还有六筒、七筒两张牌，不对原也可以的。"

秀娟听了，只好含笑辩解着。这样抓了一圈子牌，秀娟抓了一张边七万，于是把那张五筒又发了去，口中还故意说道：

"哟！竟又抓了一张五筒，五筒如何这么多呀？"

不料秀娟话还未完，定钧却把牌摊了下来，笑道：

"还有一张五筒来和，那可意想不到的事情，丹枫，这可是满贯的了。"

三人回眸去望，见是五八筒碰和，清一色四番。丹枫这就笑道：

"我就料着他是清筒子的，竹小姐若把五筒对了去，他那里还有和吗？定钧，你心里明白，这叫作到底是自己人好。"

翠萍听了，早已咍咍地笑了。秀娟自然万分羞涩，红晕了两颊，笑道：

"我原说不大会的，翠姊不是说发错也不要紧的吗？"

"我也不怨你发倒了牌，但你为什么有对不对呢？明明是自己人帮助自己人，那还用赖得掉吗？"

丹枫听她这么辩白，却一定要去说穿她，于是大家都笑了。从两点半玩起，到五点钟，还只完成四圈牌，其慢也可想而知。这时，王妈把点心已煮好，问先吃点心抑是先打完了牌，翠萍笑道：

"时候也差不多，我们四圈打完就歇手吧。"

丹枫点头笑道：

"很好，谁赢谁请客瞧影戏去好吗？这句话我本不应该说，因为我是输钱的。"

说着，向定钧又故意瞟了一眼。

"丹枫，你这话就说得不漂亮，假使不赢钱，我也要请客呢，何况我们的玩牌原是消遣而已。"

定钧听他这样说，遂也瞅了他一眼，微微地笑。不多一会儿，完毕了牌，一数筹码，丹枫输二十元，翠萍输十八元，秀娟输十五元，定钧独赢四十五元，其余在头上。王妈收拾了牌，在桌上放了四副象牙筷子，丹枫、秀娟、翠萍都把输的钞票放在桌上，定钧笑道：

"有趣吗？你们真的给钱了，那不是又成赌博了吗？"

丹枫笑道：

"这二十元钱我原想不给的，后来我见竹小姐和你自己人尚且分得这样明白，那我又岂可以厚着脸皮赖了呢？翠姊，你说这话是不是？"

这两句话说得大家都笑起来了，秀娟微咬着嘴唇皮子，秋波逗给丹枫一个娇嗔，忍不住也抿着嘴嫣然地笑了。吃毕点心，定钧道：

"真的我做个东道，大家到南京戏院去瞧《春到人间》的影片好吗?"

翠萍笑道:

"那么你把这些钱都收去了,我们一定领情。"

定钧摇了摇头,说道:

"说来你们不相信,我活到十八岁,打牌今天才第一次,我向来不赌钱,若给我赢了钱,我心中会感到难受的。我把玩牌当作弈棋一样,假使我输了钱的话,我也会赖掉的。"

翠萍笑道:

"那叫我们不是很难为情吗?"

定钧忙道:

"翠姊愈说愈客气了,我们吵了一下午,又花了你许多的钱,倒真的很难为情哩!"

说时,又在皮匣内取出五元钞票,放在茶几上,说道:

"我今天第一次来,这一些给王妈的。"

翠萍见他这么客气,便忙又笑道:

"这可以不必的,钧弟,你如何倒像女孩儿家似的?我记得娟妹第一次来我家,也喜欢闹这么一套的。"

"表姊,那你还不知道吗?他们原是一对夫妻呀,还有个不心同意同的吗?"

丹枫听了,趁势又向两人取笑着。定钧和秀娟相互地望了一眼,两人的脸上都浮现了一朵娇红的桃花,也不禁又羞涩又喜悦地笑了。过了一会儿,定钧停了笑,白了丹枫一眼,说道:

"你也不要一味地吃人家豆腐了,要走我们快些走吧。"

丹枫于是站起身子,和定钧各自披上了大衣,这时,秀娟向翠萍低低地道:

"翠姊,假使要去瞧电影,你得给我打个电话回家去,否则爸妈会记挂的。"

翠萍点了点头,拉了秀娟的手,叫他们等一会儿,遂一同走到里面去了。丹枫见两人进去后，遂望着定钧，笑道：

"竹小姐对你多么有情，这张五筒明明是里面发出的，她偏说是抓来的，可见她有杠都不要，情愿给你吃嵌五筒，于此一点，更可以知道其他的了。定钧，你真是好福气。"

定钧原有些糊涂，今被丹枫一提，方知秀娟手中原有五筒三张哩，这个交情真也放得大的了，就可知秀娟实在是个多情的姑娘，所以心里真有说不出的欢喜和得意，拉开了嘴，这就笑得合不拢来了。不多一会儿，翠萍拿了大衣和秀娟姗姗走出，两人也披了大衣，翠萍吩咐了王妈几句，四个人出了大门，在弄堂口汽车行里坐了一辆汽车，开到南京大戏院去了。在车厢里四个人坐在一排，所以挤得颇结实的。秀娟齐巧是坐在定钧的身旁，这就未免感到有些不好意思，垂了粉脸，真是目不斜视地只管望着自己的皮鞋脚尖出神。定钧回眸见她粉脸白里透红，真像有些吹弹得破似的，而且鼻子里也闻到一阵一阵细微的幽香，一时心中不免荡漾了一下，想起今天一下午的时间中，虽然没有和她好好儿地谈过话，可是偶然地也说过几句了，只要见到她明眸脉脉的意态，我就可知她是个多情的姑娘了。定钧望着她呆呆地出神，不料秀娟偶然也回眸向他瞟了一眼，这就接了一个正着。定钧忍不住微微地一笑，秀娟掀着酒窝儿，也为之嫣然地微笑起来了。

到了南京大戏院，定钧抢着先买了票子，四人进内入座，翠萍、丹枫当然给他们坐在一排的，所以在瞧戏的时候，他们又谈了几句。从南京戏院出来，又是吃晚饭的时候，翠萍笑道：

"那么我们上馆子吃饭去了。"

秀娟瞧了瞧手表，沉吟了一会儿，说道：

"我怕爸妈记挂，想先回家了。"

定钧道：

"那么我送你回家好不好？"

翠萍和丹枫本欲向她劝说，被定钧这么一说，还以为两人在瞧影戏的时候约好的了，所以各自使了一个眼色，微微地一笑，点头说声"再见"，匆匆地自管别去了。定钧眼瞧着丹枫和翠萍走远，便回头望了秀娟一眼，笑道：

"你怎么不肯吃晚饭？当然我没想到，如今见了他们的神情，好像是我们预先约好似的，这真有些难为情。"

秀娟被他一提，也嫣然地笑了，秋波逗了他一瞥倾人的媚眼，低低地道：

"那是你不好，你为什么要这么说一句？所以给他们听了，更加可疑了。其实我真的怕爸妈会记挂的。"

两人说着话，身子已并着肩一块儿走了。

"那么你爸妈把你管束得很紧的吗？"

定钧见她这样小心的神气，遂望着她又低低地问。

"爸爸倒没有关系，只是妈妈……唉！"

秀娟听他这样问，遂瞟了他一眼回答。但她忽然想到，我若在他面前说后母的凶恶，这不是要触动他的心吗？所以她又没说下去，却微微地叹了一口气。定钧见她欲语还停，若有无限抑郁的神情，心中似乎有些理会她的意思，微蹙了眉尖，忍不住又问道：

"莫非你后母待你很凶恶吧？"

"不……总是这个样子……"

秀娟被他说到心眼儿里去，一时也不知为什么缘故，她感到有些慌张，摇了摇头，却并不肯就此承认了。定钧认为这是秀娟的纯孝处，照我的猜测，她的环境必定是很不自由的，于是他想多知道她一些生活的状况，遂大胆地去握住了她的纤手，说道：

"娟姊，你不要在我面前就不敢宣布你后母的不良，我们既然已成了夫妇，你似乎不应该瞒骗我。世界上的后母有好的，当然也有坏的，在各人当然有各人的环境，我想你的环境并不十分自由吧？"

秀娟想不到他有这么明亮，一时很感他的多情，同时又听他叫了一声"娟姊"，心里更感到有些难为情，不过在羞涩之中，也包含了一些喜悦的成分，她把秋波脉脉含情地望了他一会儿，点了点头，说道：

"你这话说得很不错，世界上的后母有好的当然也有坏的，不过我后母也还不错，其实女人家总比较量窄一些的。"

定钧从她末了一句的话中猜想，可见秀娟的后母实在是个很会妒忌的妇人，但秀娟并不肯痛恶地宣布，这正是秀娟的美德。对于这一头婚姻本来是十分不满，但瞧见了秀娟之后，使他心中起了无限的爱怜，在脑海里真的刻画了一个不可磨灭的印象了。秀娟见他听了自己的话并不作答，却只管握了自己的纤手紧紧地不放，一时又羞又喜，秋波斜乜了他一眼，粉颊却一圆圈一圆圈地娇红起来了。

"娟姊，我以为今天稍许迟一些回家也不要紧，我们到里面去坐一会儿怎样？"

就在这时候，定钧停住了步，向秀娟又低低地央求。秀娟回眸望去，原来已到南京咖啡馆的门口，这在秀娟的芳心中自然是不忍拒绝，遂频频地点了一下头，两人步进里面去了。侍者招待他们到一个座桌，给他们脱去了大衣，两人在一张小圆桌旁坐下，取过菜单，瞧了一会儿，遂命侍者拿上两客西餐，一面望了秀娟一眼，笑道：

"你会喝酒吗？"

"我不会喝酒。"

秀娟做梦也想不到今晚会和未婚夫婿坐在一块儿吃饭，所以心头是非常欢喜，露着雪白整齐的牙齿，微微地一笑，却摇了摇头。

"你有这么两个深深的酒窝儿，如何会喝不来酒吗？"

定钧此刻心中当然和秀娟感到同样意外的惊喜，在蓝红色的霓虹灯光照映之下，瞧到秀娟的粉脸，是更好看一些，所以他情不自禁地说出了这两句话，不免有些得意忘形的样子。秀娟的芳心中，除了羞涩之外，是只有喜悦的成分、甜蜜的感觉，她觉得十八岁的定钧至少还带有些淘气的成分。没有作答，却把秋波逗给他一个妩媚的娇嗔，但抿着小嘴儿，又终于赧赧然地笑起来。

"这样吧，我们喝两瓶可口可乐和鲜橘水。"

定钧觉得她这一个娇嗔实在太妩媚了，遂一面微微地笑，一面向侍者吩咐了。不多一会儿，侍者先上来一道花旗冷盘，同时把可口可乐也倒上了两杯。定钧递一杯给秀娟，两人握了刀叉，便慢慢地吃了。过了一会儿，秀娟向定钧望了一眼，轻声地问道：

"你和翠萍姊怎么认识的？"

"我和丹枫是同学，丹枫和翠萍是表亲，前星期你和翠萍不是在法国公园遇见了丹枫和我的妹妹吗？他们告诉了我，所以拉我来翠姊家里，意欲先和你认识了。"

定钧喝了一口可口可乐，很得意地回答。

"哦，那么梅碧云原来就是你的妹妹了？怪不得她和我表示格外亲热，而田先生又说梅竹原是一家人，到此我才明白他们是早知道我的了。"

秀娟一撩眼皮，方始有个恍然，她"哦"了一声，一面笑着说，一面有些赧赧然的样子。定钧也笑起来了，一面也问她道：

"娟姊是高中毕业的吗？为什么不进大学呢？"

秀娟听了这话，这才又把笑容收起了，轻轻地叹了一声，说道：

"十五岁那年，我若不是哭求的话，也许连高中毕业也不可得哩，如何再敢妄想进大学？"

秀娟说到这里，有些怨恨的成分，微微地摇了摇头，秋波逗了他一瞥哀怨的目光。

"照理你爸孩子又不多，这样的环境下，何必不许你进大学？唉！"

定钧当然心里很明白，他叹了一声，也有些愤愤不平的样子，接着又道：

"那么你妹子现在可在读书？"

"妹妹在道中女中读书，还要两年可以毕业。妹妹的个性并不像

80

我那么柔弱，她说无论如何要进大学，不过我当然不可和她同日而语的。"

秀娟回答的至少有些感慨的成分。定钧微蹙了眉尖，说道：

"娟姊，并不是我在你面前说这些话，造成你的命运，这都是你爸爸的过错，假使你爸爸能够刚强一些的话，你后母也许不敢这么放肆。"

"但这也不是一朝一日的……唉！我瞧着年老的爸爸，我也时常伤心，我并不恨爸爸，我只有感到他的可怜。"

秀娟虽然认为定钧这话是对的，可是她却不忍去怨在老父的身上。定钧听秀娟这样说，也可见明允惧内的程度是到这一份样儿的了。他摇了摇头，明眸含情脉脉地望着她娇容，安慰她说道：

"你也不要伤心，自己身子保重要紧，女孩儿总也不能和父母过一辈子的，得忍耐的地方，也只好忍耐一些了。"

秀娟虽然是感到心头，不过听了"身子保重"的一句话，而想起自己痰中带血的事情，她心中一酸，眼泪就再也忍熬不住涌了上来。但她又觉得在一个初次会面的未婚夫前就哭了，这未免有失姑娘的身份，所以她又竭力熬住了眼泪，点了点头，秋波瞟了他一眼，表示感激他的安慰的意思，接着也问道：

"听说你已读大学了，不知在什么大学？"

"在清江大学一年级，本来我曾经和爸爸说，要待我毕业后才结婚，不过你在家中的环境既这样不自由，我就不忍你再受上两三年的气，所以看明年春天，我向爸爸恳求一下。不知你的意思怎么样？"

定钧因为感到她的可怜，终于情不自禁地说出这几句话。秀娟芳心中是感动到了极点，但也有些羞涩的意味，点了点头，秋波在瞟了他一眼之后，她垂了粉脸，却抬不起头来了。定钧见她这样娇羞万状的意态实在妩媚得好看，笑了一笑，似乎有些感叹的口吻，说道：

"世界上的事情变幻莫测，真是神秘得有些不可思议的了。我和娟姊这头婚姻，真所谓是做梦也想不到的，就是娟姊的心中，又何尝意料得到呢？"

秀娟听了这话，遂抬起粉脸，秋波斜乜了他一眼，说道：

"我心中猜想着，在你爸爸对你提起这头婚姻的时候，你一定是竭力反对过的吧？"

定钧见她问到这里，又露齿嫣然地一笑，一时心头别别地乱跳，脸浮上了一层红云，认真地说道：

"不瞒娟姊说，我实在是曾经反对过，因为这是我四哥的婚姻，现在突然临到我的头上，人品固属不知，性情又未知底细，这样盲目的婚姻，我如何能赞成？所以我为了这件事，还整整地伤心了一夜。"

秀娟听他从实地告诉出来，一时倒不禁为之愕然，但一会儿，望着他又笑起来，说道：

"你的不赞成，你的伤心，这都是在我的意料之中。我想一个念到大学里的青年，他当然少不得有几个知心着意的女朋友……"

定钧对于她这几句话，虽然不知她是否是有醋意作用，但多少感到有些酸溜溜的意味，遂笑着忙道：

"这个你倒不要误会了，我生平就没有一个女朋友的，因为我的眼界太高。并不是我在自夸，对于普通一班姑娘，我是不希望跟她们交朋友，因为自己没有诚意，何必又在恋爱圈内自寻烦恼？"

"那么你今日见到了我之后，难道觉得我这样丑陋的人品倒中了你的心意吗？"

秀娟听他这么说，她在万分得意之下，不免也有些忘了情，酒窝儿一掀，秋波逗给他一个媚眼，笑嘻嘻地问。定钧对她这样问，心中感到她刁得可爱，遂笑道：

"我的眼界虽高，但是你的容貌，你的性情，还要高过我的眼界，所以这一点，那似乎出于我的意料之外。娟姊，假使父亲并不用硬迫的手段，而仍嫁给我四哥的话，那实在是太委屈了你，我真不知要如何为你可惜和可怜呢!”

秀娟芳心是甜蜜蜜的，她芙蓉花朵似的两颊，那两个笑窝儿也就没有平复的时候了。这时，侍者把鸡茸汤也送上了，定钧拿了火腿鸡蛋吐司便吃喝起来。秀娟一面吃，一面又道：

“你四哥到底有怎么的騃钝？为了这件婚事，我自十五岁知道了一些人事，一直郁闷到现在。如今虽然我的前途又展现了一线光明的希望，不过为你着想，未免又有些遗憾，因为我的年龄到底又比你大一些。”

“娟姊，你这是什么话？论年龄虽然比我大一岁，但论容貌也许你只能做我的妹子吧。娟姊，今天我心里真喜欢极了，我有你娟姊这么一个爱妻，使我精神更会振奋了不少哩!”

定钧听她这样说，遂摇了摇头，笑嘻嘻地说，说到后面这两句话，声音是特别低沉。秀娟听了这话，又得意又喜悦，小嘴儿噘了一噘，白了他一眼之后，却是抿嘴微微地笑了，说道：

“瞧你这一副滑头滑脑的样子，倒想做我的哥哥哩！我们这样坐着，给人家瞧起来，总说我是你的姊姊的。”

“我想你这‘姊姊’两字也无非挂名而已，我问你，你几月里生日?”

定钧听她说自己滑头，望着她粉脸，忍不住又微微地笑。

“我十二月十五日养的，你呢?”

秀娟一面低低地告诉，一面也笑盈盈地还问他。

“这么说来，我们只可以说是同庚，因为我是正月初五养的，你不过早出世了二十天，如何可以说大我一岁呢?”

定钧扑地一笑，表示十分得意。

“想不到真的差了十一个月，你是一年的头，我却是一年的尾。”

秀娟也笑起来。

“头尾相接，所以我们才配成一对夫妻呀!”

定钧低低地说。秀娟见他这么嚷着，有些难为情，红晕了两颊，秋波逗给他一个倾人的娇嗔。这时的情景，真所谓一个郎情若水，一个妾意如绵，说不尽的缠绵恩爱哩。从南京咖啡馆走出，时已九点相近，秀娟道：

"今天算最晚的了，我要回家了。"

定钧笑道：

"忙什么？我送你回家是了。"

说着，在附近汽车行里坐了一辆汽车，两人偎得紧紧的，定钧握着她纤手，望着她娇靥，低低地笑道：

"姊姊，我们几时再叙一叙？"

"你说吧，你喜欢哪一天，我总可以答应你。"

秀娟微仰了脖子，妩媚地笑。

"今天星期日，还是下星期六午后，我在国泰戏院门口等着你好不好？"

定钧想了一会儿，轻声儿央求着她。秀娟点了点头，表示答应着他。不多一会儿，汽车到良友别墅门口停下。秀娟拉开车厢，和他说道：

"再见，星期六准定在国泰门口吧。"

"姊姊，你慢着，我还跟你说一句话。"

定钧见她跳下车去，却把她纤手又拉住了。

"你还有什么话要跟我说？"

秀娟又回过粉脸，望着他怔怔地出神。

"在翠萍家里你叫了我一声'梅先生'之后，却没有喊过我一声。"

定钧望着她顽皮地笑。

"我就叫你一声弟弟，我们再见吧！"

秀娟想不到他说的却是这一句话，遂哧地一笑，秋波斜乜了他一下，身子便走下车厢去了。秀娟站在良友别墅的门口，向他招了招手，直待汽车在黑暗里消失了之后，方才很欣慰地笑了一笑，回身走进家门口去了。谁知在三号的门口，却遇到了妹妹丽娟，心中倒是暗暗地一跳，遂低低地叫道：

"妹妹，你也才回来吗？"

"咦！是姊姊吗？你在哪儿玩？"

丽娟回头见了姊姊，便停止了步，也笑盈盈地问她。

"在同学翠萍姊家里，她家来了许多从前的同学，所以我们聚一会儿餐。"

秀娟一面回答，一面和妹妹走到八号的门口，揿了电铃，两人一同步进屋子里去。两人到了上房，竹太太见姊妹俩一个时候回家，假使要骂又得骂两个人，所以乐得做一个人情，只嘱下次早些回家。秀娟姊妹两人答应，遂各自回房安睡去。

这晚，秀娟睡在床上，一时里怎么能够睡得着？她的脑海里是浮现了定钧俊美的脸庞，芳心中是在回味定钧温柔的甜蜜，因为是过度的兴奋和快乐，所以也使她整夜地感到失眠。

次日上午十时左右，张翠萍又有电话来了，秀娟握了听筒，只听她嘻嘻地笑道：

"秀娟，你们真是刁恶，往后的日子长哩，何必第一天就要急急谈爱情去？不是存心约好了放我们的生吗？"

"翠姊，那实在是冤枉了我们的。"

秀娟芳心别别地乱跳，红晕了两颊，笑盈盈地辩解着。

"何必还瞒我？你得从实地告诉我，到底在哪儿玩上了一会子？"

翠萍不相信，又向她急急地追问。

"过几天我到姊姊家里来详详细细告诉你吧。"

秀娟生恐母亲窃听，所以向她这么说了一句。翠萍也理会她的意思了，遂不再追问，只向她取笑了几句，也就放下听筒了。

定钧这晚回到家里，提了月琴，坐到池塘旁边的柳树下，他抬头仰望了天空，含了甜蜜的微笑，在那轮明洁的月亮里会显现了秀娟的玉容。因为心中快乐的缘故，所以他手指拨在琴弦上是特别清晰而轻快，其音韵之悦耳动听，犹若百啭之黄莺。就在这个当儿，只见碧云悄悄地走到他的背后，双手把他眼睛扪住，笑道：

"猜我是谁？"

"别闹孩子气，妹妹的声音我还会听不出来吗？"

定钧放下了月琴，笑着说。碧云咯咯地笑弯了腰，转身到定钧的面前，也在草地上坐了下来，秋波瞟了他一眼，掀着酒窝儿，笑道：

"今天是什么好日子？哥哥多高兴。"

"咦？奇怪了，妹妹怎么知道我心中高兴呢？"

定钧见妹妹好像已经知道了似的，遂望着她粉脸出神。

"我听了哥哥弹琴的音韵，我心里就明白。其声高而响，雄而伟，透入云霄，有一种蓬勃的生气，闻琴声便可知你心中事了。"

碧云瞅住了他的脸，肯定地说，同时还憨然地笑。定钧听妹妹这样说，遂拍手笑道：

"妹妹，你真不愧是吾之知音矣！"

碧云也笑道：

"那么你到底有什么得意的事情？不是该明白地告诉我吗？"

定钧把身子坐近了一些，扬着眉毛，未说话前，先笑起来，说道：

"妹妹，我和秀娟已谈过话了，她确实是个美而贤的姑娘，到此方知妹妹没有骗我哩！"

"什么？你和她已碰见过了吗？可是你到她家里去的？"

碧云听了这话，定住了乌圆眸珠，粉脸上也显出又惊又喜的样子。

"不是，这倒全仗丹枫帮了我的忙……"

定钧说着，遂把今天下午的事情详详细细地告诉给她知道，一面又笑着说：

"妹妹，你想，我不是很快乐吗？"

"啊哟！那你们为什么不早些告诉我？否则，我真不高兴跟大嫂一块儿去哩！"

碧云秋波逗给他一个娇嗔，有些懊悔殊甚的模样。定钧道：

"早晨我理好发回家，原想告诉你，叫你一同去，不料你已和大嫂一块儿了。如今我又和她约好下星期六午后在国泰戏院门口相见，妹妹就一同去好吗？"

"这个我不愿做愚笨的人，岂肯给你们见了惹厌？像今天的约会不参加，已经是失之交臂的了。"

碧云瞟了他一眼，却抿着嘴儿嫣然地笑。

"妹妹，你这话算什么意思？叫我听了不是难受吗？"

定钧瞅着她淘气的表情，低低地说，表示有些生气的模样。碧云这才把纤手伏到定钧的肩胛上来，向他妩媚地笑了。过了一会儿，定钧向碧云又说道：

"妹妹，你知道丹枫所以这样大帮我忙的意思吗？"

"我知道的，他无非要想早些喝这一杯喜酒呀。"

碧云是个聪敏的姑娘，也许她已明白哥哥这一句话的作用了，所以她乌圆眸珠一转，先拿话来向他取笑。但定钧却摇了摇头，一面把手指弹着月琴，一面笑道：

"错了，他的意思无非要我报之以李罢了。妹妹，我瞧你和他的感情亦不错，所以明年春天，我给你代为禀明了爸妈，何不先来订一个婚呢？"

碧云听他实说了出来，粉脸不免浮上了一层玫瑰的色彩，啐了他一口，把手扬了扬，做个要打他的意思，笑嗔道：

"谁要你管这种闲事？"

定钧却一面弹琴，一面高歌着笑道：

"妹妹呀，我是为的你好，你不要我管闲事也罢了，明天不要再来向我求吧！"

碧云伸手在他肩上恨恨地打了一下，逗给他一个娇嗔，笑道：

"今天你是太兴奋了，一会儿哭，一会儿笑，哥哥，你瞧吧……"

说时，却把手指划到颊上去羞他。定钧却没有作答，只管望着妹妹得意地傻笑，一会儿又问道：

"妹妹，今天大嫂家里一定很热闹的吧?"

"说也好笑，一共玩了五桌骨牌，你想，他们家里真全是赌鬼呢!"

碧云方才含了笑容，向他正经地告诉。

"妹妹可曾玩吗?"

定钧放下月琴，低低地问。

"我没有玩，后来大嫂叫我代打几副，倒给她和了两副清三番呢!"

碧云口里回答，心中却在想素臣对待自己那种亲热的情形，她只有感到暗暗好笑而已。这里兄妹俩又闲谈了一会儿，因为夜已深沉，露水很重，所以也就分手回房安息。

流光如驶，一年容易，雨雪纷飞中不觉已带去残秋的影子了。天空是阴沉沉的，密布着一片一片的彤云，仿佛要落雪的光景。定钧身披厚呢大衣，头戴兔子呢帽，手里戴了一双黄色麂皮的手套，从小院子里匆匆地走出，迎面扑过来一阵西风，刺骨生寒。他抬头望了下天空，见已在飘着鹅毛似的雪花了。他迟疑了一会儿，暗想：近一个月不见了，既然约定今天相会，任你落铁吧，大概也不会失信的。于是他跨着出去，人影子在雪花缝中也就消失了。

第六回

为医卿病用心良苦

这是金都茶室的一个热闹的时候，每一只座桌上都坐满了红男绿女、老老少少的食客。身穿湖色制服的茶花翩然地像蝴蝶留恋在花丛间一样，手里托着点心盘子，来回不绝，任食客随意拣挑点心。这里装着水汀，外面虽然朔风凛冽，大雪纷飞，可是这里暖谷生春，好像阳春三月，真是十分温和。而且里面又置一玻璃电台，既可以看，又可以听，而且还可以吃。若约两三友好，在此谈心品茗，犹若身入神仙境界，无怪生意这么好了。

靠西窗旁的一张圆台子旁，坐着一个年轻的女郎，圆桌上放着一碟子点心，里面的烧肉包子只有咬了一口，却搁着没有吃下去。她身穿了折锦缎的旗袍，手托香腮，神情颇为郁闷的样子，她颦锁了翠眉，仿佛西子捧心似的，这意态会令人感到了楚楚的可怜。

正在这个当儿，外面又走进一个身穿西服大衣的少年来，他明眸向四周打量了一下，然后含了笑容，三脚两步走到那女郎的面前，低低地叫道：

"娟姊，你等候好多时光了吧？"

那女郎听了呼声，遂抬头望了他一眼，一见是自己心灵上唯一的安慰者，这就含笑站起，把眉尖略为地一扬，说道：

"也不多一会儿，钧弟，大衣呢帽脱给我。"

说时，伸手去取，给他挂到窗旁那个衣钩上去，然后两人相对坐下。桌上预早原多泡了一壶香茗，秀娟给他斟了一杯，秋波斜掠了他一眼，笑道：

"外面很冷吧？钧弟，热的茶先喝一口。"

"谢谢娟姊……"

定钧见她这样柔情蜜意地对待自己，心里真有说不出的喜欢，遂接过了茶杯，向她含笑道了一声谢，这谢并没有一些虚伪的表示，语气是多么温柔和真挚。这时，有个茶花走过，定钧遂叫她放下几客甜的咸的点心，回眸又望秀娟一眼，笑道：

"娟姊，大家吃些吧。"

"我刚才一个人已吃过一些，钧弟自己吃吧。"

秀娟含了妩媚的笑，向他柔声地说。

"你吃过的空盘子呢？没有吧，为什么吃不下？"

定钧瞧了瞧在桌上的点心盘没有空的，只有一个碟子内那只烧肉包子是曾经咬过一口的。因了秀娟的不要吃点心，使他引起了心中的疑窦，明眸向她粉脸打量了一下，见她脂粉不施，柳眉微蹙，嘴唇也没有像从前那么鲜红，而且眼帘下似乎还沾着丝丝的泪痕，于是惊讶地又问道：

"娟姊，你为什么脸带愁容？我们有一个月多的日子不见了，你的身体怎么样？抑是又受了娘的气了？"

秀娟被他这么一问，眼皮一红，把她熬住了许多时候的眼泪水终于又涌了上来。她摇了摇头，拿一方小小的绢帕按到眼皮上去拭了拭，没有作答，垂了粉脸，却是深深地叹了一口气。定钧被她这么一来，把手中正欲夹春卷去的筷子不免又放下来了，凝眸望着她哀怨的意态，凑过头去，低低地叫道：

"娟姊，你不要伤心，你告诉我吧。有什么委屈的事情，我总可以给你想个解决的办法。千万的身子保重，我瞧你这一个月来的脸色是坏了许多，最近你的咳嗽可曾断了没有？"

秀娟这才勉强熬住了悲哀，抬起哀怨的脸，秋波逗了他一瞥凄

90

婉的目光，摇头道：

"我也不知在前生和她结了什么怨，所以今生才受她这样的磨折。唉！总而言之，这是我的命苦……"

说到这里，流泪又满颊了。

"这样吧，秀娟姊姊，我明春准定先和你结婚了，看她还能再来磨难你？我真不明白这个悍妇有心肝没有，唉，杀不可赦的！"

定钧也是个心直口快的人，他瞧了秀娟这样可怜的样子，他明白秀娟确实是到忍无可忍的地步了，因为秀娟是个纯孝的女儿，若不是受了过分的委屈，她是绝不肯向我显出这样伤心的神气，所以他心头是激起了无限的愤怒。不过他既骂了出来之后，又觉得孟浪，遂和平了脸色，有些惭愧的意思，说道：

"娟姊，请你恕我无礼，我也是痛愤到了极点的缘故，因为在她自己也有一个女儿，虽然你不是她养的，那么到底是你爸养的，同样是个女儿，为什么要厚彼薄此到这样的差别呢？并不是我恶意咒念人，她待你这样不仁不慈，将来她的女儿恐怕也会得到报应的吧。"

秀娟听他这样说，感动得了不得，遂拭干了泪痕，摇了摇头，说道：

"钧弟，你不要这么说吧，叫我听了心头感到不忍。因为妹子待我不错，我如何能够因妈的待我凶恶，而希望报应到妹妹的身上去呢？不，不，我总希望妹妹能够比我幸福一些……"

秀娟说到这里，话声是带有些颤抖的成分。

"娟姊，你真不愧是个仁爱的姑娘，太使我感到可爱了。"

定钧听她这样说，望着她粉脸，连连地点了两下头，表示无限敬佩她的意思。秀娟在万分欣慰之余，不免苦笑了一下，忽然地把手帕捂了嘴，又连连地咳嗽起来，因为是咳得很厉害，把她两颊都涨得玫瑰一般地红了。定钧瞧着难受，遂把自己一杯还未喝过的茶送到她的面前，皱眉说道：

"咳嗽一直没有好过吗？上月给你买的两瓶咳嗽灵，服了后怎么也一些不见效验呢？"

秀娟没有回答，只把头摇了两摇，过了一会儿，才停止了咳，把他茶杯仍旧送回来，握了茶壶，在自己杯中斟满了，凑在嘴边，喝了一口。定钧奇怪道：

"为什么不喝这一杯？茶冷了吗？"

秀娟这才低低地说道：

"不，我怕传染了你，因为……我也许是患了肺病了……"

秀娟说到这里，也不知打哪儿来的一股子悲酸，使她喉间已有了哽咽的成分，秋波盈盈地逗了他一瞥哀怨的目光，明眸里已贮满了晶莹莹的泪珠了。定钧听了她这句话，心中当然是大吃了一惊，忙急急地道：

"那是你多虑了，一些咳嗽，如何就会患肺病呢？"

"不，我觉得自己的希望恐怕是很少的了，因为我吐出来痰中也有些血丝的。"

秀娟听他还宽自己心般地安慰自己，这就老实地告诉了他，同时她眼泪也终于在眼眶子里溢出来了。定钧听她痰中有血，不免也有些焦急，遂把自己西服小袋内那方雪白丝帕递过去，低低地说道：

"你倒在这儿吐一口痰给我瞧瞧。娟姊，你不要伤心，这是因为你积郁所致的。"

"吐在我自己手帕中好了。"

秀娟见他如此多情，遂摇了摇头，一面收束泪痕，一面在自己绢帕内吐了一口痰，放在桌上，给他细瞧。定钧凝望了一会儿，见果然有丝丝的血丝，其色颇为鲜红，遂又低声地问她说道：

"痰中带血，不知有了多少的日子了？"

"将近半年了。"

秀娟哀怨地回答。

"什么？将近半年了？那你为什么不早告诉我？"

定钧听了这话，脸上显出了无限的惊骇。

"当初并没有每口痰中有血，所以也不介意，虽然有些焦急，向爸爸告诉了后，也曾经给大夫诊治过几次。但妈又妒忌了，说饭吃得下，有什么病？你爸辛辛苦苦赚来的钱不易，倒叫你平白地浪费，人家说孝子孝女，现在做爸的真正是个孝女儿了。我听了这话，心中难受，所以也不愿叫爸爸为我而多花钱了。"

秀娟告诉到此，又不免伤心泪落。定钧把自己那方丝帕叫她拿着拭泪，一面咬牙切齿地正欲发恨，但结果却是叹了一口气，说道：

"我不想你的后母其心之毒有甚于蛇蝎耶！娟姊，有病不治，何异束手待毙？我想你这病是应该住医院去的，这是一件要紧的事情，绝不能再延迟下去的了。"

"但是偶然给医生诊治，尚且妒忌，住院养病，恐怕更没有这个福气吧。"

秀娟摇了摇头，她想起娘的凶相，她感到前途是很暗淡的了。

"这算什么话？我明天倒向你爸爸评一评，女儿有了真病，做父亲是否可以不负责的？没有钱，这是情有可原，以你的地位而说，难道你瞧医生的权利都享受不到了吗？娟姊，你不能这样懦弱，我们为求生存、为求幸福，我们得起来反抗的。"

定钧微睁了明眸，他有些不胜愤恨的神气。

"爸爸当然会答应，只怕妈那张嘴开口阻拦罢了。"

秀娟叹了一声，轻声地说着。定钧心中又忧煎又痛恨，他觉得这个后岳母不啻是自己的一个大仇敌。因为自己到秀娟家中已经去过了两次，对于这位竹太太三角眼老鹰鼻的那副凶相的脸在心中已留了一个恶印象，此刻想起她的脸，真有些恨不得把她痛骂一顿的样子呢。遂沉吟了一会儿，忽然他有了一个主意，说道：

"娟姊，这样吧，他们既然如此没有父女之情，我们也不要他们花费一个钱了。当初不是有五千元钱送过来作聘金吗？这五千元钱我就给娟姊作为养病的费用，将来结婚的时候，我情愿一些嫁奁都不要，这样叫那悍妇不是可以快乐了吗？"

秀娟想不到定钧会说出这几句话来，一时真感到心头，不免又落下泪来，说道：

"钧弟这样爱我，真所谓情深如海，义薄云天，纵然不治而逝，虽死亦瞑目了。"

定钧听她说一"死"字，心中悲酸万分，眼泪也夺眶而出，哽咽道：

"娟姊，你如何说出这样消极的话来？我以为只要医治得快，自然慢慢地会痊愈的。"

秀娟见他也哭了，心中更加感动，遂把定钧的丝帕又递还给他，柔声地笑道：

"钧弟，不要发傻了，说死难道就会真的死了吗？放心，我不会死的。"

秀娟含了娇笑，口中虽然是这样安慰他，但是也不知为了什么缘故，她自己的眼泪也会扑簌簌地滚了下来。两人相对泣了一会儿，各自收束了泪痕，秀娟乌圆眸珠一转，秋波逗给他一个媚眼，先笑道：

"钧弟，何苦自寻烦恼？这倒是我害了你了。"

"不，娟姊，你别这么说，我今天回家就和爸妈说去，明天就来陪你上医院去养病，因为你住在家里，身子已经有了病，还能再时常地受她气吗？"

定钧摇了摇头，向她很诚恳地安慰。秀娟的明眸充满了无限感激的情意，向他默默地逗了一瞥，说道：

"只怕你爸妈会不答应吧。因为我还没到你家来做媳妇，如何就能叫你们出医药费治病呢？"

"不会的，你放心，我总可以叫爸妈答应我的要求。娟姊，你千万不要太抱悲观，因为这是有损于身体的。一个人总要有一个信仰，把你的心灵寄托到一个信仰上去，那你就不会感到悲伤，而且你的病体也会慢慢地好起来的。我知道你这病完全是从小做成的，第一后母太凶，第二夫婿又是个骗子。娟姊假使是个普通的姑娘倒也罢了，偏是个天赋丽质慧心的姑娘，那么如何不要郁郁成病呢？不过如今你是得了一个顽皮淘气的夫婿，而且不久也可以脱离这个黑暗罪恶的家庭了，所以你是应欢喜了才是呀！"

定钧向她柔声地安慰着，说到这里，自己也不免失声地笑起来了。秀娟听了他这一句"顽皮淘气的夫婿"的话，红晕了娇靥，也不禁为之破涕嫣然的了，秋波逗了他一瞥妩媚的甜笑，忍不住赦赦然起来。定钧在她海棠带雨后的一笑，自然更觉得千娇百媚的美丽得可爱，遂笑道：

"娟姊，点心都冷了，我们喊一锅子虾仁伊府面吃好吗？"

秀娟不忍违拗他的意思，遂点了点头说好的，于是定钧吩咐了侍者，一面把春卷吃了一个。不多一会儿，虾仁面端上，秀娟先盛了一小碗面，用羹匙舀了许多的虾仁和卤汁，交到定钧的手里，柔和地道：

"吃这碗吧。"

定钧见她处处的举动总是显得那么温柔，他暗暗庆幸自己有这么一个多情的爱妻，遂笑道：

"你自己吃。"

"我这里不是再可以盛的吗？"

秀娟瞟了他一眼，掀着酒窝儿，也微微地笑。定钧遂也不再客气，接了她盛的那碗面吃了。吃毕面时已五点钟了，定钧因秀娟心里忧愁，为了引逗她心里欢喜，遂低低地道：

"娟姊，茶室隔壁就是金都舞厅，我们去听一会儿音乐好吗？逢场作戏那也是件难得的事情，不知你心里有兴趣吗？"

"好的，我们就去见识见识。"

秀娟知道他是为了自己的缘故，遂含笑答应了。定钧付了账，遂和秀娟披上大衣，走到舞厅，先在衣帽间寄放了大衣呢帽，这才携手走到里面去了。侍者招待入座，泡上了两杯柠檬茶，秀娟和定钧认识至今也有四个月的日子了，不过玩舞厅实在还只有今天破题儿第一遭。他们坐在沙发上，相倚相偎地表示十分亲热，定钧握着她柔若无骨的纤手，望着她粉脸，笑道：

"娟姊，你也会跳舞吗？"

"我不会的，你大概会的了。"

秀娟微仰了脖子，秋波逗了他一瞥神秘的目光，哧哧地笑。

"我也不会的，正经地说，我还只是第一次踏进舞场的门。"

定钧摇了摇头，低低地回答。

"那我可有些不相信，一个大学念书的人，会不上舞厅来玩吗？"

秀娟却有些不相信的神气。

"你这话把大学生也说得太以腐败了，大学读书的人，用功的也不少。"

定钧笑着辩白。

"可是荒唐的也很多，你大概是列入于用功的一群了。"

秀娟斜乜了他一眼，俏皮地说。

"我虽然不能说用功，但至少也不荒唐，像我这样青年是最普通的了。最普通也就是最平凡，最平凡的少年，在这个世界上最多，所以我觉得自己太渺小，很想学一个不平凡的人，可是却学来学去学不像。娟姊，你能教教我吗？"

定钧听她这样说，遂把她手更握紧了一些，絮絮地向她说出了这一篇话。秀娟把左手抬上来掠了一下云发，笑道：

"我以为你有这么的感觉，你已经是很不平凡了。姊姊也没有什么话可以勉励你，在这个外表安乐实际危急的时代，我只希望你记牢'埋头苦干'这四个字也就是了。"

"我一定听从姊姊的话，我觉得姊姊不啻是我生命中精神的泉源，我自得姊姊之后，我精神更振奋了许多，无论做一件什么事情，我都觉得轻快高兴，这还不都是姊姊的力量吗？姊姊，我万万也想不到这一头盲目的婚姻，竟令人感到分外满意，那还不是一个天缘吗？姊姊，你不要难受，明天我就陪你到医院去休养，到明春三四月的光景，你一定可以完全好了。那时，你不必再回家去，我们就开始结婚，这是多么甜蜜啊！"

定钧听她这么说，心里非常欢喜，遂附了她的耳朵，低低地说出了这许多得意忘形的话。秀娟的芳心是多么喜悦，多么甜蜜，秋波娇羞地逗了他一瞥媚眼，把身子倒入他的怀内，掀着酒窝儿，微微地笑了，说道：

"只可惜我并没有像你所说的那么好，那不是叫我心里很感到惭愧吗？"

不料正在这时，音乐台上忽然奏出一只黑灯舞来，因此整个的舞厅里也就显出一片漆黑的了。定钧因为是爱极欲狂，他竟情不自禁地低下头去，在她小嘴儿上吻住了。秀娟待要躲避，却已来不及，因此也只好柔情蜜意地给他温存了一会儿。良久，音乐停止，定钧也离开了她的嘴唇。舞厅里又开映绯红色的灯光了，秀娟绕过七分喜悦三分哀怨的目光，恨恨地逗了他一瞥羞涩的娇嗔，却嫣然一笑，别转粉脸去了。

"娟姊，你恨我吗？"

定钧心里有些荡漾，扳过她的肩胛，微微地笑。

"我倒不是恨你，因为你太顽皮了。"

秀娟粉脸红得像一朵娇艳的玫瑰，低低地说。

"那我不是预先向你说过吗？你是得了一个顽皮而淘气的夫婿了。"

定钧不禁扑哧地笑出声音来，他觉得在爱妻的面前，赖着做个孩子的模样，这是一件最有趣味的事情。

"可是你忘记我是个患有肺病的人了。"

秀娟说了这句话，她心头开始感到有些悲哀。

"娟姊，你这病还很轻的哩，哪里就会传染给我？即使传染给我，我也高兴，因为我给你分一半病去，你的肺病就更轻了，这样也不用休养两个月，不是会好得快了吗？"

定钧知道她有些悲酸，所以含了微笑，故意引逗她的高兴。

"钧弟，我虽痴，不料你比我更痴。只要有你这两句话，我已够感到安慰和欢喜了。"

秀娟明眸脉脉含情凝望着他俊美的脸庞，微摇了摇头，把手抚着他的肩胛，却是轻轻地叹了一口气。

"娟姊，既然你很欢喜，怎么你又叹气了呢？"

定钧半环了她的腰肢，低声地问。

"因为我感动得太厉害的缘故了。钧弟，古人云，人生最难得者唯知音而已。想我幼丧亲娘，赖祖母抚养长成，但年未及笄，祖母又一瞑不视，从此人海茫茫，更无一个知音了。不过在这儿我要向你声明，父子不能算知音，母女也不能算知音，同时夫妇也更不能称知音，称知音者，能一见如故，推食食我，推衣衣我，虽不是父子母女夫妇，其情之深，亦深过彼多多了。何况我和你更是夫妇关系，所以我觉得很安慰很幸运的了。"

秀娟明眸充满了热烈的情意，望着他很快慰地说出了这几句话。

定钧点了点头，说道：

"正因为你的身世太可怜，你的环境太恶劣，所以更引起了我爱怜的同情。娟姊，虽然我们也没有经过三年五年的认识，但我们的心确实已合成一个了。我希望我们能够永远在一起，虽然你是比我早到人世二十天，但我却愿意跟你在同一个日子携手归，不知你心中也有这个意思吗？"

秀娟听了这话，觉得他爱我之情，所谓天无其高、海无其深，因为是过度喜悦，也会激起一阵悲哀的情绪，掀着妩媚的笑窝儿，眼泪却淌到颊上来，望着定钧良久，忽然伸手把他的脖子紧紧地抱住了。定钧理会她的意思，偎着她滑腻的脸，望着半空中悬着的那盏暗绿色的纱宫灯，含了欣慰的笑意，但眼角旁却也展现了晶莹莹的一颗了。两人柔情蜜意地又谈了一会儿心，定钧生恐秀娟劳疲，遂在六点钟的时候和她出了舞厅，给她讨好了街车，送她回家。直待街车在雪花纷飞中消失了后，他也方才踱回家中去。

定钧到了家里，在自己的房中坐着出了一会子神，暗想：把五千元钱的聘金给秀娟作为养病之费用，我若和爸爸说了，爸爸也许肯答应，只不过妈恐怕要阻拦，一则女人家气量狭窄，一则妈气我不肯听从她的话，恐怕要故意刁难我的，所以这事情非找一个帮手不可，最有力的帮手当然是妹妹了。定钧想定主意，遂匆匆地到妹妹房中，只见雪雁坐在灯下结绒线活儿，于是问道：

"雪雁，六小姐呢？没有在房中吗？"

雪雁抬头见了五少爷，便忙含笑站起，放下活针，说道：

"六小姐下午出去后，到现在还没有回来呢。五少爷，你坐一会儿，喝杯茶，也许就回来了。"

说时，便去倒了一杯热气腾腾的玫瑰茶。定钧听妹妹出去未回，心里甚为懊恼，坐在沙发上，自不免低了头出了一会子神。雪雁见他好像有无限心事的模样，遂站在旁边，也愕住了一会儿，经过三分钟后，雪雁再也忍不住问道：

"五少爷，你找六小姐有什么事情吗？"

定钧这才抬起头来，向雪雁望了一眼。雪雁是家里五个丫头中最年轻、最秀气的一个姑娘，随着妹妹也学会了很多的字，此刻在灯光笼映之下，见她粉脸也有股子妩媚的风韵，而且脸有一部分很有些像秀娟的地方，因此望着她良久没有说出话来。雪雁见五少爷痴醉的神情，两颊倒是添上了一圆圈红晕，秋波逗给他一个嗔意的目光，抿嘴嫣然地一笑，说道：

"五少爷，你有什么心事吗？"

定钧想不到她窥透了自己的心事，遂情不自禁地点了点头，一面方开口问道：

"六小姐是到什么地方去的？你知道吗？"

"六小姐虽然没有告诉，但我有些知道的，好像前天田少爷和小姐约好似的，大概去玩了。五少爷，你有什么心事，可以告诉给我听听吗？"

雪雁见他点点头，遂一面告诉，一面又悄悄地问他。定钧沉吟了一会儿，说道：

"竹家秀娟姑娘患了肺病，他后母真毒辣，却不肯给她医治。我想肺病不是别的病，岂能不治理吗？所以欲把我们五千元聘金给她去作医药费，将来结婚的日子，情愿不要他们一些嫁奁的。但我又怕母亲不答应，所以请妹妹给我代为做说客去，不料妹妹偏出去，却不是叫我心中烦恼吗？"

雪雁这才明白了，遂点了点头，说道：

"五奶奶竟会患了肺病？这么年轻的人……唉！"

说到这里，又叹了一声，接着温和地道：

"五少爷，你的存心很好，五奶奶一定会痊愈的。我想二奶奶和太太最好，太太喜欢二奶奶会奉承，所以二奶奶的话，太太也最爱听从。六小姐既然没回家，五少爷就不妨先和二奶奶去恳求恳求，二奶奶一定会帮你忙的。"

定钧见雪雁柳眉含颦，微声叹息，似乎扼腕殊甚的神气，同时很温柔地安慰自己，而且又给自己想法了，觉得雪雁真是一个多情的姑娘，心中十分感激。遂点头说好，他便站起身子，匆匆又到二嫂李静珠的房中去了。

到了二嫂房中，见二哥坐在火炉的旁边，先在自斟自酌地喝着酒。原来，梅公馆因人口众多，大房、二房、三房都自己烧饭吃的，老四、老五、老六跟上房里老爷太太同吃的，一切银钱进出，彼此也分划得十分清楚，不过柴米两项，却由梅老太爷每月供给他们的。这时，定邦见了弟弟，遂把杯子一举，笑道：

"老五，来坐下一同喝几杯，今天我叫青鸾烧了一样好菜哩！"

"二嫂呢？没有在房中吗？"

定钧含笑点点头，因为房中只有二哥一个人，遂低低地问。

"谁知道她？我从行里回家，也还不曾见过她的人影子呢。你找她做什么？先坐下来喝一杯好了，大概总也该回房吃饭的了。"

定邦听他问起二嫂，有些不满似的回答，一面把桌旁椅子指了指，是叫他坐下的意思。

"我在外面刚吃过点心，二哥自己请用吧。"

定钧找二嫂，偏二嫂又不在房中，所以他心中很懊恼，觉得事情太不凑巧，他想二哥是个糊涂虫，这事也无告诉他之必要，于是把手一摆，只叫他自己喝酒的意思。就在这个时候，见青鸾端了一只盘子进来，盘子里一锅热气腾腾的红烧羊肉，就有一股子香气送到鼻中来。青鸾一面把羊肉锅子放到桌上，一面望了定钧一眼，说道：

"五少爷没有吃过饭，就在这儿用吧。"

"二奶奶在上房里吗？"

定钧一面点点头，一面又向她含笑低低地问。虽然他对于这碗菜平日也最爱吃，可是他此刻已没有心思留恋羊肉的滋味了。

"二奶奶在大奶奶的房中。"

青鸾向他轻声地告诉着。定钧听了，向定邦说声"二哥慢用"，他便匆匆地又走出房外去了。定邦奇怪道：

"他找二嫂做什么？青鸾，你也到大奶奶房中去瞧瞧，顺便叫二奶奶也可以来吃晚饭了。"

"哟！不见得五少爷就会爱上了二奶奶，何必急得这个模样？"

青鸾噘了噘小嘴，秋波逗给他一个娇嗔，却是哧哧地笑着奔到房外去了。定钧三脚两步跨进大嫂的房中，先听到了一阵鸭群走过似的笑声，定睛一瞧，原来三嫂也在大嫂的房中，三个人手里拿了烟卷，围着火炉子，一面吞云吐雾地吸烟，一面正在闲谈着笑话，在灯光笼映下，见整个的室中全弥漫了雾气。

"五叔，今天是什么好日子？一阵香风也吹进到大嫂子的房中来了。"

卫素贞见了定钧，首先向他笑盈盈地打趣着。

"这也许无事不到三宝殿，大概五叔有什么事情要请求大嫂子哩！"

李静珠像鬼灵精似的，乌圆眸珠一转，回眸瞟了定钧一眼，也笑盈盈地说着。定钧被她说到心眼儿里去，由不得脸上飞过了一阵红，遂只好厚了脸皮，笑道：

"不但要请求大嫂子，而且还得二嫂、三嫂都帮我小叔子一个忙。"

"我真佩服二嫂料事如神，五叔，你说吧，有什么事情叫我们帮忙呀？"

三嫂周云英见定钧像小丑似的向大家连连地弯腰，遂也插嘴笑嘻嘻地说。定钧被她这么一问，一时倒又不好意思向她们直告诉出来了，支吾了一会儿之后，经大嫂的一阵子催逼，他方才把自己要求的事情向三人低低地诉说了一遍，并且又道：

"我生恐妈妈不答应，所以请三位嫂嫂给我代为说个情，也许妈听从你们的话，会答应我了。"

三人听完了定钧的话后，便都"哦"了一声，各人脸上显出了神秘有趣的表情，而且还哧哧地笑起来了。定钧见她们把这件事当作一桩有趣故事看的模样，一时望着三人，倒不禁为之愕然，暗自叹息道：三个嫂嫂，还不如一个雪雁。他低垂了脸，深长地叹了一口气。这时候，青鸾和红莺都匆匆奔入房中，叫自己奶奶吃饭去，见三位奶奶这样好笑的样子，又见五爷羞涩的意态，好生奇怪，都问其故。三人这才停止了笑，云英先说道：

"取笑是取笑，正经归正经，竹家伯母也太心狠了，又不是没有钱瞧医生，为什么眼瞧着女儿患肺病不给诊理吗？难得五叔情义深重，情愿不要他们嫁奁，把五千元聘金作为医药费之用，这办法我很表同情，在祖母面前，我们一定会竭力陈说恳求的。"

定钧听了，遂抬头向她很感激地望了一瞥，说道：

"承蒙三位嫂嫂爱我，此恩此德，叫我永远感激的。"

大嫂听了，忍不住笑道：

"那也用不到'恩德'两字呀！小叔这一些的事情，我们做嫂嫂的若不能尽些力，这还有资格做嫂嫂吗？"

"并不是这样说，因为秀娟患了肺病，此病若不医治得快，生命就很危险，救了秀娟一条命，也等于是救了我一样，这还不是恩德吗？"

定钧听了很感激，遂沉着脸，向她们很认真地说着。定钧这几句话听到三人的耳中，心里方才有些感动，她们把笑容都收起了，似乎才感到这不是一件取笑的事情。李静珠点点头，凝眸含颦地又问道：

"对于这头婚姻，当初五叔不是竭力反对吗？但现在瞧五叔的样子，倒好像又很爱秀娟姑娘了，这是什么道理呀？"

"因为我见到了秀娟之后，我觉得她的可怜，既然已答应了爸爸，换句话说，我已承认她是我的妻子了，那么她的环境是这样恶劣，我做丈夫的有一份能力可以爱护她，我岂能不负一些责任吗？"

定钧听她这样问，遂也只好厚了脸皮，向她们低低地回答。众人听了，均皆叹息，静珠道：

"五叔真至性人，使人可敬，但愿竹小姐早日痊愈，这也够人喜欢的了。"

说着，身子已站了起来。这里翠环也把饭开上，静珠、云英安慰了定钧几句，遂跟着青鸾、红鸾各自回房用饭去了。卫素贞见她们走后，向定钧开口说道：

"你不用发愁，祖父母是多么爱你，再重要些事情他们也会答应的，何况区区五千元钱呢？不过竹家太岂有此理，于人情上说，也有些说不通，如何未过门的媳妇倒要夫家出医药费呢？不过话又得说回来，万事总瞧在五叔的分上，譬如竹小姐已到我家了，那么她患了病，任它一万二万的钱，不是也总得用下去吗?"

"大嫂这话不错，我们也只好瞧她可怜，假使她有亲娘的话，事情也不至于到这个地步。"

定钧听大嫂的话是从情理上讲，觉得很不错，但后面这两句话又是从情义上论，又很同情，所以他连连地点头，也附和着说了这么两句话。素贞笑着摇了摇头，望了他一眼，说道:

"你在祖母的面前，千万别提起亲娘后母的话，因为说的无意，听的未免触心，知道吗?"

定钧听素贞这么叮嘱，心中很感激，遂点头说晓得。这时，十二岁的志光、八岁的玉英都匆匆地奔进来，见了定钧，便拉了他手，笑嚷道:

"五叔叔，你弹月琴给我们听好吗?"

素贞笑道:

"你们别缠绕了，五叔自己心事重重，哪儿还有心思弹月琴给你们听?"

说时，又向定钧说道:

"你大哥想是不回来吃饭了，五叔叔就在这儿吃一口吧。"

定钧点头答应，遂拉了志光和玉英在桌边坐下。素贞特地又开了一罐蟹粉肉，因为五叔今晚这里吃饭也是一件难得的事情。定钧哪里有心思吃饭，所以也是食而不知其味的，匆匆地吃了一碗，便自管回房去了。他躺在沙发上，望着茶几上那盏石膏裸体美人的绿纱罩的台灯，呆呆地想了一会儿心事。大约有了半个钟点之后，只听一阵女子咪咪的笑声触送到耳鼓，定钧定睛望去，只见妹妹笑着奔进来了。定钧慌忙站起问道:

"妹妹，你在哪儿玩? 刚回来吗?"

碧云秋波逗了他一瞥娇媚的甜笑，说道:

"我早已回来，饭也上房里吃的，你不是大嫂房中吃的吗? 我什么全都知道了。"

定钧在她这一句"什么全都知道"的话中，似乎含有些神秘的意思，这就红了两颊，惊讶地道：

"你到大嫂房中去过了吗？"

碧云摇了摇头，抿嘴笑了笑，说道：

"不，我没有到大嫂的房中，大嫂、二嫂、三嫂都到上房里来的，对于你这个要求，三位代表都尽了很大的力量，就是你并没有委托我，我也给你竭力地帮忙。不过妈说，这一些小事情，原不用请这许多代表来说情的，反说你架子大，不肯向妈亲自去恳求，所以她心中有些生气。现在她老人家有个小小的条件，不知你肯答应吗？"

定钧听了这些话，方知三位嫂嫂已代自己去说过了，不过妈妈反怪我架子太大，这倒是我小心过度的错处了。于是也忍不住笑道：

"你且说来给我听，是什么条件？其实母子之间也无所谓'条件'两个字，只要妈妈说得出，我总也做得到的。"

碧云听他这么说，遂掀着酒窝儿不禁笑弯了腰。定钧见妹妹这个神情，倒不禁为之愕然，怔怔地问道：

"到底是什么条件？妹妹为什么这样好笑？"

"这个条件说容易是再容易也没有了，所谓不费你半分钱财和气力，但说难起来，也非常难，因为当着众人的面前，到底有些难为情。"

碧云方才停止了笑，带有些神秘的口吻，低低地说。定钧这就有些焦急起来了，向碧云深深地一鞠躬，央求道：

"好妹妹，你不要卖什么关子了，干脆地就告诉了我，何必我在火里，你在水中地兜圈子呢？"

碧云扑哧一笑，遂正经地道：

"妈说你有两年没好好儿地喊她一声了，是不是算和妈生了气？还是不承认她是你的妈了？现在你得向妈下跪叩头赔不是，还要搬茶叫妈用茶，你想，这个条件不是又容易又困难吗？"

定钧听了，"哦"了一声，便脸现喜色地笑道：

"我道是什么条件，原来是这个吗，那是理所应当的事情，譬如今年妈六十岁做寿了，那我不是该向妈拜寿吗？妹妹，来，我们快一同到上房里去吧。"

他说着话，拉了碧云的手，身子便向院子外急急地走了。碧云见他拔步飞跑，自己被他拉得七冲八跌的，遂笑道：

"走得这么快干吗？可是在夜里呢，你给我绊了跌，我可也不依你哩！"

定钧听了，这才放缓了脚步，和她一同走到上房里去了。这时，上房里很热闹，梅老太爷、梅老太太、大嫂、二嫂、三嫂、紫霞、张妈、陈妈都在房里。碧云一脚跨进，就嚷着道：

"妈，五哥来拜寿了。"

这句话说得满屋子里的人都忍俊不置，梅孟起究竟疼爱小儿的，遂向碧云怪之道：

"你别胡说吧！"

碧云噘着小嘴儿，却哼了一声，说道：

"爸爸，你以为我这句话羞了五哥吗？其实五哥是老面皮，这话原是他自己说的。譬如妈六十岁做寿，他不是也该拜寿了吗？"

众人听了这话，遂愈加捧腹大笑起来。定钧这时却并不一些脸发红，他笑容满面地端了一碗盖子茶，拿到梅老太面前，叫了一声"妈妈用茶"，竟真的扑通一声跪了下去，可是既跪下去之后，却再也爬不起来了。

《颠倒夫妻》暂告段落，欲知以下如何，请看《逃婚》就会明白。

逃　婚

第一回

碧血儿女　春情浓于酒

　　母子间的误会，并不像任何仇恨一般地不可解开，只要做儿女的退一步想想，要知自己的身子从何而来，也就把老人家的怨恨化为乌有了。所以定钧想得彻透，竟在许多哥嫂面前向他母亲跪了下来。可是这一跪下去，却不曾想到怎样立了起来，于是他赖在梅太太的身旁，不想立起来了。而在旁边的几位哥嫂，却对他在微微地嬉笑。读者要知道定钧何以会如此地下跪，那要请看《颠倒夫妻》就会明白他的用意何在了。

　　梅太太心中所以要这么地刁难他，也无非因他平日太以高傲一些了。在她以为端一杯茶也许是肯的，要在这许多兄嫂妹子面前跪拜的一回事，恐怕不肯的吧。谁知事情出乎意料之外，定钧却也情情愿愿地跪下来。因此，心中倒又舍不得了，因为定钧到底是自己亲生的小儿子，平日虽然恨他，心中却最最喜欢他，所以连忙俯身伸手把他扶起，含了笑容说道：

　　"快起来吧！秀娟这孩子好好儿的怎么会患起肺病来了？今天你又到她家里去过了吗？"

　　定钧听妈这样问，又见妈果然把自己扶起，心里十分得意，遂把身子退到沙发旁坐下，点头说道：

　　"我今天去望过她，后来一同到外面去瞧一场电影。我见她咳嗽不止，遂问她受了寒吗，她很伤心地道：'痰中且时有血丝，恐怕是患了肺病。'所以我才知道的。"

梅孟起叹了一口气，意欲说一句这孩子受一些委屈了，可是因碍着梅太太在旁，所以他要避一些嫌疑，却没有勇气说出来。孟起既然不敢说，其余众人当然更不敢言论了。倒是这位梅太太心直口快，很生气地说道：

"这么年纪轻的孩子就患了这样可怜的病，我想秀娟这姑娘性情太柔弱了，一定平日受了后母的气，以致郁郁患肺病了。竹家统共也只有两个女儿，还如此地厚彼薄此，这老太婆也太想不明白了。我这人就是这样脾气，自己养的和人家养的就没有分别，要骂同样要骂，疼爱也同样要疼爱。本来呢，没有过门儿的媳妇，她患了病，这责任当然是在她爸妈身上，不过现在情形不同，我们为同情秀娟的环境起见，当然不得不尽我们的能力了。况且这个婚姻当初你原竭力反对，此刻你既答应我，若把你这一些要求都不答应，这不但对不住你，而且也对不住秀娟这可怜的孩子了。"

以一个后母的身份去痛责后母的不是，这一点使屋子里众人都感到敬服。确实，以梅老太平日的行为而论，有赏有罚，虽然也有糊涂的时候，却也有清楚的时候，不像其他后母者一味地施其狭窄的手腕。当下大嫂先插嘴说道：

"祖母这话也是慈爱的存心，我想秀娟姑娘得了祖母的爱护，她心头一定是万分感激哩！"

"不但秀娟姑娘感激，难道五叔心中会不感激吗？也许比秀娟心中更加感激哩！"

二嫂静珠也笑嘻嘻地说，还把秋波向定钧逗了一瞥神秘的媚眼。屋子里众人大家都有个有趣的感觉，这就忍不住又好笑起来了。

梅孟起这时把雪茄弹了一下烟灰，向定钧望了一眼，说道：

"当初你的意思，是要待毕业后才结婚，现在你妻子在家中既然这样不如意，这两三年的日子也就再挨不下去。刚才我和你妈商量，意欲待秀娟病好一些，大概明春三月间，给你们先结了婚，那么也省得秀娟在家中受委屈了，不知你也赞同我们这个意思吗？"

定钧对于父亲这一句话真是求之不得的事情，心里这一喜欢，几乎把心花儿也乐得朵朵地开起来了，暗想：这是我所希望的，岂有不赞同的道理吗？不过表面上他还不肯就此地答应，生恐嫂嫂和妹妹笑自己的口硬骨头酥，所以他垂下头来，表示沉吟一会子的神气。梅老太见他这个模样，到底又被他瞒过了，遂劝他说道：

"孩子，你也不要三心二意地委决不下了，你爸和我这个意思，直接的是为了秀娟的幸福着想，间接的也是为了你好。因为这几个月来，我从你妹妹口中所得，知道你确实是很爱秀娟了，既然你很爱秀娟，难道倒忍心她在家里受磨难吗？"

碧云站在旁边，听了这些话，遂不待定钧回答，先笑着道：

"妈，你还劝五哥哩！这真是妈的忠厚之处了。你单瞧五哥扬眉展笑的神情，也可知道他心中是这一份儿欢喜的了。"

众人听了，都又忍俊不置，连定钧也笑出声音来，遂斜眼向她白了一下，表示嗔她聪敏的意思。梅老太也笑骂道：

"这妮子，妈有像你这么聪敏吗？你是鬼灵精，什么事情总先猜透别人家心中的意思了。"

碧云乌圆眸珠转了转，抿嘴扑地一笑，说道：

"我当然什么都知道的，尤其五哥心中有几条肠子，我也早已知道的了。"

这几句话说得大家忍不住又捧腹大笑起来了。就在这时候，老四定铮也走进房中来，见上房里这许多人，倒是怔了一怔，遂笑嘻嘻问道：

"你们开什么会议吗？说给我听听好吗？"

定邦笑道：

"四弟今天怎么也会管起闲事来了？我们说的，本来是你的事情，可是现在却变成五弟的事情了。"

众人听二哥这么说，又都笑个不停。定铮却目定口呆似的愕住了一会子。梅老太很生气地瞅了他一眼，恨恨地道：

"谁要你来问这些事？我告诉你，你弟弟明年也要娶妻子了，难道五兄弟中，你就独独爱做光棍吗？"

定铮见母亲一旦开口，总没有好的嘴脸给自己瞧，他心里有些愤怒，而且也有些伤心，这就一骨碌转身，匆匆地又奔出房外去了。大家瞧此情景，又要好笑，但梅孟起却摇了摇头，深深地叹了一口气，因了孟起这一声长叹，于是把众人脸上的笑容又平静下来了。

大家又闲话了一会儿，这才向祖父母道了晚安，一同退出上房里来。在院子里，三嫂云英向定钧笑道：

"五叔，大事成功了，你自己心里明白。"

"我当然十分感激，过几天请你们到红叶酒家吃饭去好吗？"

定钧理会她的意思，遂含笑点点头，先向她们许下了愿似的，以安她们的芳心。三位嫂子哧哧地一笑，也就各自地回房去了。

这晚，定钧睡在床上，心里十分喜欢，不过在喜欢之中，亦包含了一些忧愁的成分。因为肺病这样病症比不了别的，假使她病根已深的话，恐怕一年两年也很不容易痊愈吧，这……这便如何是好呢？想到这里，为秀娟伤心，亦为自己伤心，眼皮一红，也不免淌下几点泪来。定钧的抱负，虽有英雄的气概，但所恨的正是儿女情长哩！

第二天，定钧正预备到秀娟家里去，见妹妹匆匆地走来，说道：

"五哥，你预备给娟姊到什么医院里去养病呢？"

定钧听了，倒是愕住了一会子，说道：

"这个我也没有想定，回头见了秀娟，就问问她自己的意思怎样。妹妹，你反正没有事，也和我一块儿去好吗？"

"到她家里去，被她爸妈瞧见了，那可有些不好意思。明天住到医院里之后，我再去瞧望她吧。"

碧云摇了摇头，向他很正经地说。定钧觉得妹妹这话也不错，遂点了点头，说道：

"也好，那么我此刻就去了。"

梅碧云送他出了院子，定钧说：

"外面风大，妹妹进去吧。"

于是兄妹俩遂分手作别了。定钧到了竹家，林妈开门见了，心里就很欢喜，含笑叫道：

"梅少爷，你好久不曾来了，大小姐怪记挂你哩，快请里面坐吧。"

定钧一面点头，一面先步入书房。只见丽娟站在书橱的旁边，拉着玻璃橱门，在拣一本厚厚的精装书，听了脚步声音，遂回眸过来，向他瞟了一眼，笑道：

"我道是谁，原来是姊夫来了。"

说着，抿嘴扑地一笑。在她这句话中，不免带有些孩子淘气的成分。

"丽妹没有出去玩吗？妈的身体好吗？"

定钧免不得意思地向她问了两句，心里可就想着：你何必假意向我亲热？假使你没有在娘面前搬弄是非，你娘会这么妒忌秀娟吗？丽娟把橱门掩上，含笑道：

"托你的福，妈倒很好。五哥，你请坐吧！"

她说着，和他点了点头，便拿着书本回自己房中去了。定钧听了这两句话，心中更加地气恼，暗自冷笑了一声，想道：我巴望不得她也生了病，那才是苛待秀娟的报应呢！正想时，林妈已把秀娟喊来了，秀娟匆匆地走进来，见了定钧，勉强含了微笑，说道：

"干吗不坐？站着做什么呀？"

定钧见她云发蓬松，眼皮红肿，显然是又哭过的，遂微蹙了眉尖，低低地问道：

"娟姊，你有什么不舒服吗？"

"没有什么，你请坐呀，我爸没有在家。"

在秀娟心中，当然明白定钧今日到来，是他的请求成功了。所

113

以昨晚回家，虽然又受了许多的委屈，她此刻也很高兴，便摇了摇头，一面向他低低地回答。

"梅少爷，真是气死人，还不是受了这悍妇的气吗？"

林妈有些忍熬不住，向楼上努了努嘴，很愤怒似的告诉着。秀娟听了，却回头逗给她一个娇嗔，低声喝道：

"林妈，你给我胡说些什么？快倒茶去吧！"

林妈这才不敢言语地去倒上两杯茶，悄悄地退出去了。定钧见室中没有别的人，遂向秀娟望了一眼，说道：

"难道昨天你回家，她又骂了你吗？"

秀娟轻轻地叹了一口气，摇了摇头，说道：

"别提起了，总是我的命苦。"

"娟姊，别那么地说，昨天我回家，把这事情向爸妈商量，爸妈便一口答应了。所以我心里很欢喜，虽然你爸爸没有在家，但和你妈妈说也是一样的，反正她听了这话，心里也许更欢喜哩。娟姊，你不要伤心，我今天就可以伴你到医院里去疗养了。"

定钧虽然有些愤恨，但他到底忍住了气，向她柔和地安慰。秀娟原也早已猜到几分的，所以心中的悲哀被喜悦也就慢慢地驱逐了，微扬了眉，嫣然地一笑，说道：

"钧弟，你待我这样好，我实在太感激你了。"

"娟姊，我俩之间还用得到'感激'两个字吗？其实我待你好，也就是待我自己好。你若有些不舒服，我心里总好像有件什么东西没放下，你能够白白胖胖很健康，我心里也是多么快乐呢！"

定钧听她这样说，遂把她手握住了，微微地笑。秀娟的一颗芳心里好像涂过了一层糖衣那么甜蜜，她掀着酒窝，把娇靥一圆圈一圆圈地红晕起来，秋波逗给他一个妩媚的娇笑之后，却垂了粉脸，大有娇羞万状的意态。这神情瞧在定钧的眼里，当然是感到分外好看，遂笑了一笑，又很正经地道：

"娟姊，你相信我这些话吗？"

"我怎么不相信?"

秀娟被他这样一问,遂抬起粉脸,明眸含了哀怨的目光,向他似恨似嗔地逗了一瞥,似乎有些怪他不该说这句话的意思。定钧却又笑起来,望着她出了一会子神,说道:

"那么娟姊预备到什么医院去疗养?上海虽有不少的医院,但设备周到、医生负责的实在很少。我想中国肺病疗养院倒很不错,你的意思以为怎么样?"

"也好,我想有命的不治也会好,没命的任你华佗再世,恐怕也难收回春之效了。"

秀娟点了点头,轻轻地回答,在她所以这样说,无非表示随便哪个医院都行的意思。但定钧听了这几句话,心中却颇为不悦,遂打岔着道:

"那么我此刻就到上房里去向你妈说妥了,立刻可以伴你入院去了。医病总是愈快愈好,你说对吗?"

定钧说着话,身子也站了起来。不料此时竹太太也从上房里走出来,她见了定钧,眉开眼笑地说道:

"五少爷多早晚来的?你妈这几天好吗?"

定钧见她在自己的面前总是显得十二分的亲热和客气,就可知她是个有面前有背后的小人,但是心中虽然痛恨,也不得不很恭敬地行了一个礼,叫了一声"妈妈"说道:

"我才来了不多一会儿,妈妈很好,多谢你记挂。"

竹太太把手一摆,微笑道:

"请坐吧,这两天天气很冷,一个不小心,就要伤风咳嗽的。我们娟儿就是这么孩子气,一些不舒服便会哭一顿的,你瞧她像病西施般的,真是个懒丫头呢!"

秀娟听了这话,并不言语,却垂了粉脸,望着自己的脚尖出神。定钧心中是只有感到暗暗好笑而已,于是也就趁势地说道:

"妈,我今天到来,原是为了秀娟的咳嗽。在上个月我就见她痰中有血，只怕是患了肺病。虽然秀娟说已经瞧了好多次的医生，不过我想这是没有什么多大效应的，患肺病最要紧的是静养，所以我的意思，给秀娟到中国肺病疗养院去住几个月。昨天我已征得爸妈的同意，把我们送过来五千元的聘金作为医药费用，将来结婚的时候，情愿不要一些嫁奁的。我想妈妈听了，总也乐而赞同的吧？"

竹太太也是个很明白道理的人，听了定钧这几句话，心中自然也感到有些难为情，不免红了脸，支吾了半晌，方才说道：

"对于秀娟的咳嗽，我也早料到恐怕是肺病，原想给她到医院去疗养，不料她爸却说'一些小病，没有什么关系的'。现在五少爷既这么说，对于医药费一项总该是我们负担的，如何好意思叫你们负担呢？"

"那也不必客气了，好在数目有限的，只要人痊愈得快，我就是再多花费些金钱，也是很欢喜的。"

定钧暗中冷笑了一声，但表面上兀是含了和平的微笑，低低地说。竹太太听了这话，心里不免暗自想道：定钧这孩子倒是个怪多情的少年，可惜不是我丽娟嫁给他，否则，我有这么一个美貌多情的女婿，这是多么快乐！断命这妮子，本来是个呆婿，不料竟变成一个快婿了，那真叫人心中气呢！定钧见她沉吟着不答，遂也不再迟延，站起身子，说道：

"妈，那么我此刻就伴秀娟到中国肺病疗养院去了。回头爸爸回家，妈代为告诉他一声吧。"

竹太太这才点了点头，委屈地答应下来。秀娟心里自然很欢喜，于是站起身子，说道：

"你等会儿，我到房中去理一些东西。"

定钧说好，秀娟便走到自己房中去了，在房门口遇见了丽娟，便悄悄问道：

"五哥走了吗，姊姊？"

秀娟摇头道：

"没有，他今天伴我上肺病疗养院里去，把他们前时送过来五千元聘金作为医药费用，情愿结婚的时候叫爸爸不用备一些嫁奁的。我想他既然如此情深，所以也只好听从他的了。"

姊姊说着话，已跨步走入房中了。丽娟心中似乎非常难受，不免轻轻地叹了一口气，说道：

"五哥真是个多情的好青年，姊姊不幸有此后母，而亦有幸得此多情的夫婿，总算妹妹的心中也很感到安慰的了。不过五哥此举，实在使我家感到惭愧无地的呢！"

秀娟知道妹妹是个爱护自己的人，她确实时常向母亲苦谏，要给自己到医院去养病，可是母亲虽爱妹妹，对于这点她却不肯听从的。这时听妹妹又这么说，心里非常感动，遂握了她手，摇撼了一阵，说道：

"妹妹，你别这么说，爸爸年纪这样老，赚钱也不容易，母亲也无非爱惜金钱罢了。姊姊的病虽不是危在旦夕，却自知非常沉重。这次进院医治，倘然能够痊愈，固属大幸，若不幸的话，希望妹妹善奉双亲，因为年老之人，一旦病卧在床，若没有一个亲儿女侍奉其榻，那时的痛苦当然难以形容的了。"

"姊姊，你怎么说出这样的话来了？你的病原是很轻，只要在院休养一两个月，自然可以出院的了。"

丽娟听了这话，心中一阵悲酸，那眼皮便忍不住红起来了。秀娟也不知为什么缘故，泪水也夺眶而出，遂回过身子，伸手拭了拭泪水，走到玻橱边去拉开橱门，却是愣住了一会子，因为心乱的缘故，所以她也不晓得整理些什么才好。丽娟忙低低问道：

"姊姊，你拿什么？"

"我想拣几套短衫裤和袜子，也好到医院中去换身。"

秀娟听问，这才回身向她回答。丽娟道：

"那我明天可以给姊姊送来的，此刻局局促促的，可以不必整理吧。姊姊，我也伴你一块儿去吧。"

秀娟也觉这话不错，遂在衣橱内只拿了一件灰背大衣。丽娟也到房中去披了灰背大衣，两人一同到书房去了。这两件大衣都是今年春季做的，照竹太太意思，秀娟做灰背大衣太好，预备拣一种便宜的料子，还是丽娟不答应，说姊妹俩总要一样的，姊姊若做别的料子，我也不要灰背大衣了。这样一来，才算把竹太太弄得没法可想了。即此一点，自然可以知道丽娟的为人之仁爱了。两人到了书房，丽娟先向竹太太说道：

"妈，我也伴姊姊一块儿去。"

竹太太点头笑道：

"很好，你知道了几号病房，以后也常可以去送送东西。"

这时，张妈已在弄口喊了汽车，说汽车已停在良友别墅的门口了，于是三人别了竹太太，走出良友别墅，跳上了汽车，便开到中国肺病疗养院里去了。在车厢里，秀娟是第一个跳上，丽娟被姊姊拉着手，所以第二个跳上，最后当然是定钧的了。在当初丽娟是没有想到这许多，及至汽车开动的时候，她才理会到这样坐法可有些不对，但是要换回来，这当然愈加地不好意思，因此偎了姊姊的身子，也只得罢了。定钧见她们姊妹俩穿了同样的大衣，同时容貌又有些仿佛，真是一对姊妹花。不过他心中很有些奇怪，瞧姊妹俩的情形好像很是亲热，莫非丽娟这姑娘心思刁恶，面前亲热，背后阴损她吗？是的，这和她的娘就一模一样。见了我说的话是多么好，但对秀娟的情形则又大不相同的了。定钧既然这么地沉思着，因此对于丽娟也就始终没有好的印象。

中国肺病疗养院的规模很大，病房的四周有个很大的花园，里面有树木、有花卉、有亭台、有池水，适合于病人休养最好的地方。定钧伴秀娟到了医院，经医生诊视之下，说秀娟肺病已入第二期了。一量热度，比普通人也高了一些，于是又问秀娟月事行吗，秀娟含羞说日期没有一定，医生说这是积郁的缘故，必须静养才是。定钧说愿意住院，医生说这是最好了，于是定钧嘱院役把秀娟送到特等病房里去。

　　三号特等病房的看护小姐姓李名叫茵子，是个很年轻的姑娘，她见了三人，便很和气地问了姓名。秀娟因为听医生说她肺病已到第二期了，心里自然十分忧愁，所以坐在沙发上闷闷地发呆。定钧明白她的意思，遂把手拍了拍她的肩胛，安慰她道：

　　"娟姊，你不要难受吧，医生不是说，只要静静地休养便会好起来吗？"

　　茵子在床上理好了被褥，回过身子，也微笑道：

　　"竹秀娟小姐这样的病是很容易痊愈的，因为还很轻呀。从前有位张小姐也很年轻的，她进院的时候病得很厉害，后来休养了一年多的日子，便痊愈出院了。"

　　"姊姊，李小姐的话你听见了吗？所以你不要愁闷的。"

　　丽娟听了，也向她低低地安慰。

　　"话虽这样地说，但要一年多的日子，也太叫人心焦的了。"

　　秀娟却微微地叹了一口气。

　　"那是没有办法的事情，竹小姐，你要不躺会儿了吗？"

　　茵子见她这么说，便笑了一笑，一面又向她温和地问。秀娟道：

　　"过一会儿躺吧。"

　　茵子点头，遂走出病房外去了。丽娟见姊姊总有些愁眉不展的样子，遂又说道：

　　"这几天是寒假期中，反正我也没有什么事情，姊姊若一个人嫌冷静，我可以伴在你的旁边好吗？"

　　"那当然很好，不过妈在家里一个人会嫌冷静的吧？"

　　秀娟心中很感激，望着丽娟，点了点头，低声地回答。丽娟道：

　　"不会的，况且我在家的时候，也没有时时和妈在一块儿的。"

　　正说时，茵子拿了秀娟病卡走进来，挂在靠壁的上面，向秀娟道：

　　"竹小姐，你最好躺在床上休养一会儿，过此时，我要给你打针了。"

定钧听了，遂也劝她。秀娟只好脱了大衣和旗袍，把身子躺到床上去。这时，窗外淡淡的冬阳齐巧照临在秀娟的身上，把她容颜更映得娇媚一些了，不多一会儿，茵子来给她注射了一枚针，并又喝了一杯药水。定钧因为入院以后要先付一些钱，所以他便走到账房间里去。不料在走廊里齐巧遇见了竹明允，遂忙叫了一声"爸爸"。明允也忙说道：

"秀娟已在病房里了吗？"

"是的，在特等三号病房里，爸已回过家里去吗？"

定钧点了点头，向他轻声地问，明允摇头道：

"没有，是林妈打电话到行里来通知我的。定钧，这件事我真感到惭愧，我如何好意思呢？所以这笔医费我会负担的。"

"我已征得爸妈的同意了，所以爸也不必客气了。只要你们有心的话，往后再说吧。此刻爸最好跟我到账房间去付一些钱吧。"

定钧却老实不客气地这样说。明允点了点头，伸手在袋内摸出一包钞票，交到他的手里，说道：

"这是二千元钱，我接了林妈电话之后，原送钱来的。你去付一付，我先到病房里去瞧瞧秀娟。"

定钧接过钞票，遂匆匆自到账房间去了。待定钧付了钱后，回到病房，见秀娟在明允的面前正在垂泪，丽娟却已不在房中了，于是说道：

"娟姊，你应该宽自慰解，为什么老喜欢烦恼呢？"

秀娟这才收束泪痕，并不作声。明允和定钧谈了一会儿，也自别去。定钧问道：

"你妹妹到什么地方去了？"

秀娟道：

"妹妹回家给我整理衣服去了。"

定钧点了点头，慢慢地走到床边坐下，望着她粉脸，微微地一笑，说道：

"娟姊，你现在应该欢喜，因为你不久自会痊愈了。"

"这完全是你的所赐……钧弟，我太感激你了。"

秀娟原倚靠在床栏旁，她见定钧坐下，遂情不自禁地把他手握住了，微微地笑。

"娟姊，你怎么又说感激的话了？"

定钧含了得意的笑，把她纤手抚摸了一会儿，轻声地问。秀娟把秋波逗了他一瞥娇羞的媚眼，却也赧赧然地笑了。一会儿，她又抬头说道：

"患肺病的，人称之贵族病，若一年半载方能痊愈的话，不但太心焦，而且金钱也不可胜计的了。"

定钧道：

"你又肉疼着金钱了，金钱是身外之物，需要用的时候，感到它的可贵。若放着没有用处，那何尝不像泥沙一般地没用处呢？娟姊，患病的人原最心焦，谁都希望立刻就好，不过事实上当然是不可能，所以你千万要静心休养，这样自然便痊愈得快了。"

秀娟点了点头，过了一会儿，又说道：

"只怕五千元钱都花费了，而肺病尚没有痊愈，这真是辜负了你的一片热情地爱我了。"

"娟姊，你的意思我明白了，不过你放心，医病并不是限制在这五千元钱的。我总要把娟姊医治得完全复了原才肯罢休，纵然花了一万二万的钱，那也不稀罕的。"

定钧见秀娟总有这么许多的顾虑，心里很不自在，遂低声儿地安慰着她，语气是特别诚恳。

"话虽这么说，不过你爸妈又如何肯答应呢？"

秀娟心中感激得了不得，但她依然有着一层忧愁的顾虑，秋波脉脉含情地瞟着他俊美的脸蛋，轻轻地说。定钧这就沉吟了一会子，忽然说道：

"爸妈若不答应，我这劳什子的书也不要读了，立刻去就职业，把这薪水来给姊姊治病，那你还怕什么？何况爸妈是爱我的，他们爱我，便会爱你，所以即使五万十万吧，他们也会答应的，你快不要担这些心事了吧！"

秀娟听了他这几句话，便倒入他的怀中，把他的脖子紧紧抱住了，叫道：

"钧弟，你这样存心对待我，你也可谓是尽了你的力了。假使我不治的话，这是我的命，我虽死亦瞑目的了。"

定钧听了这话，立刻把她嘴儿扣住了，皱眉说道：

"娟姊，好好儿的何苦说这些颓伤的话，叫我听了心中不是难受吗？"

秀娟明眸里含满了晶莹莹的泪水，凝望着定钧的脸，嫣然地笑起来，说道：

"钧弟，有命的，任你怎么地说死，她也绝不会就死的。"

"但是我不愿意听你再说这些话，娟姊，你躺一会儿养神吧。"

定钧说着，把她娇躯抱着躺到床上，因为自己的身子也伏了下去，所以便向她望了一会儿，忽然低头去吻她一下嘴儿。不料秀娟对于定钧的神情，她早已明白他有这么的一个举动的，遂立刻伸手把自己的嘴儿按住了，因此定钧吻着的却是秀娟的手心，一时很不好意思，红晕着脸，笑问道：

"娟姊，你舍不得给我吻吗？"

秀娟听他这么说，秋波哀怨地逗给他一个娇嗔，说道：

"你不听医生刚才的话吗？只要我有痊愈的一天，那时候就任你吻个够，我也绝不会拒绝你的。"

秀娟既说了出来，她又感到无限羞涩，绯红了两颊，却别转粉脸去。

"是的，那么我静静地等着吧，总有一天，会给我吻一个够的。"

定钧听了这话，更把她爱到心头，却点了点头，很得意地笑了出来。这时，秀娟的两肩却耸动厉害，定钧虽没有瞧到她脸部的表情，也可知她是笑得这一份有劲的了。

"娟姊，为什么不回过脸来？难道你还害羞吗？"

良久，定钧伸手又去抬她的粉脸，秀娟这才回头瞟了他一眼，笑道：

"我便向着你，你怎么样呢？"

定钧见她虽在病中，却总有一股子秀丽之气，妩媚得可爱，遂笑道：

"我不管你患的是肺病，我此刻总想吻你一个嘴。"

秀娟扑地一笑，却又白了他一眼，说道：

"傻孩子，你别那么地急吧……"

说到这里，不免又轻轻地叹了一口气。定钧没肯理会，把她纤手放在鼻子里闻香。秀娟因为他痴得可怜，遂不忍拒绝他，只好让他默默地温存了一会儿。这时，忽然听得有人叫道：

"姊姊，你的衣服、袜子和应用物件都带来了。"

因为这声音是突然来的，两人当然没有防到，定钧在听到叫声之后，方才放了她的纤手，慌忙站起身子，回头去望，却见丽娟已站在房内，望着他哧哧地笑哩。

定钧自然难为情得了不得，绯红了两颊，也不知怎么是好，竟呆呆地说不出一句话来。还是秀娟先说道：

"妹妹，爸爸也已回去了吗？"

"已到了家了，他叫我在医院里和姊姊做伴。姊姊，我把你这些衣服都放在橱里好不好？"

丽娟一面回答，一面把一包衣服放进到玻橱内去了。秀娟向定钧眨眨眼，笑道：

"你给我打个电话给张翠萍，告诉她我已住在这儿养病了。"

定钧明白这是秀娟解自己羞的意思，遂答应一声，匆匆地走出病房外去了。丽娟待定钧走后，笑盈盈地走到床边，向她俏皮地道：

"姊姊，我真粗鲁，会不管一切地急急先进来，我想五哥一定会怨恨我的吧?"

"妹妹，你也真不是个好人，干吗说这些话取笑我?"

秀娟的粉脸像涂过了一层玫瑰的色彩，秋波在逗给她一个娇嗔之后，却也掀着酒窝儿妩媚地笑起来了。

丽娟听了，也抿嘴儿憨憨地笑。这时，天色已晚，病房中已亮了一盏淡蓝色的灯光了。茵子拿了热度表，又来给她测量热度。丽娟在旁低低地问道：

"李小姐，多少度?"

茵子画了高度线，然后拿到丽娟的面前，说道：

"竹小姐，你瞧，还好。"

丽娟见比进院的时候更增了半度，已到九十九度点六了，心里自然很忧愁，不过她也明白茵子所以不说出来的原因，是怕秀娟听了难受，因此她也沉吟了一会儿，并不作答。但秀娟是很聪敏的，她见两人都不明言，就知道热度是很高的，不过这半年来，自己一到晚上睡觉的时候，额角和身子总有些热辣辣地发烧，这大概便是患肺病的现象了，遂向妹妹问道：

"妹妹，很高吧?"

"不，九十九度不到，姊姊，也许你劳乏了一些，还是静静地养了一会儿神吧。"

丽娟这才回身望了她一眼，含了微笑，温柔地安慰着她。这时，定钧已从电话间里回来，说道：

"翠萍姊说今天晚了，她明天早晨来望你。"

秀娟点了点头，明眸脉脉含情地凝望了他一会儿，说道：

"钧弟，你也辛苦了半天，还是早些回家去休息吧。"

定钧听她这样说，因为有她妹妹在这儿伴夜，所以心中也安慰了不少，向她叮嘱了一会儿，方才自管地回家去了。

第二天早晨，丽娟先起身服侍秀娟吃药水和药粉。茵子又来给她注射了一枚针，量了热度。不多一会儿，赵星波医师来给她视察一会儿，说要用爱克司光照一照，瞧哪一部分的肺部损坏了，于是把秀娟又带到化学治疗室，照过了爱克司光，并摄了影，然后又送回病房。丽娟见她很疲劳的样子，遂嘱她静静地躺着，一面去煮了牛乳，来给秀娟用早点。这时，已十点相近，只见碧云匆匆地走进来，丽娟和碧云是初见，所以彼此都是一怔。秀娟早已含笑叫声云妹，一面给两人介绍道：

"这是我妹妹丽娟，这是钧弟的妹子碧云，她比丽妹长一岁，所以丽妹也得喊一声姊姊哩。"

两人听了，方才明白，遂含笑上前，很亲热地握了一阵手。彼此招呼了后，碧云才步近床边，望着秀娟的脸，很柔和地说道：

"娟姊，你现在咳嗽可好些了吗?"

"也不过这样子，云妹，难为你心里记惦着我，叫我心中真感激你。"

秀娟一面低低地告诉，一面又向她表示无限感谢的意思。碧云正欲回答一句什么，忽然见室外又走进一个少妇来，手里还拿了两篓水果。丽娟认识是翠萍，遂迎上去叫道：

"翠姊也来了。"

翠萍一面点头，一面把手里的水果放在桌子上，说道：

"娟妹，你今天怎么样了? 昨天打电话给我的是不是定钧弟? 他真也有趣，却不肯告诉我他是谁，但我却听得出他的声音好像是定钧弟。"

"原是他……翠姊，又要你花钱，那叫我心里可有些过意不去。"

秀娟含了又喜又羞的笑容，点了点头，一面望着桌上那两篓的水果，很不好意思地回答。

"娟妹还和我说这些客气话，那就叫我心里不高兴。我想来想去没有什么东西可以买给你吃，觉得还是花旗蜜橘，吃了有益于身子的。"

翠萍说到这里，向碧云望了一眼，又笑道：

"这位小姐好生面熟，一时里却想不起来了。"

秀娟笑道：

"你忘记秋天里法国公园遇见那位碧云妹妹了吗？"

翠萍听了，"哦"了一声，笑道：

"是了，是我表弟的好朋友，也是娟妹的小姑了。"

说着，又拉了碧云的手，笑道：

"云妹，我们好久不见了，你的哥哥呢？他今天没有来吗？"

"哥哥被一个同学有事约出去了，他大概下午来吧。"

碧云和她也很亲热地说着。这时，秀娟望着桌上水果，便对丽娟笑道：

"妹妹，翠姊原像自己亲姊姊一样，我们也不和她客气了。你给我把蜜橘切几只，给大家也好吃些。"

丽娟听了，点头答应，遂取出小刀，切了两只蜜橘。秀娟拿过两瓣，先自吃了，然后叫碧云、翠萍、丽娟都吃，还笑道：

"翠姊，那是你自己买来的，你切不要做客吧！"

不料翠萍听了，却逗给她一个白眼，笑道：

"听你这妮子的说话，总叫人生气的。"

碧云、丽娟听了，都也好笑起来了。在十一点钟的时候，翠萍先告别回去了。秀娟望了碧云一眼，带了央求的口吻，说道：

"云妹吃了午饭走吧。医院里的菜还不错，你和我妹妹谈一会儿，她也很喜欢交朋友的。"

碧云几次和秀娟谈话中，知道丽娟待她很好，今日见面之下，觉得丽娟之美不亚于秀娟，因为彼此是小女儿，自不免惺惺相惜，所以便答应下来。和丽娟谈了一会儿，也颇情投意合，所以两人十分亲热。吃饭的时候，忽然秀娟家中来了电话，茵子告诉了后，丽娟便去接听，原来是母亲打来的，只听她说道：

"你是丽娟吗？我昨天却没有想到这一层，肺病是很容易传染人的，你怎么能够和她天天相聚在一块儿？快些回来吧！从今以后你不许陪她过夜了。我是只有你这一点儿骨血呀，你不能伤我娘的心，你应该立刻地就给我回来呀！"

丽娟听母亲很急促地叮嘱着，虽然心中颇不以为然，但也只好答应了，放下听筒，回到病房。秀娟问道：

"母亲有什么事情吗？"

丽娟在万不得已的情形之下，只好微蹙了眉尖，圆了一个谎，说道：

"妈有些不舒服，叫我回家去一次。"

"妈既有些不舒服，那么家中没了照顾的人了。妹妹，你就快些回去吧。"

秀娟听了，心中倒有些焦急，遂向丽娟也急急地说。丽娟这就向碧云点头道：

"云姊，多谢你，给我姊姊做一会儿伴吧。"

碧云笑道：

"你放心去好了，我一定会给娟姊做伴的。"

丽娟于是便悄悄地走了。碧云道：

"丽妹昨夜没有回家吧？"

秀娟点头道：

"是的，她怕我冷静，所以和我做伴。"

正说时，茵子送上饭菜。秀娟坐起身子，和碧云一同吃饭了。忽然，她很忧愁地自语道：

"妈不知有什么不舒服，但愿她早些痊愈了才好。"

碧云听了，却微微地一笑，乌圆眸珠转了转，秋波逗给她一个媚眼，说道：

"娟姊，你真是一个忠厚人，你妈哪儿有什么不舒服？无非不舍得丽妹来给你做伴罢了。"

秀娟听了这话，方才恍然大悟，遂向碧云笑道：

127

"云妹真聪敏人，我不及你细心多了。"

"我知道丽妹昨夜睡在这儿的，我心中就肯定她不是真病。这也奇怪，我从没有见到像你母亲那么地好妒，虽然社会上的后母也不在少数。"

碧云解释给她听，但说到后来，却微微地叹了一口气。秀娟听了自然非常难受，遂垂泪说道：

"我也不怨别人，只怨自己命苦……"

说到这里，放下手中的碗筷，大有食不能下咽的样子。碧云见了，慌忙含笑说道：

"娟姊，这倒又是我的不是了，累你伤心。但你有我哥哥这么一个好夫婿来安慰你，你实在不算命苦，你很幸福哩！娟姊，我告诉你一件事情，你准会笑痛肚皮哩！"

秀娟明白她要引逗我高兴的意思，遂也不愿自寻烦恼，不禁破涕为笑，说道：

"是件什么事情？云妹，你告诉我吧！"

碧云笑了一笑，说道：

"娟姊，说来你也许会不相信，我和五哥虽然是后母所养的，但我的母亲倒还是和大哥、二哥、三哥说得来，和五哥最不合，时常要吵嘴的。这次五哥对于你医病的事情，向爸妈恳求，爸爸是一口答应的，但妈妈因为恨五哥平日太倔强，所以故意地刁难他，要他在众人面前向妈妈下跪叩头，还要端茶。我想五哥是素来好胜要面子的人，今天在众人的面前如何肯下得了这个面子？但事情出乎意料之外，五哥不但没有一些为难的样子，而且还很快乐的神气，立刻向母亲端茶，跪下叩头。他说譬如母亲六十岁做寿，做小辈的不是理应拜寿的吗？娟姊，这件事情说来不是好笑吗？"

秀娟听了，方才知道为了自己的病，还累定钧下跪叩头的，一时心中感激涕零，她的眼角旁情不自禁地涌上一颗晶莹莹的眼泪来了。碧云惊讶地道：

"娟姊，你听了这些话，你应该欢喜才好，怎么反而伤心起来了呢？"

"不，因为我是太喜欢了的缘故。"

秀娟摇了摇头，低低地说。她挂着眼泪，终于是妩媚地笑起来了。吃毕了饭，不多一会儿，定钧含笑匆匆地进来了，他见妹妹还在着，心里很喜欢，遂笑道：

"妹妹，你这儿吃饭的吗？娟姊今天热度还有吗？"

碧云道：

"此刻热度倒没有，你瞧病人表上画着，昨晚比较高一些。哥哥，你曾吃过饭吗？"

秀娟虽然没有开口说话，但秋波水盈盈地凝望着定钧，掀着酒窝儿，却是妩媚地笑。定钧见她很高兴的意态，心里会轻松了许多，因此也报之以微笑。碧云这时站起身子，披上了豹皮的大衣，笑道：

"哥哥来了，我该回去了。娟姊，明天我再来瞧望你吧。"

秀娟这就急道：

"云妹，你这话是什么意思，快别去，再坐一会儿走吧。"

"不，我真的还有些别的事情，明儿见吧。"

碧云却向她招了招手，身子已向房门外去了。秀娟没法留住她，也只得罢了，斜乜了定钧一眼，笑道：

"你也打算走了吗？"

"咦！你这是什么话？我还只有刚来呢！"

定钧被她问得目定口呆，望着她倒是怔怔地愣住了一会子。

"那么你为什么不脱了大衣呢？"

秀娟扬着眉，乌圆眸珠一转，也不禁扑哧一声笑起来了。定钧这才理会了她的意思，遂把海木龙的西服大衣脱下，放在沙发上，走到床边坐下，伸手按了她一下额角，笑道：

"热度没有了，娟姊，今天医生来诊治过吗？"

"早晨来诊治过一次，还照了爱克司光，待明天照相洗出来，便

129

可知道哪一部分的肺坏了。钧弟，你给我切一只蜜橘我吃吧。"

秀娟被他手一按，心灵上仿佛得到了无上的安慰，遂含了微微的娇笑，一面告诉，一面又央求着他。

"这蜜橘是谁买来的?"

定钧自然不敢怠慢，很快地去拿小刀，取了橘子，切了四片，一面给她剥了皮，一面向她低低地问。

"是翠萍姊买给我吃的，刚才饭后云妹已切给我吃过，现在我不要吃了。"

秀娟见他拿了橘子送到自己的嘴边来，遂摇了摇头，低低地说。定钧奇怪道:

"你不要吃，你怎么叫我切开来?"

秀娟秋波斜乜了他一眼，忍不住抿嘴也笑道:

"我是叫你自己吃的呀! 生恐你不动手，所以我才这么说的哩!"

定钧这才明白了，一时深感她多情到了极点，遂把手中一抓，塞到她的嘴去，笑道:

"那么这一瓣你吃了，其余的我吃吧。"

秀娟不忍拂他的情意，遂微开小嘴，把一瓣橘子吃了。定钧笑了一笑，遂也吃着其余的三瓣了。两人静默了一会儿，秀娟望着定钧，又低低地道:

"钧弟，为了我的病，这次倒累你受了委屈了。"

"我受什么委屈? 娟姊这话我可有些听不懂呀!"

定钧听她这么说，望着她清秀的脸庞，有些不解似的神气。秀娟低低地道:

"你不是曾经下跪叩头端茶的吗?"

定钧这才扑哧地笑道:

"可不是我妹妹告诉你的?"

秀娟没有作答，点了点头，明眸里又涌上几颗热泪来了。定钧知道她是感激自己的意思，遂用手指去抹她的眼泪，微笑道:

"别孩子气了，娟姊，只要你能够享受到入院医治的权利，我就是再受一些难堪的委屈，我也情愿。何况在自己母亲的面前，那也根本谈不到'委屈'两个字呀！"

秀娟被他说孩子气，不免有些难为情，红晕了娇靥，有些赧赧然的意态，但听到后面这几句话，心中又感激又敬爱，遂点头说道：

"我听你妹妹说，你时常和母亲吵嘴的。我想母亲年纪老了，少不得有些背了，但你也不该十分地违拗她的意思，因为这在母子之间是会伤感情的。"

定钧听她这样安慰，觉秀娟纯孝之心可见一斑，遂也点头说道：

"娟姊这话很对，但我也并没有和母亲吵嘴，只不过母亲的话说得不中的时候我远避开她罢了。老实说，我也没有和母亲恶感，母亲也非常地疼爱我。前天的难堪我，也无非和我开个玩笑，我根本是毫不在意的。"

秀娟微含了笑容，点了点头，说道：

"钧弟，云妹这话是不错的，我虽命苦，但遇到了你钧弟，我还是幸福的。"

定钧见她说完了这两句话，粉脸一层一层地娇红起来，这意态在妩媚之中，不免又带了些可怜的成分。他伏下身子去，把她纤手放到自己的颊上去亲热着，柔和地道：

"娟姊，你是个有福气的人，你哪里命苦，你将来还有七个儿子八个女婿呢！"

定钧这句话未免有些得意忘形了，秀娟也忍不住羞答答地笑了，过一会儿，低低地笑道：

"纵然有这样的一天，福是空虚的，气倒是实在的。你瞧了你爸妈的情形，你就可以明白了。"

"不过你要知道，受得了儿女的气，这便是他们的福。人生在世，若想得太明白太彻底，那不是一切都空虚了吗？所谓'举世尽从忙里老，谁人肯向死前休'，假使把一切都看破了，忙忙碌碌地还要做什么人呢？但我的希望，倒不在利，而在名，得能名垂史册，流芳百世，这是多么荣耀哩！可是碌碌如我，也只不过梦想着罢了。”

定钧絮絮地说，在秀娟面前略为吐露了一些自己的抱负。

“以你的人才，再加上埋头苦干，能够努力奋斗，那么你的名垂史册，亦必在意料之中。我恳切地希望，愿你成功一个世界的伟人!”

秀娟听他这样说，含了妩媚的甜笑，向他真挚地勉励。定钧心里是十分兴奋，他凑过嘴，却去吻她的脸颊。秀娟“嗯”了一声，手指画到他颊上去羞他，也微微地笑了。正在这个时候，忽听一阵脚步声音到来，秀娟慌忙把他身子一推，定钧也急忙站起身子。只见林妈走了进来，向秀娟、定钧叫声“大小姐、梅少爷”。秀娟问道：

“太太有些不舒服吗?”

林妈噘了噘嘴，冷笑了一声，说道：

“哪儿有什么不舒服？太太打电话给二小姐时候，我齐巧从电话间门口走过。她怕大小姐把肺病传染了二小姐，所以把二小姐叫回去了。”

秀娟听了，不免暗想：想不到云妹料事如神。这时，定钧早忍不住说道：

“她既怕肺病传染给她，谁稀罕她陪伴？晚上我照顾着娟姊是了。”

秀娟见他十分愤激的样子，遂笑了一笑，说道：

“这是母亲的意思，你怪妹妹做什么啦?”

一面又问林妈道：

“那么你又是谁叫你来的?”

林妈道：

“二小姐说晚上没有人照顾也不好，所以叫我来陪伴大小姐了。”

秀娟向定钧望了一眼，说道：

"是吗？妹妹是爱护我的。"

定钧听了，嘴里虽不说什么，但心中却颇不以为然，认为丽娟是奸诈虚伪的姑娘，因此心中愈加地痛恨她了。

这天，定钧在医院里是吃过晚饭后才回家的，夜风是吹得很紧，天空中好像又在飘着白白的雪花。定钧在街灯暗弱的光芒下，望着黑魆魆的前途，想起秀娟的热度总在晚上增加起来，这现象当然是不大好，显然肺病是很深的了。在他脑海里又想起前日秀娟说的，有命的不治也会好，没命的虽华佗再世也难收回春之效了。想到这里，他觉得心坎中留了一个痕迹，这痕迹是心惊胆寒，十分担忧的，他感到难受。寒风扑面，虽然身上披了厚厚的大衣，但猛可地抖了两抖，也会激动了一阵子无限的悲哀。

第二回

风雨凄凄　遗恨留情天

　　雨雪纷飞中带去了残冬的影子，热亲的、蓬勃的春的季节又降临大地了。天空是蓝得那么可爱，像一块新制的藏青的哔叽，偶然也从天际飘浮来几片白云，白得好像是水银一样。春阳在白云四周映出了一圈强烈的电光来，照耀得有些闪人眼目的。花儿在阳光下吐着无限娇美的颜色，柳条在春风中舞着婀娜轻盈的姿态，燕儿在白云间回环地追逐，蝶儿在花丛中翩翩地飞舞。宇宙间的景色，都已改变了样子，无不露出生气的活跃。春天，原是一年四时中最可爱的季节。

　　躺在病床上的秀娟，两颊是瘦黄得怕人，她噘着嘴儿，不时地连连地咳嗽着，神情是那么可怜，她两眼望着窗外春天的景色，颊上是挂着无数晶莹莹的眼泪了。正在这个当儿，只见定钧穿了一套浅绿条子花呢的西服，手里捧了一束鲜花，匆匆地奔进来。秀娟见了定钧，脸上也会浮出一丝浅浅的苦笑。定钧走到床边，见秀娟的脸儿确实已瘦得不成样儿了，他觉得秀娟实在已患了绝症，虽然他每次到医院的时候总想哭一场，但是为了不忍引起秀娟的伤心，所以他熬住了惨痛的悲哀，绝不敢显形于色来。此刻又见秀娟满颊是泪的意态，他勉强含了微笑，说道：

　　"娟姊，你怎么又烦恼起来？总要静静地养息才好。"

　　秀娟听他说话的音韵是带有些颤抖的成分，她心中很明白，定

134

钩的悲痛也许比自己尤甚，遂摇头叹道：

"钧弟，事到今日，我不得不向你说这一句话了，唉！可怜，白费了你一场心血了……"

言念及此，不觉泪如雨下。定钧听了这话，亦为之心碎肠断，泪像泉涌，遂把那束鲜花插入瓶中，伏身到床边，拉了秀娟的手，泣道：

"娟姊，你何苦说此令人心碎的话呢？我相信老天一定会可怜你，会可怜我，他绝不忍心酿成这世界上一幕惨剧的……"

说到这里，再也说不下去，喉间已经哽咽住了。他偎过脸，要去和她亲热，但秀娟却微仰了脸，把手推开定钧的面颊，说道：

"不要近我，会传染给你的。"

"娟姊，我倒希望你能传染给我，生则同生，死则同死……"

定钧却不依她，把手捧过她的粉脸，望着她低低地说，眼泪大颗地落了下来。秀娟听了这话，不免破涕笑起来，说道：

"钧弟，有这两句话，我虽死亦无恨矣。第念人生百年，如白驹过隙，早死迟死，也无非时间问题罢了。钧弟，你是个有勇气、有抱负的青年，前途真不可限量，何必恋恋做儿女姿态，说出这样不近人情的话来？这不是叫我听了灰心吗？"

"那么娟姊也切勿说死的话，我们环境虽恶，但我们要生存，要活在这个世界上，我们总得努力挣扎呀！"

定钧见她说到末了，又把粉脸沉了下来，他感到秀娟的不平凡，遂点了点头，也恳切地安慰着她。秀娟又笑了一笑，泪珠涌在眼角旁，说道：

"在去冬进院就医的时候，满希望能够一天一天地好起来，不料到现在四个月来，病体只有加重。昨晚我叫林妈扶我稍坐，觉难以支撑，虽春风扑面，亦觉砭骨生寒。嘱林妈取镜我照，不想形容竟憔悴至此，我已自知将不久于人世矣……"

说到这里，咽不成声，喟然长叹。定钧听她这样说，亦凄然而泣。秀娟抚着他手，柔和地又道：

"钧弟，想我幼丧亲娘，赖祖母抚养长成，失欢于后母，至屡受委屈。假使早配于你，我心亦有所慰，不料命薄如纸，未先配君哥，致私心郁郁，日久成病。虽改配与君之后，我心中好像在绝处又逢生那么快乐，但病已入膏肓。承蒙你倾心爱我，欲救我以不死，然命已该绝，虽有卢扁之医，亦难收回春之效。此固是我之不幸，但亦钧弟之大不幸也。不过生死大数，非人力所能挽回，我死原不足惜，唯所恨的，我既不寿早夭，何苦再使钧弟心中留一遗恨呢？早知如此，我悔不该改配与你，徒然使你在心灵上多刻画着一个创伤。唉！这造物也不是太会捉弄人了吗？不过死者已矣，生者切勿作过度之悲伤。一衿青衫未老，雄心可作；四面环境虽恶，壮志勿衰。愿钧弟为社会谋幸福，为国家争光荣，那么我在九泉之下，亦当含笑而喜矣。钧弟，你若真正爱我的，那么你应该听从我的话呀……"

秀娟一口气说到这里，已是上气不接下气，喘吁不止。

"娟姊，你快不要再说这些话了，我的心已碎了。我绝不愿听到死的一句话，我总希望娟姊有痊愈的一天……"

定钧心中的惨痛犹若刀割，他说到这里，除了淌泪之外，不觉已哭出声音来了。秀娟见他痛心疾首的神情，遂不愿多使他难受，强笑道：

"钧弟，别哭吧，哭是弱者的表示，当然，得能不死，这也是我所唯一的希望呀！"

这时，林妈煮了一杯牛乳进房，见两人哭得泪人儿模样，心中一酸，眼皮也红润起来，遂向定钧叫道：

"梅少爷，你别引逗我们小姐伤心吧，她的病原没有什么要紧，过些时也便好起来了。"

定钧回头见了林妈，遂点了点头，收束了泪痕，说道：

"这牛乳是娟姊喝的吗？"

林妈道：

"是的。"

定钧伸手接过，说道：

"我来服侍娟姊喝吧。"

说着，坐到床边，把秀娟抱起，靠在自己的怀里，把牛乳杯子凑到她淡白的嘴唇皮上去，低声地道：

"娟姊，你喝吧。"

"你这样不累吗？"

秀娟见他这样多情的样子，芳心有些甜蜜的感觉，秋波瞟了他一眼，向他轻声儿地问。

"不，我不累。"

定钧微笑着回答，可是他胸部的感觉，秀娟的背脊骨是高高地凸起，就可知她是瘦削得那一份样儿了，因此眼泪又从颊上淌了下来。秀娟倚在定钧的怀中，仿佛得了无上的安慰，惨淡的粉颊上也笼罩了一层微微的红晕，喝了两口牛乳之后，回眸又凝望着定钧的脸，说道：

"我自入院至今，四个月来，在这四个月的日子中，你一天都没有间断过来瞧望我，你待我之情，实在已尽于此。这是我的命苦，这是我的福薄，我总觉得是太对不住你了。"

定钧听了这话，被她又引逗得泪下如雨。林妈在一旁含泪说道：

"小姐，这是你的不该了，你何苦好好儿的要说这样颓伤的话？"

秀娟沉吟了一会儿，却不再喝牛乳，向林妈道：

"你再拿镜子来给我照。"

定钧听了，向林妈丢了一个眼色。林妈会意，遂劝她说道：

"大小姐，前天你已照过了，多照有什么意思？患病的人脸色当然是憔悴的，明儿大小姐好起来，还不是复原到前时一样美丽吗？快喝了牛乳，躺下来睡吧。这样子梅少爷也吃力，大小姐更会劳乏的吧。"

秀娟见她不肯，遂喟然叹道：

"从此憔悴，恐怕再不得复原前时之丰腴了吧。春天是降临了，但我却已失去了青春的颜色。钧弟，我此时此景，好像是一朵已枯萎的花儿，然花儿虽凋残，但还有茂盛的时候。今日我奄然物化，明天将永远没有我这一个人了。记得颦卿悲落红，而连带悲其身世，谓'明年桃李能再发，明年闺中知有谁'，其信然矣。想不到自古红颜多薄命，但我非红颜亦命艰，真使有情人同声一哭哩！"

说着，欲把身子躺了下来。定钧悲泣不已，向她说道：

"这杯牛乳不喝了吗？"

秀娟摇摇头，定钧遂扶她躺下，垂泪恨道：

"杀颦卿者贾母也，杀娟姊者姊之后母也。娟姊若万一不幸，我必有所报复之，以雪姊仇，以雪我恨！"

说罢，泣不成声，泪如雨下。秀娟听了这话，含泪不答，闭眼养神。林妈拧了一把毛巾，给定钧拭泪，说道：

"梅少爷，多哭无益，徒然增加大小姐心中之悲痛。大小姐倦息，你给她静静地养一会子神吧。"

定钧听了这话不错，遂自退到沙发上坐下，呆呆地出了一会子神。过了一会儿，定钧忽然见父亲慢步入房，遂忙站起身子，拭了泪痕。孟起见定钧泪痕丝丝，又见秀娟病骨支离，憔悴不堪，也觉已无救星了，遂低低问道：

"秀娟此刻睡着吗？"

定钧方欲回答，回眸见秀娟已睁开星眸，她见了孟起，便在枕上连连泥首。因为孟起也来瞧望过她多次，所以秀娟心中非常感激，柔和地叫声"爸爸"。孟起见她醒着，遂走近床边，低低问道：

"你想什么吃吗？"

秀娟摇头，泪如泉涌，泣道：

"爸慈爱过人，女受惠匪浅。正拟粉骨碎身，以报答爸的大德，但命薄如女，竟不幸年少而夭，未能侍奉左右，而略尽孝道。虽然天意所致，亦使女饮恨绵绵矣。"

言罢，不胜唏嘘，呜咽而泣。孟起今年六十有七，那颗苍老而脆弱的心怎禁得这样悲伤言语的激动？他说不出一句话，摇了摇头，亦不禁老泪纵横，把身子别了转去。良久，方才收束泪痕，望着秀娟说道：

　　"孩子，你别说那些伤心的话，也许天可怜你，会增你之寿的……"

　　说到这里，他感觉这是空虚的、缥缈的，因此他再也说不下去了。秀娟苦笑了一下，不复再言，又闭下眼睛养神。孟起默视良久，遂呼定钧同出病房，站在走廊里，向他说道：

　　"事到今日，那也是没有办法的事情了。我见秀娟两眼少神，面有回光，恐危在旦夕，这是她的福薄，你也不用过分伤心，我们这样地尽心出力，也可说是对得住她的了。"

　　定钧天天和秀娟相伴一处，故颇为糊涂，今听父亲这么说，方知秀娟的生死已在千钧一发之间了，一时又想到秀娟刚才和自己说了那些诀别似的话，莫非她真欲与世长辞了吗？想到这里，不禁失声而哭。

　　"定钧，这是做爸的害苦你了，早知今日的结局，吾又何必多此一举，而使你遗恨终身？"

　　说毕，亦涕泗横流，感叹不已。定钧见爸痛伤，遂收束泪痕，反劝他说道：

　　"爸爸，你已是上了年纪的人，不要伤心了。浮生若梦，为欢几何？这在我的生命中好像是做了一场春梦。秀娟的爸爸已病了多日，秀娟却没有知道，反怨他没有来瞧望，爸爸可曾到他家里去望过吗？"

　　孟起叹了一口气，说道：

　　"秀娟的爸也是为了悲伤而成疾的，前天我去望过他一次，热度很高，病势也不轻，见了我只管流泪。幸亏有他第二个女儿丽娟侍奉在病床边，见她甚为忙碌。彼若闻秀娟病危，恐老人家亦不能久矣。"

定钧听了这话，含泪忍不住也叹了一声，忧愁地说。孟起不胜感叹一会儿，说道：

"你今夜且在医院里宿一宵，若有变化，你打电话来告诉我吧。"

说着，便匆匆前去。定钧见爸走远，方才又回身走进秀娟的病房。孟起因为心中难受，所以也没有回家，叫阿银车夫把汽车开到大东茶室，独个儿闷闷地喝了一会儿茶，想着秀娟这样一个贤淑娇美的姑娘，竟然年轻而折，这是多么令人感到一件遗恨的事呀！因此也暗暗伤了一会儿心，直到五时敲过，方才走出大东茶室，预备回家。不料这时，外面已在落着绵绵的春雨了，心中暗想：刚才阳光还很猛，此刻竟愁云惨风落起雨来了，莫非老天也在伤心秀娟姑娘之死吗？这样沉思，仰首望天，由不得长长地叹了一口气。阿银见老太爷走出，遂把汽车放了过来，拉开车厢，给孟起跳上，遂问道：

"太爷，现在回家了吗？"

孟起点了点头，于是阿银把汽车开回公馆里去。孟起走进上房，只见大媳妇正在和梅太太闲谈着话，见了孟起进房，素贞遂含笑叫了一声"爷爷"，起身亲自倒了一杯茶。孟起在沙发上坐下，皱了双眉，却只管连连地猛吸雪茄。梅太太见他好像十分愁苦的样子，遂望了他一眼，低低地问道：

"老爷，你打从什么地方回来？为何闷闷不乐的样子？莫非有什么心事吗？"

孟起叹了一口气，摇了摇头，说道：

"秀娟这孩子恐怕是不中用的了。"

梅老太听了，惊讶地道：

"你怎么知道？刚才到医院里去望过她吗？"

"是的，我瞧她两眼已经失神，也许是危在旦夕的了。"

孟起点了点头，很悲哀地回答。梅老太也叹息不止，说道：

"那么定钧这孩子呢？也在医院里吗？既然已这样地沉重，你也该叫他回来了，因为肺病到底是容易传染人的。"

"你这是什么话？定钧和秀娟情意弥笃，时至今日，真是心碎肠断，他岂肯不和秀娟做最后之诀别吗？我若劝他回家，这也太不情了。"

孟起听梅老太这样说，心中颇不以为然，便当面向她抢白了。梅老太听了，不免有些恼羞成怒，遂冷笑了一声，说道：

"这都是你想出来的好主意，现在岂不是害苦了定钧？我真也奇怪，定钧本来对于这头婚姻是竭力反对的，不料如今却痴得这个模样了。其实我们对待一个未过门的媳妇，出了这样的力量，也很对得住秀娟。她不幸夭折，这是她没福做人哩！唉！那么她爸爸这两天病怎么样了？"

梅老太发怒到中途，忽然又有一个感觉，她终于把话又转变了方向，结果，用了低沉的声音向孟起这么问了一句。孟起见她开口很凶恶的样子，以为今天免不得要吵一场了，因为他想到竹太太的可恶，而连带恨起夫人来，他预备今天和梅老太吵闹。然而事情出乎意料之外，太太却又和平脸色了，于是也就说道：

"定钧之所以痴，可以衬秀娟之贤淑。今一旦永诀，安得不令他心痛吗？你们没有见过秀娟的面，这就无怪有些不关痛痒的了。明允兄的病势也很重，这一半是为伤心女儿的绝病，而一半是气愤太太的凶恶所致，所以一份家庭之中，总要和和睦睦，否则颠颠倒倒，就永远不会好起来了。"

卫素贞这时在一旁方插嘴说道：

"爷爷，生死大数，岂人力所能挽回？竹小姐不幸而死，虽然可惜，但徒然悲伤，也是无益。我因见爷爷和娘娘这两天愁眉不展，所以正和娘娘谈起一件喜欢的事情，娘娘倒很赞成，不知爷爷心中可欢喜吗？"

孟起听了这话，遂抬头望了素贞一眼，说道：

"是一件什么喜欢的事情？你且说给我听吧。"

素贞含了微笑，咳了一声，遂正经地告诉道：

"我的三弟素臣，今年二十四岁，自大学毕业后，即在大陆贸易公司做协理，人品也还不错，长云姑六年。他们平日时常一同游玩，我瞧他们的感情很好，所以我想给他们联成一头姻缘，不知爷爷的意思怎样？"

孟起听了，方才恍然，原来是给碧云来作伐的，心中不免暗想：她们倒也只管自己，而不顾人家的，难道这两人恶劣的环境中还有心思谈这些事吗？那似乎也太不关痛痒了。遂向梅老太望了一眼，说道：

"对于老五这头婚事我已管错了，所以碧云的亲事，我就不敢做主。而且这两天心思也不好，你且问问碧云自己，她心里喜欢不？"

素贞见爷爷并不怎么喜欢，未免有些没趣，暗想：为了一个没过门儿的媳妇的病，竟当作一件大事情看待，这也太笑话了。心中虽然很生气，但脸部上兀是含了微笑，说道：

"话是这么说，但女孩儿家总不好意思自己说喜欢的，总也得你爷爷做个主意才是。"

"我没有什么成见，问你娘娘怎么样。她若答应了，我总也没有什么问题了。"

孟起望了太太一眼，又低低地说。素贞这才很喜欢地笑道：

"如此甚好，娘娘是早已答应的了。"

梅老太太才说道：

"素臣这孩子我见他彬彬有礼，在我面前没有一些浮华的样子，我想他是很有出息的。碧云年龄也不小了，早些配了人家，也放了我一头心事。"

"既然你瞧得中意，也就由你做主便了。"

孟起说着，他站起身子，便自走到书房里去了。素贞也很欢喜地来找碧云取笑，不料雪雁告诉说，小姐已出去了。素贞问：

142

"到什么地方去?"

雪雁道:

"没有说明,大概是上医院里去的吧。"

素贞点点头,遂只好又自回房中去了。碧云因春假期中没有事情,睡了一个中觉,醒后去找定钧,但定钧已出去了,碧云料想是望秀娟去的,因为想着多天没去望秀娟,今天何不也去瞧一次。虽然她的病势是凶多吉少,但我又如何能不同情她、可怜她呢?这时,雪雁又说:

"天下雨了,小姐要出去,穿了雨衣吧。"

碧云答应,遂披了雨衣、雨帽,匆匆地到中国肺病疗养院里去了。碧云在医院门口遇见了秀娟的妹子丽娟,只见她神色慌张,脸上沾着泪水,向碧云先急急地问道:

"云姊,我的姊姊怎么了?你知道吗?"

"你姊姊怎么了?我不知道呀!我是正要望她去呀!"

碧云骤然听她这么说,心中大吃了一惊,粉脸也不禁转变了颜色,反向她急急地追问。丽娟听了,倒是一怔,忽又说道:

"是你哥哥打电话给我的,说姊姊病危,叫我们速来……"

说到这里,喉间早已哽住,泪水像雨一般地滚下来了。碧云这才恍然,泪水也不禁为之夺眶而出,遂拉了她手,说道:

"那么我们快些进内去吧!"

说着,两人飞步入医院中去了。两人三脚并作两步地走到病房,只见床前围了许多的医生,他们操着英语交谈着,摇了摇头,都做惋惜之状。茵子含了静穆而沉寂的神色,还在秀娟手臂上注射了一枚强心针。丽娟分开众人,不顾一切地伏到床边叫了一声"姊姊",先哭起来了。众医师于是默默地退了出来,秀娟见了妹妹,心中一阵悲酸,泪如泉涌,抚着丽娟的美发,默无一语。碧云在旁和定钧、林妈也泣了一会儿,方才向丽娟劝道:

"丽妹,你别哭了,不要引起娟姊的伤心。"

丽娟听碧云这样说，遂收束泪痕，回身望了定钧一眼，问道：

"五哥，医生怎么地说呢？"

定钧摇头不答，唯垂泪而已。这时，碧云拉了丽娟一下，悄声儿道：

"娟姊和你说话哩！"

丽娟回身见姊姊淡白的嘴唇一掀一掀，似乎欲说话的样子，遂淌泪问道：

"姊姊，你有什么话跟我说吗？"

秀娟望了她一会儿，良久，方说道：

"爸爸为什么不来瞧望我？难道我要死了，他就连最后一面都不愿见我了吗？"

众人被她问得悲酸，俱皆泪涟。丽娟再也忍熬不住了，她耸着两肩呜咽哭泣起来，说道：

"爸爸无日不想念着你，但可怜他老人家也病得很厉害哩！刚才五哥打电话来，他略知风声，急得几乎晕了过去。妈分不开身，所以我只好一个人来了。"

秀娟突然听了这个消息，大叫一声，便昏厥过去了。这一来把丽娟、碧云都哭喊起来，经过了好一会儿，秀娟方才悠悠醒转，仰天长叹，泣道：

"爸爸，女儿害了你了……想不到从今以后，却再不能见你老人家慈祥的脸了。"

众人听了，都掩面哭泣。这时，秀娟气喘更急，拉了丽娟的手，说道：

"妹妹，我死之后，望妹妹善侍双亲，劝爸爸勿以苦命女儿为念，千万保重病体。如是，则姊虽死于九泉，也很瞑目的了。"

丽娟呜咽啜泣，淌泪满颊，说道：

"姊姊，你……叫我……"

说到这里，痛到心头，不免纵声号哭。丽娟之哭，是未脱孩子之态，其泪乃从血性中流露出来的。林妈含泪劝道：

"二小姐，你怎么能如此大哭？岂不叫大小姐难受？"

丽娟这才把悲哀强压制了，无声而泣。这样泣法，当然更属痛苦。秀娟见了，却含泪点头微笑，向碧云望了一眼，叫声"云妹"，碧云含泪上前，秀娟执其手，又道：

"去年在法国公园见面之时，如何想得到有今日如此快速之别离耶？唉！云妹，我们分手，你也嫌太早吗？"

碧云听了，泪如雨下，秀娟继续又道：

"我本是你四哥之妻，事到今日，却变成你五哥的未婚妻了。虽然我和你五哥认识不到一年，但感他待我之情深，莫可言宣。人海茫茫，知音何觅？今我得钧弟，实不愧得我一颗心也，故我虽死，亦无遗憾。不过累钧弟无缘无故而多一重烦恼，多一重伤痕，这真叫我至死心痛。但好在钧弟明达过人，志在社稷，当不为儿女之私，而耿耿于怀作春蚕自缚的。即使偶有伤感，希云妹代为譬解，则愚姊在九泉之下，当亦感激靡已矣！"

说到这里，气喘不止，且又目频频视定钧，掀着酒窝儿，嫣然微笑。定钧这时如醉如痴，呆呆地站立一旁，好像已失却他的知觉了。碧云到此，也只好安慰她道：

"娟姊，你请放心，我当代姊勉励哥哥为前途而奋发，得能成个世界的伟人，那时候便可以安慰你这颗小小的心灵了。"

秀娟听了，含笑点头，此时天已入夜，室中亮了一盏暗弱的灯光。四周万籁俱寂，唯听窗外风雨凄凄，呜咽不绝，仿佛天公也在凄婉地作那不平鸣呢！碧云见她把一口一口的气都透了出来，眼珠已经定住了，但不肯气绝，大概是为了几枚强心针的力量。定钧呆了一会子后，突然抢步上前，伏在床边，偎了秀娟的脸颊，哭叫道：

"娟姊啊！你……你真的去了吗？"

秀娟这时已口不能言，唯淌泪而已，但她却把脸略为偏开，向碧云直声地叫了两响。碧云知其意，遂把定钧拉开，泣道：

"哥哥，娟姊怕传染了你，你应该接受她一片爱你的心才好。"

定钧见秀娟已至将死，尚且多情如此，一时心痛已极，不禁哇的一声，吐出一口血来，身子竟向后跌倒下去。齐巧丽娟在旁，遂慌忙扶起，和碧云连喊五哥，林妈倒上了茶，给他灌醒。定钧兀是很好胜地说道：

"你们别怕，我没有什么，我没有什么，你们瞧娟姊去。"

他说着，先脱身到床边去，只见秀娟含了浅浅的笑容，两眼已合得很平贴了。原来她一缕幽魂，已永远地脱离了这个黑暗污浊的世界了。碧云和丽娟放声大哭，但定钧这回却并不哭，痴痴然笑起来，叫道：

"娟姊，人生本来是一个梦，你的梦不过比我们先醒罢了。但是，你的梦又太短促、太辛酸一些了。"

碧云生恐五哥刺激受得太深，人要糊涂起来，遂停止哭泣，拉了他手走到窗旁，说道：

"哥哥，娟姊既已平静地安息了，我们这时且别哭糊涂了，还得料理后事要紧，使娟姊在天之灵得到安慰。"

"是的，妹妹，但我这时心乱如麻，也不知该做些什么事情才好。"

定钧听妹妹这样说，遂点了点头，痴然地回答。

"第一步，我们先打电话给万国殡仪馆，叫他们把娟姊尸体车去，至于衣衾一项，爸原猜到娟姊危险，所以着衣庄公司都用丝绵定制好了。还有棺椁一项，那是容易的事情。"

碧云说着，拉了定钧已到电话间去了。这儿看护已着院役把秀娟尸体移入太平间，不多一会儿，殡仪馆汽车已到，由太平间移入车厢。定钧、碧云、丽娟、林妈一一跳上，碧云道：

"我想五哥最好先回家去告诉爸妈，丽妹也回家去报告一声，我和林妈伴送娟姊到殡仪馆是了。"

定钧、丽娟都不肯依从，碧云也只得罢了。车到万国殡仪馆，将秀娟遗体安放在大厅的绣花尸床上。碧云叫账房间一一地写了报丧条子，着人送出。定钧打电话到家，告诉爸爸。这时已九点十分，孟起躺在床上，忽然心惊肉跳，正在奇怪，忽然聆此消息，不禁跌足叹道：

"秀娟果真死矣！"

言讫，不觉凄然泪落。梅太太听了，也甚感伤，遂问孟起怎样给秀娟排场。孟起道：

"明允病在床褥，这事当由我料理之。这样年轻的姑娘不幸而夭，伤心悲惨极矣，哪里用得到虚浮的奢华场面？也无非只求其事实罢了。我之待秀娟好，使老五欣慰，又何尝不是为老五着想呢？"

说毕，挥泪不已。梅太太因秀娟尚未过门，若完全由我们料理后事，心中不免气不过，但听了孟起末了这两句话，这才把妒意全消，也就不言语了。

丽娟打电话到家，是张妈接听的，遂向她说叫太太听电话。不多一会儿，丽娟就听母亲的口音问道：

"你是丽娟吗？此刻秀娟怎么样了？"

"姊姊已经……死了。现在万国殡仪馆……"

"什么？死了？那么你也在万国殡仪馆吗？还有谁？"

"五哥和他妹妹、林妈都在。"

"那么你可以回来了呀！"

丽娟听了这一句话，一颗芳心也由不得激起了一阵无限的怨恨，遂不再作答，恨恨地把听筒搁下了。回到大厅，碧云道：

"丽妹，你爸既有病着，那么你就回去了，明天再来吧。"

丽娟听了这话，作色而言道：

"秀娟虽是你的嫂，但却是我的姊，爸虽有病，尚有母在，我安忍舍姊而回家吗？"

说罢，大哭不已。盖丽娟之哭，尚有怨其母之不情在砭。碧云闻言，方知丽娟和秀娟乃真正情好至笃，秀娟之失欢于后母，非丽娟之搬弄是也。一时感动已极，也不免呜咽而泣。正在这时，定钧匆匆走来，见两人相对哭泣，遂惊讶道：

"妹妹，你们叫我不要伤心，如何你们自己反而又哭了呢？"

碧云听了，和丽娟慌忙收束泪痕，问道：

"你问账房间，此刻还有师姑喊吗？"

"他们设法去了，此刻已九点半了，你们饿了没有？我想你们都回去吧，这儿林妈和我陪一夜是了。"

定钧一面回答，一面向她们说。两人听了，齐声道：

"我们也不回家了，倒是五哥应该回去休养休养，明天真还有许多的事情要干呢！"

正说时，账房间已把师姑喊来八名，于是在大厅上点起烛香，围坐一桌，叮叮咚叮叮咚地敲着念起经来。定钧道：

"还少一张小照，娟姊家中小照有吗？"

丽娟道：

"有的，一张十四寸的半身照很好，叫林妈连夜去取来吧。"

碧云说好，遂给林妈二十元钱，叫她回家时买些面包、西点，以便充饥。约莫一个钟点之后，林妈捧了小照并面包、西点来了。定钧先抢着接过小照，见是金漆的玻框，里面一半身小照。在电灯并烛火的光芒下，见秀娟的小照真是光彩夺目，艳丽非凡，允称国色天香。定钧痴望多时，不免又凄然泪下。碧云低低地道：

"别瞧了，放在桌上了吧。"

说着，遂把照相放到照相架上去。这里面林妈泡上茶，给三人用点心。八名师姑睹此小影，也莫不感叹殊甚。丽娟在吃点心时候，问林妈道：

"妈妈把这消息可曾告诉爸爸？"

林妈道：

"老爷知道的……他……"

说到这里，顿了一顿，却没有说下去。丽娟心中明白，也没有追问，却把眼泪像断线珍珠一般地滚了下来。

这晚，四人都没有睡，陪了八名师姑念了一夜的经，听着叮叮咚咚的声音，杂夹着外面苦风惨雨唰唰地响，因为夜静的缘故，当然是倍觉凄凉。

次日早晨，雨已停止，还开着淡淡的春阳。孟起第一个先到，望了望小照，又瞧了瞧秀娟的遗容，暗自淌了一会儿泪，向定钧安慰道：

"老五，人死不能复生，徒然伤心也是无益。你放心，一切衣衾棺椁，我总不会待亏她的。"

定钧听爸爸这样说，自不免感极而泣，挥泪唯唯答应而已。不多一会儿，大嫂、二嫂、三嫂也都到来，帮着料理事务。大哥、二哥、三哥到来吊祭之后，因尚有他事，先匆匆地走了。这时已经近午，梅家亲友自由碧云等招待，竹家亲友也由丽娟招待。正在忙乱之间，忽然门外走进一个少妇来，她还没有到得素帏面前，先已放声大哭起来了。

第三回

误认雪雁作爱妻　公子情痴

　　丽娟和碧云在素帏中垂泪呆坐，忽然听得女子一阵凄切的哭声自外而来，正欲探首张望是谁，早见一个少妇哭撞进素帏之中，抱着秀娟的尸身，痛哭不已。丽娟见是姊姊的好友翠萍姊姊，于是和碧云陪着她也放声大哭起来。

　　这时，定钧和田丹枫正在大厅外瞧那具棺材，说是楠木的，爸爸特地托友人办来。突然听得里面这一阵悲切的哭声，仿佛巫峡啼猿，夜半鹃声，触鼻辛酸，令人不忍卒听。心中暗想：这不知是谁？于是匆匆到素帏内来瞧望，见是翠萍，使他陡然想起她家和秀娟初次相会的情景，不免痛到心头，这就情不自禁地也失声哭泣起来。哭了一会儿，林妈拧上手巾，和丽娟、碧云把翠萍劝住，翠萍泪眼模糊地望着秀娟宛若生前的遗容，她又哭出声音来，叫道：

　　"娟妹，娟妹，我三天前还来瞧望过你，你还好好地和我说话，谁知三天后的今日，你就这样不顾一切地抛弃我们去了啊！去年进院时候，我是多么欢喜，以为你的生命总有了救了，可是我累次来望你，你总向我忧愁地说恐怕这病是不会好了。唉！你为什么要这样地愁苦着呢？难道你就明白有今天的一日吗？天啊！你太残忍了，你太残酷了，你怎么就把我的娟妹夺去了？人海茫茫，从此更无知音……"

　　说到这里，奔上去又欲抱秀娟尸体大哭。碧云见了，遂忙把她拉住了，含泪劝道：

"翠姊，你息息吧，自己身子保重些。"

丽娟亦劝，翠萍方才收束泪痕，回眸见定钧站在后面，不禁又长叹了一声，定钧向她点头，叫了一声姊姊，泪又雨下。翠萍也淌泪道：

"钧弟，娟妹虽然不治而逝，但你也尽了最大的力量了。所以你应该达观一些，千万不要过度地伤心，因为我见你脸色不大好，若因此而病，恐怕娟妹在天之灵也会不安的吧！"

定钧点了点头，但眼泪却像泉水一般地滚下来，说道：

"多谢翠姊，只不过娟姊死得太悲酸一些罢了。昨天下午四点光景的时候，她曾经记惦过你，你怎么倒没有来？"

翠萍听了这话，泪又珍珠般地滚了下来，哭道：

"昨天我原想来，因为身子有些寒热，而且下午又落起雨来，所以预备今天来望她，不料竟已来不及了。唉！娟妹，你心中一定很怨恨我的吧？"

说罢，望着秀娟合上眼皮安息的遗容，她又哭了起来。丽娟含泪道：

"翠姊，凡事总是一个数，你也别伤心了，到外面去休息一会儿吧。"

定钧于是陪翠萍到外面，和大嫂等介绍一会儿，招待到女宾室中去了。这时，灵座前四周都已陈满了花圈和花篮，点着白色的长烛，闪烁在那张十四寸半身小影的面前，更见秀娟浅笑含颦、美目流盼，十分幽静秀丽。众宾睹此艳影，无不惋惜感叹。

下午吃过了饭，衣衾棺椁，一切都已舒齐，单等三时敲过便要入殓。看看已将两时三刻，翠萍见定钧站在秀娟的尸体旁，痴痴然垂泪，遂向碧云悄悄地嘱咐道：

"快要入殓了，你管着你的哥哥吧，最好叫他走开了。"

碧云听了，遂走到定钧的身旁，拉了他的身子，说道：

"哥哥，你早晨没有吃，午饭又只划了一口，此刻我陪你到外面去吃些点心，因为你生肖是冲的，所以你还是避开了好。"

"不，我没有饿，生肖冲不冲，我不相信，因为在这千金一刻的时间，以后将永远见不到秀娟的脸了。好妹妹，你就让我多瞧一会儿吧！"

定钧摇了摇头，说到这里，泪又涔涔下矣。碧云听了这几句悲酸可怜的话，哪里还有勇气向他再劝，因此自己望着秀娟的芳容，也哭泣起来。

时间是无情的，一会儿后，早已三点了。灵前的花圈、花篮都已端开，馆中的役人前来给秀娟穿衣。这时，吹手先奏起乐来，四个脚夫抬进那具棺木。定钧眼瞧着乐声奏了一阵，秀娟便穿上了一件衣服，一个修短合度、秾纤得衷、娇小的姑娘，霎时之间便穿得像一个大胖子了。定钧的心是碎了，像刀割一般地痛，他若没有碧云、翠萍给他紧紧地拉住着，他会奔上去抱住秀娟大哭的。这时，除了几个心肠软的女宾都在淌泪外，只有丽娟一个人哀哀欲绝地痛哭着。馆役把秀娟衣服穿舒齐了后，问还有什么东西漏落了没有，大嫂素贞说没有什么了。随了这一句话，吹手吆喝了一声，乐声又大奏起来，于是秀娟便入殓了。在这时候，丽娟、碧云、翠萍三人都号哭起来。田丹枫拉住定钧道：

"定钧，死是人生必经的路程，你已辛苦了多日，若再大哭，你将病矣。你还有重大的责任，你应该节哀吧！"

定钧听丹枫这么说，当然再不好意思撞哭起来，遂点了点头，垂泪说道：

"我理会，你放心，我绝不会过分地悲伤。"

正在这个当儿，忽然见大门外停下一辆汽车。车中跳下四个人来，一男三女，两个妇人扶着一个男子向里面走来。只听那男子边哭边叫道：

"秀娟，秀娟，你真的死了吗……"

说到这里，忽见馆中役人欲盖棺了，于是他又大声地喊道：

"不要盖！不要盖！给我见见最后的一面吧！"

众人方在心碎肠断痛哭的时候，猛可地听了这么响亮的喊声，由不得都大吃了一惊。丽娟回眸去瞧，原来张妈、赵妈扶着爸爸带病来了，后面跟的正是母亲。张妈、赵妈把明允扶到离棺材两步之路停住，明允见亲爱的女儿已一瞑不视，他便欲扑上去痛哭起来。孟起想不到明允会带病而来，遂走到他的身旁，向他劝道：

"明允兄，你是有病的人，怎么就来了？唉！快快到会客室去息息吧！"

"孟起老哥，我女儿真的死了吗？这……这……睡着的难道就是我的秀娟？"

明允一见孟起，便痴痴地向他呆问。孟起见他两颊绯红，泪如泉涌，就可知他身上还有很盛的热度，遂也含泪答道：

"明允兄，你不是来见最后一面吗？总算你是如愿以偿了，快去息息，你应该保重自己要紧呀！"

说着，遂把他拉到会客室里去了。这时，孟起的耳中却又听到了竹太太一阵哭女儿的声音。在会客室中，孟起叫他略为休息一会儿，遂催他回家，说道：

"明允兄，你放心回去，我早已说过，你的女儿就是我的女儿，现在事已如此，哭亦无益，你病势不轻，该快回家养息去才是呀！"

明允也觉难以支撑，遂起身告别，拉了孟起的手，说道：

"弟因平日素性懦弱，至有今日悲惨的结局。承兄如此恩待我女，真使弟感激万分。所费的钱，改天把账单交我，我当悉数奉还才是。"

言念及此，凄然泪下。孟起忙道：

"我和你数十年之交匪浅，这些小事，不必再提。所恨的是秀娟依然不治，那岂不令人心痛？"

说罢，两老又泪下如雨。这时已到大厅，早已入殓完毕，一班吊客也都大半散去，只剩下正中一具静穆的棺材，自然是倍觉凄凉。孟起因叫定钧来扶明允上汽车去，竹太太也从后面跟着走出。明允含泪回顾定钧道：

"秀娟不能与贤婿结成良缘，此固然秀娟之命薄，也吾之福浅也。"

定钧不答，唯淌泪而已。到了大门口，明允跳上汽车，犹执定钧之手不放，泣道：

"贤婿，你能念秀娟之情，常来探望于吾，盖吾自知亦将不久于人世也。"

言罢而哭。定钧亦泣，遂点头说道：

"爸爸吩咐，敢不遵命。唯死者已矣，爸亦善自珍摄，勿过于伤心才是。"

后面竹太太和张妈、赵妈也都跳上汽车，定钧给他们关上车厢，方才匆匆入内。不多一会儿，秀娟之桐棺移入寄馆所暂放，预备择日安葬于万国公墓。这里孟起到账房间结清账目，计用去二万三千五百元。回头见大厅中尚剩定钧、碧云、丽娟、翠萍、林妈和三个媳妇，于是说道：

"我们也该回去了，张小姐和丽小姐怎么样？我家晚饭去好吗？"

"谢谢老伯，不客气了，我和丽妹同车回家。"

翠萍摇了摇头，微笑着回答。孟起也不相强，遂一同凄凉地走出大门。那时，日影已斜，暮烟四起。孟起原有两辆汽车，此刻都停在门口，于是叫阿银送翠萍、丽娟、林妈三人回去。这里孟起和定钧、碧云等众人亦驱车回公馆里去。到了公馆，大家先往上房，定钧叫王妈把秀娟那张十四寸的小照先拿到自己的房中去。梅太太见了众人，遂问：

"一共用去多少钱？竹家可有什么人来？"

孟起都一一地告诉了她。梅老太见定钧垂首呆坐，于是和颜悦色地向他劝道：

"孩子，人死不能复生，多伤心也是没有用的。你昨晚一夜没有睡，今天又劳苦了一日，身子自己也要保重的。常言道：妻子如衣服，兄弟如手足。何况秀娟和你根本没有结过婚，这当然是更差一层了。天下美貌的姑娘自多，只要有钱，难道会娶不到一个才貌双全的姑娘吗？你不要伤心，妈明儿再给你定一房好亲是了。"

定钧听了妈这一篇话，虽然在她是一片爱我的意思，可是在自己的心中，却非常不受用，待了一会子后，便站起身子说道：

"一夜没睡，有些疲倦，我先去睡了。"

说时，他已走到房门口了，忽又回头向碧云道：

"妹妹，你也一夜没睡了，快早些休息吧。"

碧云点头说：

"我知道。"

定钧遂回到自己房中去了。定钧到了房内，见秀娟的小照放在桌上，遂拿起来，又呆望了一会儿。在他脑海中，一幕一幕地搬演着过去的柔情如水、蜜意如云，结果眼泪又像雨点儿一般地落下来。泣了一会儿，他把秀娟小影悬在写字台对面的壁上，痴痴地又瞧了一会儿，忽然自言自语地说道：

"秀娟，你为什么老是望着我笑？我想你这笑也许是比哭更痛苦吧！"

说到这里，忽然身子一冲，只觉头晕目眩，不能自支，遂移步到床，脱了衣裤，躺进被窝里睡了。但这一睡下去之后，他觉得全身发烧，两颊绯红，心头非常难受，暗想：我竟真的病矣。

吃晚饭的时候，上房里是只有梅孟起夫妇和碧云三个人。梅老太拣了菜和饭，叫紫霞送到五少爷房中去。谁知紫霞回来告诉，说五少爷病倒了，他不要吃饭。孟起道：

"这是过分痛伤和劳乏的缘故，睡两天会好的，既吃不下，还是不吃的好。不过给他备些饼干、牛乳，回头饿起来可以充饥。"

梅老太皱了眉毛，叹了一口气，说道：

"想不到这孩子竟有这么痴，说来说去总是你不好，照我的意思，老早解除了婚约，既不会花这许多冤枉钱，而且也不会害老五多受一重刺激。现在他病了，那还不是你害他的吗？"

说时，又向孟起逗了一瞥怨恨的目光。孟起觉得在她这几句话中，对于秀娟的死根本是没有一些爱怜的意思，至于定钧的病也还在其次，她所最最肉疼的，好像是为了这二万三千五百元钱。他感叹着太太是并没有灵感的，想不到妇人之量窄好妒，竟有如此情景，实深叹息之至，于是便说道：

"事到今日，你也不用再说这些话了，对于秀娟身后所花的钱，明允已经对我说过，他都会负责理清还我。明允是个爽快的人，所以你也不必猴急的，一个人最要紧是肚量放大，何况这还是定钧身上的事情呢！"

梅老太听了这话，陡然变色，怒斥道：

"你这是什么话？我几时曾经肉疼着这些钱呢？我也不过这么评论一句。哼！爽快的人也不会要夫家下聘的钱来给女儿治病了！"

碧云听到这里，也有些不受用，遂插嘴说道：

"何苦来大家还要再提这些沉痛的事？人也死了，唉……"

说到这里，她眼泪几乎又欲滚下来了。

"就是为了人死，所以才感到冤枉，假使把她医愈了，这倒也有一个名目。"

梅老太撇了撇嘴，兀是很生气的样子。碧云叹了一口气，低头吃饭，却再没有开口说话。孟起也不愿意和她再谈这个问题，他转变了话锋，说道：

"老五既然有病，晚上要茶要水，倒该遣一个人去服侍服侍。"

碧云听了这话，不待梅老太回答，这才先抬起头来说道：

"我房中雪雁反正没有什么事，回头我叫她去服侍五哥吧。"

孟起点头道：

"雪雁年纪虽轻，却很稳重，她去服侍定钧，我倒很放心。"

梅老太望了碧云一眼，说道：

"那么我的紫霞暂且时给你去做伴几天好不好？"

碧云摇了摇头，说道：

"妈也要差遣的，我就一个人睡几天也不要紧。"

一会儿饭毕，碧云打了一个呵欠，因为一夜未睡，到此时已二十四小时了，实在也很倦怠，于是向爸妈道声晚安，匆匆地回房来睡了。雪雁接入，见小姐两眼红肿，精神甚为委顿，遂倒上一杯茶之后，悄悄地说道：

"小姐，你也够疲乏了，该早些睡了。"

碧云点了点头，坐在沙发上，手托香腮，兀是出了一会子神。雪雁本欲问问竹小姐死后的情形，但生恐引起小姐的伤心，所以不敢开口，在床旁拿过绣花的拖鞋，放在沙发的前面，不料碧云忽然叹道：

"唉！浮生若梦，做人有什么意思呢？"

"小姐，你见了竹小姐这样年轻便死了，所以心中很感叹吧？不过一个人有一个人的环境，那也不能一概而论的。像竹小姐的环境，确实是太恶劣一些了，造成她今日的结果，真是环境恶劣的罪恶。所以小姐别灰心，你应该用达观的态度，还得去劝劝五少爷才好。"

雪雁平静了脸色，站在旁边，望着她低低地说。碧云听了这话，便抬起头来向雪雁瞟了一眼，不禁微微地一笑，说道：

"雪雁，你很同情五少爷的遭遇吧？现在五少爷病了，晚上没人服侍，意欲差你去服侍几天，顺便向他劝解劝解，不知你情愿不情愿吗？"

因了碧云的一笑，使雪雁心中感到了不好意思，两颊微微地盖上了一层红晕，秋波向她逗了一瞥娇羞的媚眼，忸怩了一下腰肢，却是含笑不答。碧云打趣道：

"做什么？这是真的事情，并不是和你开玩笑呀。"

"那么五少爷真病了吗？"

雪雁这才微蹙了眉尖，有些愁闷地向她急急地问。

"有病没病，这岂是儿戏的事？我怎么会和你开玩笑？"

碧云望着她，正经地说。

"……太太也有这个意思没有？"

雪雁沉吟了一会儿，因为叫自己去服侍一个少爷，这实在还是破题第一遭。她怕人言可畏，所以郑重地又问了一句。在她意思，只要是太太的命令，当然没有人敢说一句什么歪话了。

"刚才吃饭的时候，原是妈这么说的。"

碧云见雪雁这样地细致，心中就感到她的可爱，一面换去了皮鞋，一面低低地回答。她站起身子，两臂向上一伸，打了一个呵欠，脱了旗袍，遂走到床边睡去了。雪雁把她脱下的旗袍挂到玻镜三门大橱里去，然后给她放落了紫罗纱帐子，站在梳妆台旁，望着镜中的自己，却又愣住了一会子。碧云已经是合上眼皮了，忽然她又睁眼向雪雁瞟了一下，见了她这个神情，倒扑哧地一笑，说道：

"雪雁，为什么还不去？难道你心里有些不情愿吗？"

"不，我就去了。"

雪雁被小姐这么一说，方才从梦中醒过来似的，摇了摇头低声地回答，一面关了室中的电灯，一面掩上房门，遂悄悄地走到定钧的房中去了。也不知为什么缘故，一脚跨进定钧房中的时候，她那颗芳心是别别地跳跃得厉害，但房内是静悄悄的，连一丝的声音都没有。桌子上放着一盘饭菜，那一碗火腿冬瓜汤还冒着缕缕的热气呢。雪雁轻移步子，走到床边，望了一望，见定钧两颊绯红，把被都推在一旁，沉沉地熟睡着，这样的睡态，就可以知道他身上是有热度的了。虽然春天的季节，但晚上还包含了一些春寒料峭。雪雁生恐他再受了寒，那就加重了一层病原，所以把被又轻轻地给他盖好了。就在这个当儿，只见紫霞轻步地走进来，手里拿了一听牛乳和一听威士忌饼干，见了雪雁，便低低地笑道：

"雪妹，你如今是做了五少奶的替身了。"

雪雁早就防到了这一着，所以她向碧云再三地究问，此刻听紫霞果然这么说，便把粉脸一绷，鼓着小腮子，娇嗔道：

"你这是什么话？我回太太去，不干这个差使了。"

"和你说句玩话，何必急得这个模样儿呢？晓得太太拣中你来服侍五爷的，在我面前放这个刁，我是担当不住的。"

紫霞一面向她赔笑说好话，一面却拿话去尖酸她。雪雁听了这话，粉脸益发红起来，说道：

"那也没有拣中不拣中的，你喜欢服侍的话，我就和你换一下好吗？"

"那我怎么配？"

紫霞把牛乳、饼干放在桌上，俏眼儿逗给她一瞥神秘的目光，抿着嘴儿兀是俏皮地说。雪雁被她说得急了，遂走上来，伸手向她扬了扬，做个要打的姿势。紫霞哧哧地一笑，却是一骨碌转身逃到房外去了。雪雁生恐吵醒了定钧，遂停步并不追出去，不料紫霞在房门口又探着进来，笑了一笑，却正经地说道：

"太太说回头少爷饿了，你冲些牛乳给他充饥。这盘饭菜，就给你吃了，小心地服侍着少爷，不用到厨下来吃饭了，知道吗？"

说到末了这三个字的时候，却忍不住又哧哧地笑。雪雁不作答，秋波恨恨地白了她一眼。不料正在这时，忽听床上定钧"唉"了一声，雪雁连忙回身去望，见他把身子转了一个侧，喃喃地不知在说些什么梦话，一会儿后，方又沉沉地睡着了。待雪雁再来找紫霞说话，但紫霞已走得不知去向了。因为太太既然这么关照，雪雁也不到厨下去了，就在桌旁坐下，匆匆地吃完了那盘饭菜，走到面汤台旁，洗了一个脸。偶然从镜中瞧到对面壁上那张新增的小影，使她心中倒是一怔，连忙回身到写字台边，抬头凝望了一会儿，见那少女之美，真不愧是个国色天香，暗想：这是谁呀？不过凭雪雁聪敏的直觉所猜测，她想到那少女准定是未婚新五奶奶秀娟小姐的遗影了。想不到秀娟姑娘之艳丽，有甚于我家的六小姐。可怜竟一旦病死，这就无怪五少爷要痛哭得病倒了。雪雁一面思忖，一面呆呆地细瞧，觉得自己脸的轮廓，有一部分和秀娟姑娘相像，因此在雪雁的那颗善感的小心灵中，也激起了同情的悲哀。她为秀娟姑娘而伤心，而且也为全世界不幸女儿遭遇恶劣而可怜，所以她眼眶子里也贮满了热泪，竟一连串地滚湿到衣襟上去了。良久，良久，也不知经过了多少的时候，忽然床上的定钧呜呜咽咽地哭了。雪雁知道他是在做梦了，遂三脚两步地走到床边，俯了身子，用了极温和的口吻，低低地叫道：

"五少爷，你梦魇了，快醒醒吧！"

不料定钧在睡梦中突然听了女子的声音，猛可地伸手把雪雁紧紧地抱住了，叫道：

"你……你去不得！你去不得呀！"

雪雁是个才十七岁的姑娘，她如何经得起定钧这样冷不防地搂抱，因此绯红了两颊，羞得呆呆竟是愣住了。

"唉！娟姊，我的爱妻，你太可怜了，我也太伤心了。"

定钧抱住了雪雁之后，又这么向她说了两句话，慢慢地睁开了眼睛，突然见抱着的是妹妹房中的丫环雪雁，一时又惊又奇，而且又觉得不好意思，这就更加涨红了两颊，呆呆地望着她粉脸也怔住了一会子。雪雁竭力镇静了态度，微微地一笑，温柔地道：

"五少爷，你刚才做了梦吧？因为五少爷有了病，小姐怕你晚上要茶要水，所以叫我暂时过来服待几天，你此刻觉得怎么样？头痛可有好些了吗？"

定钧听她絮絮地说了这么一套话，方知自己刚才做梦竟把雪雁当作秀娟了，遂两手放了雪雁，倒在床上，又长叹了一声，没有开口说话，眼泪先扑簌簌地滚下来了。雪雁见他这样伤心，心中也觉难受，遂拿帕儿给他拭泪，放低了喉咙，说道：

"五少爷，你是有病的人，你千万不要太伤心，你应该保重身体才是。你刚才是不是梦见秀娟小姐了吗？"

凭她连说了四个"你"字，也可知她是那一份的多情了，遂把手帕擦了擦眼皮，点了点头，说道：

　　"是的，我梦见秀娟活转来了，我心里是多么欢喜啊！谁知不是真的，是一个梦啊！唉！人生本来是一个梦，娟姊从此是不会再来的了。"

　　说到这里，忍不住泪又泉涌。

　　"五少爷，人生虽然是一个梦，但既然到世间上来做人，我们都应该负一些责任啊！竹小姐的死，虽然是令人痛伤的，不过死的已经死了，徒然伤心，于死者无益，而且糟蹋了自己宝贵的身子，这在竹小姐假使魂而有知的话，她心中岂不是也要难受了吗？我想竹小姐是个有思想的多情姑娘，她在临终的时候，一定有许多话勉励你，叫你努力奋斗，为前途争光明，为大众谋幸福。那么五少爷岂可恋恋做儿女态呢？我以为因了竹小姐的死，五少爷是不该过分地伤心，应该更放些精神下去做些不平凡的事情，以安慰竹小姐在天之灵。五少爷也是一个明达的人，不知以为婢子的话也不错吗？"

　　雪雁因为听了碧云的嘱托，所以这次到定钧房中，也不是单纯为了服务而来，她还负一些小小的使命，所以站在床边，向他又柔和地安慰这一篇话。定钧听了这话，心头若有所悟，暗想：雪雁真不是个普通的丫头，的确，秀娟生前是时常向我勉励，叫我奋发，那么我岂可以万念俱灰地消极起来？于是便点头说道：

　　"雪雁，我很感谢你，你的话太有意思。因为我们青年，真的还有重大的使命啊！我从今不伤心了。我将努力做一个人，以安慰娟姊在天的心灵。"

　　雪雁听了这话，方才扬着眉毛，得意地笑起来，乌圆眸珠一转，逗给他一个媚眼，说道：

　　"五少爷，你这话对了，我听了很快乐。你这病没有什么要紧，全是为了过分疲劳和过分伤心的缘故，只要你想明白了，那么明天就好了。"

定钧点了点头，把手帕仍旧还给她，悄悄问道：

"雪雁，妹妹也到我房中来过了吗？"

雪雁因为没有知道究竟，遂也只得点头说道：

"小姐回房的时候，叫我来服侍少爷的。因为小姐也倦极了，所以她此刻已睡了。五少爷，你肚子可曾饿了没有？要不我冲一杯牛乳给你吃。"

"不，我此刻一些也不饿，因为我全身发烧得难受。雪雁，你也用过饭了吗？"

定钧摇头低声地回答，他望着雪雁的粉脸，心中又在想起了秀娟。

"我吃过饭了，五少爷，那么你静静地养息一会儿吧。"

雪雁微蹙了眉尖，虽然很想用手去试摸他额角上的热度，但到底感觉有些难为情，所以只好向他又这样地安慰了两句。定钧应了一声，他闭了眼睛，遂养了一会子神。雪雁于是把身子也退到沙发上去坐下了，手托着下巴，微仰了脖子，望着壁上那张小照，不免忖了一会子心事。但床上的定钧却又呻吟着不止，雪雁听了难受，她情不自禁站起身子，又走到床边，低低问道：

"五少爷，你到底什么地方不舒服呢？"

"我头像劈开一样地疼痛哩！"

定钧微微地睁开了眼睛，向她翠眉含颦的娇靥望了一眼，很烦恼地说着。

"这……怎么地好呢？"

雪雁把雪白的牙齿微咬着她鲜红的嘴唇皮子，沉吟了一会儿，又鼓足了勇气似的，说道：

"五少爷，那么我给你轻轻地捶一会儿好吗？"

定钧听她这么说，心里很感动她的多情，遂点头答应了。雪雁于是坐到床边，握了纤拳，在定钧的额角上轻轻地一下一下地捶着。定钧的感觉是软绵绵的，果然感到爽快了许多，遂把明眸望着她娇厮，呆呆地出神。雪雁被他瞧得有些不好意思，红晕了两颊，逗给他一个甜笑，说道：

"现在可有好过一些了吗？"

"爽快得多了，雪雁，你待我这么好，叫我真感激你呢！"

定钧听她这样问，遂也含了笑容，低低地回答。雪雁见他刚才痛苦地呻吟，此刻又含笑意了，觉得这位骏少爷真也有些痴得可怜的，遂别转粉脸去，却没有作答。

"雪雁，你为什么不回答我呢？"

定钧见她娇羞万状的意态，心里感到了有趣，遂把手去握她的玉臂，低声地问她。

"五少爷，你是主子，我是丫头，丫头服侍主子也是应该的事情，你说这些客气的话，那叫我还有什么可以回答呢？"

雪雁这才回眸瞟了他一眼，抿着小嘴儿微微地笑。

"并不是这样说，服侍是一个问题，我觉得你的多情，乃是另一个问题。"

定钧却摇头头，依然呆呆地回答。雪雁听他说自己多情，一颗芳心也不知是喜是羞，七上八下地愈加像小鹿般地乱撞起来，秋波斜乜了他一下之后，不禁又垂下了头，默不作声。这时，定钧摸着她白胖的玉臂，只觉其凉如冰，其滑如脂，所谓冰肌玉骨，其信然矣。因为心灵上有了安慰之后，他在雪雁轻轻地捶敲之下，到底又沉沉地熟睡去了。雪雁听了他酣酣的鼻息之声，方知他是安睡了。因为他的手还是摸着自己另一条手臂，芳心这就暗想：五少爷真像小孩子一样，似乎没有慈母给他一些温柔，他是不肯入睡的。想到这里，又觉得不好意思，连自己也不禁好笑起来了，于是停止了捶敲，把他手轻轻地放下被窝中，自己拿过一条绒毯，歪倒席梦思上去，也去躺了一会子。雪雁躺下的时候，原不想入睡，但年轻的人总是好睡的多，所以不多一会儿之后，连自己也不知道竟睡去了。大概在子夜两点光景的时候，忽然被床上的定钧喊醒了，雪雁慌忙揉擦了一下子眼皮，很快推开身上的绒毯，站起走到床边，悄悄地问道：

"五少爷，你要做什么呀？"

定钧见她睡眼惺忪，好像很模糊的神气，一时也怜惜起来，说道：

"把你喊醒了吧？"

雪雁笑道：

"没有，我原没有睡熟，你此刻可有好些了吗？"

定钧当然知道她说的是谎话，所以心中愈加感到她的可爱，遂道：

"好些了，但我此刻有些肚子痛。"

雪雁原是聪敏的姑娘，听了这话，心中便理会他的意思了，说道：

"莫非要大解了？我扶你起来去拉一会儿，也许里面积了食，大解通了，也会好起来的。"

说时，便把被揭开，将他身子扶到浴室中去了。发过寒热的人，他的四肢便全会软绵无力的，所以定钧的身子是全靠在雪雁的怀中，几乎把脸也偎贴到她的粉颊上去了。雪雁虽然很羞涩，但一时里也管不得许多，只好给他依偎了一会子。雪雁把他坐到抽水便桶上，定钧的手是紧紧地拉着她的胳膊，雪雁见他额角上的虚汗像珍珠似的冒上来，知道他是那一份的吃力，因此蹲下身子，遂索性把自己给他作为依靠之物了。坐了十分钟之久，定钧方说好了，雪雁明知他气力已完，恐怕连揩粪的能力也没有了，在这情形之下，自己不来代他干了，难道瞧着他在便桶上坐一夜不成？

定钧在睡到床上之后，是感激得又淌下泪来，握了雪雁的纤手，真挚地道：

"雪雁，你这样赤胆忠心地对待我，我总不会忘记你的好处。"

雪雁听他这么说，粉脸红得像一朵海棠花，心中有些荡漾，忍不住微微地一笑，说道：

"五少爷，你别那么说，我因为同情你的遭遇，而且既受了小姐的重托，自然无不尽力地服侍。虽然我未免有失女孩儿家的稳重，但也管不得许多了，好在房中没有第三个人，五少爷何必耿耿于心呢？"

"雪雁，你快别这么说，我除了感激你之外，我如何还会感到你的轻狂呢？唉！雪雁，以你的才貌而言，真委屈你做了丫头，将来我一定有所报答你的。"

定钧这些话听到雪雁的耳中，她想到紫霞刚才的一句话，她几乎把心花儿也乐开了，遂笑道：

"五爷，你别说病话了，丫头服侍主子，岂望报吗？你此刻想也饿了，我给你煮些牛乳喝好吗？"

定钧点头，雪雁遂给他冲牛乳去了，在冲牛乳的时候，雪雁不免暗自想道：听五爷的话，好像很有爱上我的意思，虽然我是没有福气给五爷做夫人，但是给他做个偏房吧，那也总强似嫁这些村夫俗子好得多了。雪雁这样想着，她的眼前仿佛展现了一丝光明的希望。冲好牛乳，取了一盘饼干，拿到床边桌上，服侍定钧吃喝。定钧见她一举一动无不温柔可爱，柔情蜜意处处显出贤妻的身份，因此把雪雁的娇容在心坎儿上也更刻画了一条不可磨灭的影子了。

次日早晨，碧云来瞧望定钧，定钧的热度已经退了，于是坐在床边，又向他安慰了一番。不多一会儿，梅孟起夫妇也来了，定钧坐起身来，叫声爸妈，梅老太忙道：

"才好些，怎么又坐起来了？快给我躺下了，难道和自己爸妈也用得着客气吗？"

"睡腻了，坐起来靠一会儿，我实在已完全好了。"

定钧含了微笑，却低低地回答。这时，紫霞把炖热的燕窝粥送来了，雪雁接过了，放在桌上。定钧因为众人都在，不好意思叫人喂着吃，所以便自己拿着吃了。孟起还要给他请大夫诊治，定钧执意不允，因此也只得罢了。定钧吃毕燕窝粥，雪雁拿手巾给他擦了嘴，过了一会儿，大哥、二哥、三哥、大嫂、二嫂、三嫂也都来探望了，见五弟已好了许多，大家这才安心。这时，房中真是热闹，差不多没有一张椅子上不是坐着人。定钧笑道：

"我们全家人都在了，只是少了一个四哥和六个孩子还没有到来。"

一语未了，外面像一群小狗儿似的奔进来，只见志明、志光、志新、玉英、玉如、玉珍六个人都已走进房中，围在床前问五叔好些了吗。梅孟起夫妇等瞧了，都忍不住笑了。就在这个当儿，连四哥也踱进来了，问道：

"五弟病好了吗？"

定钧点了点头，笑道：

"这回真的到齐了，我想像今天那么的情景，实在一年之中也有不得这一次呢！"

大家说笑了一会儿，大哥、二哥、三哥因办公时间已到，遂先后走了。这时，翠环、青鸾、红莺三人也都来把六个孩子领走了，恐怕五叔烦恼，大嫂、二嫂、三嫂也相继回房，去料理家务。孟起因尚有约会，也先走了。梅老太向雪雁嘱咐了一会儿，和紫霞也回上房去。不多一会儿，定钧见房中只剩了四哥、六妹和雪雁了，不免叹道：

"刚才何等热闹，此刻又何等冷静，这真像一个人在世界上，有盛必有衰，有兴必有败，所谓天下无不散之筵席，这话真不错了。早散迟散，也不过时间问题罢了。"

碧云听他这些话，当然知道他是有感而发的，遂劝他道：

"别说那些颓伤的话吧，现在可以躺下来养息一会儿了。"

定钧点头，忽然见四哥站着出神，便对他说道：

"四哥，你难道早知道秀娟不寿而终的，所以你才不要和她结婚的吗？可是却害苦了我了。"

说罢，又长叹了一声。定铮听了，却抿嘴嘻嘻地笑，说道：

"那我可不是半仙啦，怎么就知道呢？不过我就是为了怕多烦恼，所以才不愿找烦恼的，谁能逃得了不死？她死了，你伤心；我死了，她伤心。与其是要伤心，还不是一个人好吗？死的死了，伤心也没有用，趁着活的时候，多吃几碗饭，多做几件事，岂不是好的？"

定钧、碧云听四哥的话，如是而非，一时也猜不透他什么心思，望着他倒是愣住了一会子。定钧大胆问道：

"那么四哥每天做些什么事呢？"

"我每天做的事情可多着，吃饭、睡觉、拉尿、游玩……哪里算得完？假使有机会，还可以多干一些别的事哩！"

定铮说时，唾沫横飞，神情很是逼真。定钧、碧云、雪雁都忍不住笑了。定铮见他们笑，似乎也懂得他们的意思，便悄悄地退到房外去了。定钧叹道：

"四哥会骙到这么一个地步，叫人伤心。"

碧云笑道：

"他这么不爱自寻烦恼，你偏爱自寻烦恼，四哥不以为自己痴呆而难受，你又何苦为他而伤心呢？快躺下来吧。"

说着，伸手把他扶下了，一面又劝解一会儿，一面向雪雁叮嘱几句，她也自回房中去了。

光阴匆匆，不觉旬日，定钧业已痊愈，站起床来，在房中闲坐踱步，因和雪雁早晚相聚一室，所以把她却认作知己一般看待了。这日下午，定钧坐在写字台旁，正在思念秀娟，而暗自伤神，忽然见碧云泪眼盈盈地走来，见了定钧，便哇的一声哭起来了。

第四回

错把素臣当快婿　姑娘心酸

这几天春假的日子已经过去了，碧云依然上学校里去读书。齐巧今天是星期六，下午碧云很早地回来，先到上房里，只见大嫂和母亲在说着话，她们一见了自己，便把话收起，听大嫂转了口风说道：

"竹家来电话叫爷爷前去，不知是为了什么事情呢？"

碧云听说，忙插嘴问道：

"爸爸已经去了吗？"

梅老太点了点头，望了她一眼，说道：

"今天怎么这样早就回来了？"

碧云笑道：

"唬，今天不是星期六吗？"

梅老太"哦"了一声，便也笑。素贞这时望着碧云的粉脸，只是味味地笑。碧云被她笑得不好意思，秋波逗给她一个娇嗔，说道：

"大嫂今天多高兴，敢是拾到了什么海宝贝了？否则，何以拉开嘴像尊弥勒佛呢？"

"我倒没有拾到什么海宝贝，因为见云妹脸上有喜色，所以代为你高兴呀！"

素贞抿着嘴儿味地一笑，向她俏皮地说。碧云听她话中有因，心里有些疑惑起来，遂凝眸含颦地瞅了她一眼，怔怔地问道：

168

"我脸上有什么喜色，你别给我胡说吧。"

说到这里，一面又到母亲面前，问道：

"母亲，你快告诉我，到底是件什么事情呀？"

梅老太这才拉了她手，微微地一笑，说道：

"你性急什么？大嫂是在给你做媒啦。"

凭了这一句话，碧云就知道大嫂说的对象必是她的弟弟，一时就着了慌，绯红了两颊，说道：

"不，我不要，这么年纪轻，还在求学时代，谈得到这些事情吗？"

"你这妮子，也不问问是谁家的孩子，就怎么一口地拒绝了呢？"

梅老太听她回绝得这么快，遂白了她一眼，微微地笑。碧云很坚决地道：

"因为我现在还不需要，所以任你国府要人的儿子，我也不要的。"

梅老太笑道：

"又不是立刻叫你嫁人了，订一个婚有什么关系？难道也会妨碍你的读书吗？"

素贞这时再也忍熬不住了，遂插嘴说道：

"云妹，你和我弟弟不是一向很情投意合吗？他非常地爱你，难道你倒一些也不爱他吗？"

碧云听了这话，暗想：果然不出我之所料，谁和他情投意合？他真正是在做梦哩！素贞见她低了头不作答，好像很怕羞的样子，还以为她是愿意了，遂忍不住笑起来，说道：

"云妹这人也真是性急，没有知道对方是谁，就一口地拒绝了，现在你听我告诉了后，可不是你心中便欢喜了吧？"

碧云这才抬起绯红的两颊，摇了摇头，说道：

"大嫂，承蒙你这一片好意，我当然是非常感激，不过论年龄，我确实还太早些了。"

素贞听她这么说，仿佛泼了一盆冷水，便"哦"了一声，笑道：

"我知道云妹的意思了，莫非云妹嫌素臣年龄太大吗？"

碧云听了这话，粉脸益发娇红起来，摇了摇头，说道：

"这也并不是为了这个意思……"

说了一句，却没有再说下去。梅老太这就接口问道：

"既然不是为了他年龄大，那么为了什么的缘故呢？素臣也是个大学毕业生，现在贸易公司内做协理，论年龄不算大，论家境也是门户相当，论人才更是不错，这么一个快婿，你如何倒不要呢？孩子，你爸是六十七岁了，我也五十八岁了，这样风中残烛，都是朝不保夕，把儿女婚事都配团圆了，就是死的时候，不是也可以放心得多了吗？"

碧云听母亲这么说，心中真有说不出的怨恨，说道：

"婚姻大事，总不能称你们的心，我现在什么人都不爱配，你们何苦要相强？你不见五哥的情形，岂不是爸妈害苦他的吗？"

梅老太忙道：

"老五的婚事和你大不相同的，他这头婚姻当初我也不赞成，至于你这个婚姻，是再好也没有的了。大嫂的弟弟，你们时常一块儿玩的，也不是素来陌生，那还不是一头美满的良缘吗？"

"不，我说不就不，你们不用多说的，否则，我情愿一辈子都不嫁人。"

碧云把脚一顿，却竭力地反对着。

素贞听她这么说，显然她是并不爱素臣，换一句话说，就是她瞧不起素臣，瞧不起素臣和瞧不起我是没有两样的，因此她心中非常不自在，沉着脸，便再也说不出一句话来了。梅老太沉吟了一会儿，也说道：

"半个月前，大嫂就跟我谈起这件事了，当时我已答应了她，大嫂和家中也去说过，如今你怎么可以反对？而且我们已约定下个月初五订婚了。好孩子，你应该听从我的话吧，妈做的事情总不会委屈你的。"

碧云听了这话，气得绷住了粉脸，冷笑了声，说道：

"是我的事情，就该由我做主，你们如何一厢情愿地连订婚日子也拣定了？那不是笑话？天下没有如许容易的，我不赞成。"

梅老太听碧云这么倔强，心中也生气起来，说道：

"你不赞成，我偏赞成！一个女孩儿家，也没有这样不知怕羞的。你也不过十七八岁的姑娘呢，主意就这么大，那还当了得吗？像我们十七八岁的时候，爸妈说什么，我们岂有回一个'不'字的吗？"

碧云听母亲竟用起强迫手段来，一时气愤极了，遂把脚一顿，恨恨地奔出上房去了。在小院子里遇到了二嫂、三嫂，把她拉住了，问道：

"云妹，为什么一脸怒容？干吗生气呀？"

碧云气得淌下泪来，遂把母亲强迫订婚的话告诉，并且求她们帮忙，去向母亲说情，打消这个主意。不料静珠、云英对于这件事在前星期也都早已知道，她们都和素贞很好，所以在当初也和梅老太竭力劝成这个亲事，如今见云姑娘这个模样，两人不免面面相觑，接着都笑道：

"云妹，你怎么这样孩子气？哪一个女孩儿不要出嫁的？你如何反伤心起来了？素臣一表人才，难道你不爱他吗？将来结了婚，只怕卿卿我我地恩爱得了不得呢！"

碧云见她们并不同情自己，还要吃这些死人豆腐，她感到非常失望，遂叹了一声，也不多说什么，回身匆匆地走了。她心里暗想：除了五哥之外，谁是我的知音呢？于是她奔到五哥的房中，一腔哀怨，无处发泄，这就哇的一声哭起来了。碧云这一下子举动，把定钧当然是大吃了一惊，遂站起身子，握了碧云的手，急急地问道：

"妹妹，你怎么啦？谁怄了你的气啦？别哭呀！好歹不是也该告诉我一个详细吗？"

碧云抽噎了一会儿，方才把这事情告诉了，并且说道：

"哥哥，你是同情我的，你应该给我设一个法子，救救我吧！"

定钧这才明白了，遂微蹙了眉尖，安慰她道：

"你放心，我一定会和母亲去说的，快不要哭吧。"

正说时，雪雁从厨下烧了莲子汤端进来，见小姐这个神情，心中也是一惊，忙问道：

"小姐，你为什么这样伤心呀？"

定钧把话告诉了，雪雁微叹了一口气，说道：

"老爷已经一误在先，太太如何又再误在后呢？五爷，你应该向太太去说才是呀！"

定钧道：

"那我当然会竭力地去劝阻着，你把莲子盛两碗来，我们先吃了点心吧。"

说时，一面去拉妹妹的手到桌边坐下。雪雁盛了两碗莲子汤，放在桌上，碧云向雪雁瞟了一眼，说道：

"我这碗太多，你给我减些去，自己也吃些。"

"我还有哩，你只管吃剩着好了。"

雪雁说着，回见小姐颊上尚沾丝丝的泪痕，遂拿了一方手巾来，递给碧云拭泪。碧云这时心乱如麻，哪里还吃得下点心，所以定钧一碗吃完，她还只有吃了两口。定钧微笑道：

"妹妹，事情总有解决的办法，你别难受，只管安心地吃吧。爸爸在家没有？他也赞成吗？"

"爸爸被竹家请去了，不知是为了什么事情，我不知道他可曾赞成没有。"

碧云这才抬头瞟了他一眼，低低地说。定钧点了点头，坐了一会子后，遂站起身子，说道：

"妹妹，你且静静地吃吧，我此刻就到母亲房中去说一说。"

他一面说，一面把身子已走到房外去了。到了上房，见母亲歪在床上，紫霞坐着干活针，她见了定钧，便站起身子，含笑叫道：

"五爷，你怎么出房来了？刚才大奶奶、二奶奶、三奶奶都在这儿，此刻玩骨牌去了。"

定钧点头道：

"太太睡熟着吗？"

随了这句话，早又见妈妈从床上坐起身子，问道：

"你做什么来？为什么不好好儿地去休养呢？"

紫霞倒上一杯茶，把身子退过一旁去。定钧在沙发上坐下了，笑了一笑，说道：

"我已好多了，也该走动走动活活血脉的。妈，妹妹已配给素臣了吗？"

"是的，你怎么知道？素臣这孩子才貌俱佳，你不是也很赞成他吗？不料你妹妹好生倔强，却偏不愿意，你想，那不是叫我生气吗？"

梅老太这才向他很生气地诉说着，表示很怨恨碧云的意思。定钧沉吟了一会儿，说道：

"妈，素臣外表忠厚，内心浮华，恐怕不是一个笃实的青年。妹妹所以不愿意，正是她的慧眼识人，妈倒不要强迫她才好。"

梅老太听定钧也这么说，心里十分奇怪，望着他倒是愕住了一会子，怔怔地问道：

"你何以见得素臣是个浮华的青年呢？"

定钧道：

"素臣时常跑舞厅的，我见他有一次手携一摩登女子，向舞厅中进去，又有一次，见他和一少女从大东旅社出来，只此两点，就可以知他生活的浪漫了。"

梅老太听了这些话，不免沉吟了一会儿，暗想：这难道是事实吗？我想不见得，一定兄妹两人通同一气地在欺骗我，我且探问他一句，也就可以明白的了。于是说道：

"那么你妹妹可是另有情人的吗？"

"这也谈不到是情人，不过妹妹确实有个很知己的朋友，名叫田丹枫，而且还是我的同学。"

定钧趁此机会，也就说了下去。梅老太暗想：果然不出我之所料。遂又问道：

"此人年纪多少了？什么地方人？家中父母俱全吗？父亲是做什么事业的，你全都明白吗？"

"丹枫比我大两年，比妹妹大三年，今年二十一岁，广东人，可是久住上海的，父母俱亡了，如今跟随叔父过活的。他叔父在上海也很有些地位，而且人品优秀，确实是个时代的好青年。"

定钧听问，以为母亲很有个意思了，遂很快地向她叙述了一遍。不料梅老太听了，却有三层不喜欢：第一，他是外乡人；第二，他没有父母；第三，叔父不比自己爸妈，虽有钱也是枉然。那么一个贫穷的青年，如何有资格做我的女婿呢？于是冷笑了一声，说道：

"你们这班孩子真是胡闹，这个田丹枫无根无蒂，既没有父母，又没有家，这明明是一个拆白党呀！我想你们一定是上了他的当了，我可不答应。像素臣是你大嫂的弟弟，而且父母双全，家中又有产业，本身又任了协理之职，那前途是多么伟大。我活在世上，我总不许她这么胡闹的。"

定钧想不到母亲会说出这些话来，一时不禁兜头泼了一盆冷水，半晌愣住了，暗自思忖道：母亲既然如此势利，我劝她也是无益的了。于是把话收住，点头说道：

"母亲这话正是，那么待我去向妹妹劝劝吧。"

他说着话，身子便站起来了。梅老太这才回嗔作喜，点头说道：

"这才对了，你去劝劝她，别叫她拗执了。"

定钧答应，遂走出了上房，在跨出上房的时候，却长叹了一声，匆匆地回到房中，见妹妹已不在了。雪雁告诉说：

"小姐回房去了。"

定钧于是又到碧云房中，见妹妹歪在床上淌眼泪，她见了定钧，便忙拭泪起身，问妈怎么说。定钧从实地告诉了她，碧云听了这些话后，心头之愤恨和悲伤犹若江潮奔腾，把脚一顿，冷笑了一声，说道：

"好，她简直是送我的性命了……"

说到这里，忍不住倒在床上，又哭泣起来了。定钧听了，自然无限同情，眼皮一红，几乎也淌下泪来，遂劝慰她几句，也自回房中去休息了。碧云待定钧走后，收束了泪痕，不免暗暗地思忖了一会儿，陡然想起去秋在法国公园中和丹枫的一番谈话，仿佛犹在耳际流动着。

"碧云，我和你说一句笑话，你听了不要生气，假使你也和定钧遭了同样的情形，那么我试问你是不是也屈服在这旧礼教的婚姻制度下吗？"

碧云想到了这几句话，同时又想到自己回答的，使她芳心怦然一动，暗自道：

"'不自由，毋宁死'，这句话是对的，我应该和丹枫商量去，假使他有勇气帮助我的话，我一定不甘心屈服在这黑暗势力之下的。"

于是碧云站起身子，偷偷地打个电话给丹枫，叫他在金门茶室等候自己，有要事面谈。她披上一件单大衣，遂匆匆地到金门茶室去了。

碧云到了金门茶室，见丹枫已候在那边多时了，两人见面，便握了一阵手。丹枫给她脱了大衣，放在椅子背上，两人坐下。丹枫见她脸上不施脂粉，眼皮红肿，好像哭过似的，遂奇怪道：

"碧云，你五哥好了吗？为什么这样伤心的样子，难道有什么心事吗？"

碧云秋波逗了他一瞥哀怨的目光，沉吟了一会儿，方才说道：

"我已许配了人家，你知道了没有？"

这一句话听到丹枫的耳中，仿佛是晴天中起了一声霹雳，脸上顿时转变了颜色，猛可把碧云手儿紧紧地握住了，急道：

"碧云，你这话可是真的吗？"

"这是什么事情？岂有和你开玩笑的道理？现在我来问你，你预备打算怎么样？"

碧云见他这失常的举动，一颗芳心自不免暗暗地欢喜，于是镇静了态度，把自己的事情都要丹枫来给她解决。丹枫听她这么说，倒是愕住了一会子，良久方说道：

"你配的是谁？现在可曾作准了没有？"

碧云道：

"是我大嫂的弟弟，事情当然作准了，而且下个月初五预备要给我订婚了。"

"那么你答应了他们没有？"

丹枫放下了她的手，情不自禁地问出了这一句话。

"我若答应了，何必还来找你谈话？"

碧云对于这句话感到了失望的悲哀，秋波白了他一眼，泪水又滚下来了。

"云妹，这是我说错了话，请你原谅我，那么你预备怎么样呢？"

丹枫自知失言了，遂连忙向她赔不是，一面拿手帕给她拭泪，一面悄悄地也还问着她。丹枫所以这么问，原是心中表示急得没了主意的意思，不料听到碧云的耳中，却又引起了心中的误会，以为他故意地放刁，一时真有说不出的怨恨，冷笑了一声，说道：

"去年秋天在法国公园中你对我怎么说？我现在不打算怎么样，我只问你有没有'勇气'两个字？"

丹枫听她这么说，猛可地也记起来了，这就伸手把她又握住了，很感动地凝望着她粉脸，说道：

"云妹，你真有胆量，我太感激你了。你的情义，海水不足以比其深，天空不足以比其高，我虽肝脑涂地，不能报知己于万一也。

176

但是我的力量太薄弱……"

碧云不待他说下去，就柳眉微竖，杏眼微睁，娇嗔满面地冷笑道：

"空口说白话，又有什么用？事到临头，畏首畏尾，真令人太失望了！"

"不，不，云妹，你别误会了，我因为怕你受不了苦，所以有些委决不下呢。假使你以后不会怨苦的话，我岂无这个勇气吗？"

丹枫这才连说了两个"不"字，急急地向她辩解着。

"哼！你若以为我是个爱好物质享受的女子，那么你是失了眼了，过去和我这几年的交谊，不是也太无意识了吗？请你离开我吧！算我错认了人！"

碧云说完了这两句话，不禁垂泪啜泣起来。丹枫被她这么一说，也就急得泪水夺眶而出了，忙说道：

"我全是一片苦心，云妹，你应该原谅我。我们为自由平等，我们为生存在这个世界上，我们是应该起来反抗的呀！云妹，你别哭，你别伤心，只要我俩永远在一块儿，虽然把我的一切都牺牲了，我也快乐的，不过我太对不住你的父母了……可是事到万急，又有什么办法呢？"

"这不是我们对不住父母，原是他们对不住我呀！丹枫，你既有这么的勇气，那么你应该去筹备一切。我没有别的东西，我只有两枚钻戒、一串金链子、三枚金戒指。你拿了去，化作了钱，给我们作为开路的先锋。"

碧云听他这么说，方才在怀内取出一个手巾包，送到丹枫的面前。丹枫见她这一下子举动，方才明白她出来的时候就下了这么一个决心了，一时又感动又惭愧，握了她手，眼泪却像雨点儿一般地落下来了。碧云却向他说道：

"为什么哭了？哭是弱者表示。别怕，别畏缩，虽我们此举是冒昧的，但我们只要有奋斗的精神，我恳切地相信，一定会找到生命泉源的。"

"云妹，你这话不错，我虽不敢自比李靖，但你实有红拂之风，我若不努力干一番轰轰烈烈的大事，我如何对得住你一片热心的期望呢？"

丹枫听了这话，真是感到心头爱入骨髓，遂情不自禁地向她说出了这几句话。碧云听他这么说，也不禁破涕为笑矣。两人商量已定，遂吃了一些点心，丹枫道：

"这件事你和定钧告诉吗？或许你妈回心转意，不是也留个回身的余地。"

"不，我们既出走了，若没有一些成就，我是绝不回家来见父母的。"

碧云摇了摇头，表示非常决心的样子。丹枫听了这话，更加肃然起敬，连声地道：

"对、对，我一定努力奋斗，以安慰你那颗小小的心灵。"

两人说着，相互地望了望，四目相对，都又微微地笑了。吃毕了点心，时已五点多了，付去了账，一同步出金门茶室。碧云附着他的耳朵，低低地说了一阵。丹枫道：

"我知道，那么我准定明天下午等着你吧。"

两人说完了话，便握手各自分别。碧云回到家里，故意又到上房里去转了转，只见爸爸也回家了，遂显出毫不介意的样子，向孟起问道：

"爸爸，竹家喊你去有什么事情吗？"

孟起长叹了一声，眼皮有些红润，说道：

"明允是很危险了，他说他死之后，把丽娟竟秀娟未了之缘，再配与定钧为室。我因为委决不下，所以来问问你母亲和哥哥，不知好不好？"

碧云听了这话，又觉得事情起了变化，遂急道：

"那么五哥心中欢喜吗？"

孟起道：

"我已叫紫霞去喊他了，还没有问过他呢。"

一语未了，只见定钧已跨步进来，他向爸爸问道：

"叫我有什么事情吗？"

孟起道：

"你且坐下，我问你一句话，不知你心里喜欢吗？"

定钧于是在沙发上坐下了，他向妹妹望了一眼，却有些木然的样子。这时，孟起方才徐徐地说道：

"竹明允的病已危在旦夕了，他心里是非常地器重你，所以觉得秀娟之不能和你结成良缘，他感到终身遗憾。不过他为了弥补这遗憾起见，欲把丽娟再嫁你为妻。丽娟十七岁了，品貌不亚于其姊，我觉得也很好，不过这次我却不敢做主，所以问问你的意思，你心里喜欢吗？"

定钧听了这话，遂微蹙了眉尖，垂头沉吟了一会儿，忽然他眉一扬，脸含微笑，低低地说道：

"我没有什么成见，任凭爸爸做主罢了。"

碧云听五哥这样说，明明是答应了，一时惊骇万分，以目视定钧。定钧却作不理会，低头无语。孟起见他欢喜，以为他因死了秀娟，今娶其妹，也无非是留个纪念，所以很快乐，点头道：

"既这么说，我就去答应下来了。"

说着，回眸又向碧云问道：

"你妈给你做的素臣这个婚姻，你为什么不喜欢？"

"谁说我不喜欢？我不是已经答应了吗？"

碧云乌圆眸珠一转，却含了妩媚的娇笑，低低地说。这神情瞧到定钧的眼里，也不禁为之愕然，就是梅老太心中也感到意外，还以为碧云也想明白过来了，所以倒很喜欢，笑道：

"这妮子就会作刁，其实妈给你做的事不会错，现在爸妈给你们一人做一个事，看将来哪个好？"

孟起听了这话，意殊不悦，遂说道：

"当然两个都好。"

说时，身子便站起来。梅老太却冷笑道：

"老实说，竹家的人都不吉利，我却不赞成。现在定钧自己欢喜，我也管不得了。"

"什么吉利不吉利？老实说，素臣那个孩子我又何尝喜欢？如今碧云自己答应，我也管不得许多了。"

孟起听她这么说，心中不禁愤怒起来，遂也冷笑着说。

"放你的臭屁！你干的事情好呀，所以才会死哩！我干的就不好吗？女儿是我的，我难道偏做不得主意吗？"

梅老太气急了，便开口大骂起来。孟起却不理她，自管匆匆地回到竹家去了。这里梅老太兀是怒气未平地骂着。碧云听了，暗想：你们两人赌气，把我们子女的婚姻当儿戏，这真是岂有此理！想着，叹了一声，便和定钧自管回房去了。在定钧的房中，叫碧云坐一会儿。这时，里面已亮了电灯，碧云望了哥哥一眼，说道：

"五哥，娟姊新亡未半月，骨肉未寒，你竟忍心复纳其妹子为妻吗？我以为定别个女子则可，定丽娟为室则不可。盖丽娟之母，实乃你爱妻之仇人也。你若娶仇人之女，百年后你有何面目见秀娟于九泉之下吗？妹心直口快，五哥听了，勿责是幸。"

定钧听了，不觉苦笑了一下，说道：

"妹言至善，我岂有不知这个道理吗？但我之所以答应者，实为替秀娟报仇故也。"

碧云听了这话，不觉愕然，良久，方摇头道：

"五哥若存歹意之心，大不仁也。丽娟之母可恶，与丽娟有何相干？所以我说五哥固然不能娶丽娟，亦不能害丽娟，因为这种手腕，非有情人所干的。妹子忠心相劝，还希哥哥三思才好。"

定钧被妹妹这么一说，泪水夺眶而出，说道：

"我也不是存了怎么的毒心去害丽娟，也无非叫丽娟不能得一知音之夫婿罢了。"

"这又何苦来呢？哥哥，如此你不是害丽娟，你竟是害自己了。"

碧云摇了摇头，却不以为然，向他低低地劝说。两人正说话间，紫霞却来喊两人吃饭去了。

在吃饭的时候，忽然孟起有电话来了，叫定钧去接听，定钧握了听筒，只听爸爸在那边说道：

"你是定钧吗？明允老伯已归天了，你既答应了这头婚事，你便有半子之职，所以你此刻快些来竹家料理一切吧！"

定钧听明允已死，突然想起那天殡仪馆门口明允和自己说的几句话，一时辛酸万分，不觉凄然泪下，泣不成声，连说了两声知道，他便前来报告母亲。梅太太道：

"你是病才好的人，如何再可以去落夜劳苦吗？那你真是不要性命的了。今夜不要去，明天直接到殡仪馆去吊祭一番也就是了。"

说着，又骂孟起老糊涂，竹家的事情，全归在梅家来干，这岂不是笑话吗？

定钧对于今夜就去，刚才虽答应了，此刻也觉得有些不高兴。因为自己病新愈，若见了悲惨的景象，势必又欲伤心，万一又病倒了，那可是玩的吗？所以他迟疑了一会儿，说道：

"我原答应爸爸的，爸爸在那边不是要等急了吗？"

梅老太却冷笑了一声，说道：

"管他等急了，他原是竹家的孝子呢，倒要他奔来奔去地忙碌！你给我吃好饭，就立刻去睡吧，这老东西回来，我自会和他说的。"

定钧听了，遂不言语，因为有了悲哀的思绪，所以他只吃一碗饭也就回房去睡了。这晚睡在床上，想到明允的死，因此更想到秀娟的死，所以把眼泪又沾湿了枕衣。次日起来，雪雁向定钧悄悄告诉道：

"昨晚老爷回家，太太和老爷吵得很厉害。大爷、二爷、三爷、大奶奶、二奶奶、三奶奶、六小姐都进去劝的，我见五爷睡得浓，所以没有叫醒你。"

定钧听了，喟然叹道：

"一个家庭之衰落，也就是从多是非而起的……"

正说时，忽见碧云匆匆走来，也向定钧告诉昨夜的事，两人感叹不已。用过点心，两人到上房里，孟起带了两人遂到万国殡仪馆去吊祭了。才别十日，今天又重临旧地，在定钧的心中当然是倍觉沉痛，所以他见到明允遗体之后，更念及秀娟，不免放声大哭。竹太太和丽娟见此情景，自然也陪着哭个不定。这时，就有明允远房侄子前来和定钧招呼，大家到外面去了。

吃过了午饭之后，碧云的芳心开始乱跳起来，她觉得坐又不是、立又不是，最后，她终于镇静了态度，走到定钧的身旁，低低说道：

"哥哥，我身子有些不舒服，预备先回去了。爸爸那儿，你给我代为回一声……"

说到这里，喉间早已哽住，几乎欲流下泪来。定钧见妹妹这样悲哀的神色，心里好生奇怪，遂说道：

"既然有些不舒服，你就早些回去吧。这里气氛太悲痛了，我也有些受不住呢。"

碧云虽然点了点头，但她握着定钧的手，却是紧紧地不放，良久，方说得一句"五哥，我们再见"，她便匆匆地走出大门去了。定钧听了这句我们再见的话，更加地不解，望着她后影愕住了一会儿，待他追上去问她有什么事故，不料已不见妹妹的影子了。定钧也不知为什么缘故，心头感到说不出的凄凉。在哭声和吹打声中，把这一个悲哀的日子也终于悄悄地带走了。来宾都已散去，孟起给竹太太代为理清了账目，因见身旁只有竹太太、丽娟、林妈、定钧四个人，遂问：

"碧云呢？"

定钧道：

"妹妹身子有些不舒服，先走了。"

这时，竹太太向孟起连连道谢，说辛苦了，一面又向定钧道：

"你岳父是死了，以后你也该常来玩玩才好。"

定钧表面点头称是，暗地里却冷笑了一声。这时，丽娟向定钧瞟了一眼，却又羞涩地别转粉脸去。大家出了殡仪馆，分乘了两辆汽车，各自分手回家。

孟起、定钧到了家里，天已入夜，上房里已亮了电灯，梅老太和孟起是吵过嘴的，所以他们不开口说话，只向定钧问了几句。不多一会儿，王妈开上饭菜，梅老太忽然想起了一个人，忙问道：

"碧云呢？"

定钧道：

"妹妹不是先回来了吗？"

梅老太奇怪道：

"我怎么没见过她？"

定钧道：

"她说有些不舒服，想是到房中去躺着了。紫霞去瞧瞧她，喊她吃饭来了。"

紫霞答应，遂匆匆地去了。没有一会儿，只见紫霞手里拿了一封信，脸色很慌张地走进来，说道：

"老爷、太太，小姐没有在房中，我见写字台上留着一封信，写着面呈双亲大人的字样，那不是小姐留着的吗？"

孟起、梅太太、定钧三人听了这个消息，心中莫不大吃了一惊，这就不约而同地"啊哟"了一声叫起来了。

第五回

一波才平一波来　多事之秋

　　孟起听紫霞告诉，说小姐留了一封信。为什么要留信？那不是分明地已经出走了吗？所以心中这一吃惊，真是非同小可，立刻伸手把信接过，展开信笺。定钧也走到他的身旁，一同瞧着：

爸爸，妈妈：

　　西哲有言：不自由，毋宁死。就可知一个人生存在世界上，最最的要紧就是享受到生活的自由。生活尚且要自由，那何况是一个人的终身问题吗？在这里我真感到奇怪，为什么做父母的要把儿女的婚姻用强迫的手段？即使成功了，假设两小口子的感情不融洽，这难道算是疼爱他们的子女吗？

　　女儿今日之出此下策，虽然是女儿的不孝，但按诸实际，到底由母亲相逼至此。故而她的心是很苦恼的，她的情也很可怜的。你们老人家读到这里，当原谅她才好啊！死，虽然是每个人必经过的途程，但除了非人力所能挽回的死，无论谁总希望活着吧。何况死有重于泰山、轻于鸿毛者，若轻易地就去死了，这不是失却到世界上来做人的真意了吗？所以女儿这次的出走，绝不是去自寻死路，正因为去找自由的大地、幸福的乐园，才委曲求全地努力奋

184

斗的啊！别了，爸、妈，请你们不要愤怒，不要痛恨，譬如像竹家的秀娟姑娘那么地死了，这不是很干净的吗？秀娟的死，是死在平日生活的不自由，也是死于盲目婚姻的不自由。假使秀娟能够好好儿和五哥配合的话，也许她不至于会死吧。

现在说到我吧，虽然是比秀娟倔强地去找生路了，但前途的光明与黑暗，这还是一个问题。能够光明，这固然是我的命，即使是黑暗，这也是我的命。我不怨天，亦不尤人，一切都归至于我的命运。想仁爱若父母者，当然也不会来怨恨我女儿的吧。

临别依依，不尽欲言。唯望双亲添衣加餐，善自珍摄，实乃大幸耳！敬请福安！

不孝女碧云泣血百拜

即日

孟起瞧毕这一封信，把信笺便掷到梅老太的怀里去，怒气冲冲地冷笑一声，说道：

"你……你是杀了我的女儿了……"

梅老太听女儿留了信，已经吃惊不小，此刻又听老头子这么说，她的脸也变成灰白的了。手里拿了信笺，因为是不识得字，所以更急得了不得，向定钧急促地问道：

"老五，你怎么竟呆着不说话？你妹妹信中写些什么话呀？"

定钧于是向梅老太告诉了一遍，梅老太听了，懊悔不迭，一时便忍不住儿呀肉呀哭起来了。定钧因为妹妹信中曾经说及秀娟，触痛了自己的创伤，所以也不禁泪如雨下。孟起这时又冷笑道：

"女儿是被你逼走了，你还哭什么？她信中虽没有明言怨恨你，可是实际上她信里写的是多么怨恨你呢！这个婚姻，我原不赞成，你本事大呀！现在把女儿逼走了，你还打哪儿再去找一个女儿呢……"

说到这里，因为自己年近古稀，膝下就只有这么一个小女儿，今一旦远离，而且生死不知，怎不叫他心痛？所以也老泪纵横，湿透衣襟矣。

上房里这一哭不打紧，仆妇们不知底细的还以为老爷、太太又闹翻了，所以急向各个房中去报告，慌得大房、二房、三房放下饭碗，都匆匆地奔到上房里来问究竟。方知是云姑娘因不允婚事，所以悄悄地抛家出走了。大嫂听了，因为自己是局内之人，所以不但没有表一些同情，而且还暗恨碧云手段之厉害，所以站在一旁，默不作声。只有二嫂、三嫂并三个兄弟一同劝了一会儿，说妹妹也无非一时气愤，将来少不得仍旧会回来的。梅老太如何肯息哀，兀是大哭不已。静珠这就走上去把她扶起来，说道：

"祖母，你是上了年纪的人，快不要哭了。明天我们登报找云姑娘回来，说一切都凭云姑娘自由，那么她不是会回来了吗？"

定国、定邦、定钰三人也都相劝，梅老太方才罢了。云英见桌上饭菜将冷，遂也来扶梅老太，说道：

"祖母，菜都冷了，先用了晚饭吧。明天叫老三到报馆去登一则大些启事，云姑娘瞧见了准会回来的。"

梅老太摇了摇头，向定钧、孟起望了一眼，说道：

"我如何还吃得下饭？你们饿了，先吃好了。"

说着，又向大家道：

"我不伤心了，明天准定给我登个报，你们也都回房吃饭去吧。"

众人一面答应，一面又劝了一会儿，方才各自地回房去了。梅老太呆坐了半晌，忽又捶胸痛哭起来，说道：

"孩子，我害苦你了，你是个娇养惯的姑娘，你到什么地方去安身啊？你回来吧！我再也不敢强迫你了！"

梅孟起本来还要和她吵嘴，埋怨她的不是，如今见她这么痛心，一时倒又生恐她上了年纪受不住悲伤，所以反劝她说道：

"事到如此，哭也没有用了。且待明天登了报再说，也许云儿会回来的。你也不用太伤心了，多少总得吃些饭的。"

定钧听了，含泪亦向她劝慰。梅老太因为自己不吃饭，他们父子也不吃饭，所以免不得意思地也坐到桌边来和他们一同略划了一口饭。饭毕，定钧见爸爸长吁短叹，妈妈伤心落泪，室中空气都充了悲哀的成分。自己本来是个失意人，如何再受得住伤心的袭击，所以他再也坐不下去，于是道声晚安，也自管回房来了。在小院子里遇到了定铮，他见了定钧，便含笑问道：

"五弟，六妹逃走了吗?"

定钧望了他一眼，正色道：

"你怎么说逃走了? 妹妹是为自由而抛家的，我们应该同情她、可怜她才是呀!"

"为自由而抛家的?"

定铮愕住了一会子，良久，若有所悟似的点了点头，说道：

"是的，我们的四周太不自由了。总有那么一天，我们也会自由起来的。"

说时，笑了一阵，身子便又匆匆地别开走了。定钧对于他的疯态，心头更感到了难受和悲哀了。虽然时正三月的春天里，但晚风吹送到脸上，也会有阵说不出的凄凉。定钧回到房中，不料雪雁独对孤灯，却在扑簌簌地落眼泪。见了定钧，勉强忍住了泪，起身倒了一杯茶，叫道：

"五爷，小姐真的出走了吗?"

定钧点了点头，长叹了一声，却没有作答。雪雁万分悲酸，泪又雨下，哽咽道：

"可怜小姐到什么地方去了呢? 唉! 她是个年轻的姑娘呀! 小姐，你去了，你也不该抛弃我呀!"

说毕，呜咽啜泣不止。定钧听她这么说，方知主婢两人感情之笃，一时也不禁又伤心了一会子。

次日，定钧预备到校中去问丹枫，不料到了校中，却不见丹枫来上课。定钧这才恍然大悟，他并不怨恨丹枫和妹妹的情奔，他只有深深地敬佩两人的勇敢。从此以后，他不再为妹妹的出走而伤心，他只有代他们表示无限的欣喜。

报上的启事是已经登了一星期了，可是并不见碧云回家。消息沉沉，杳如黄鹤。定钧心里明白，他们也许在出走那天就离开上海了，那么这个启事他们当然是瞧不到的了。孟起因碧云既已出走，遂把她的卧房上了锁，并叫雪雁就此服侍定钧了。雪雁这个姑娘也是非常痴心，她服侍碧云的时候，心眼儿上是只有碧云一个人，自从服侍定钧之后，她的心眼儿上又只有定钧一个人。定钧因她聪敏伶俐，且脸儿又像秀娟，因此慰情聊胜于无，也就和雪雁慢慢地生出爱情来了。定钧既有了雪雁做伴，他自然更不会到竹家去了。丽娟也是个绝顶聪敏的人，她见定钧一次都不来，知道定钧心中至少对于她们母女有些怨恨的意思，所以郁郁不乐，也只有暗暗伤心而已。梅老太自从碧云出走后，万念俱灰，从此再不管家事，好像失了心一般，一会儿念了一会儿佛，一会儿又哭了一会儿。这样子一直到新秋天气，梅老太终于恹恹地病起来，她的病症是心病，心病非心药不医，所以孟起虽然天天给她延医诊治，可是喝药像喝水一般，不但没有效验，而且是一天一天地加重起来。孟起见她起初患的是心病，到现在她是患了真病了，觉得病入膏肓，是难以救治的了，所以也只有尽把好的食品买来给她吃，意思当然是因为她不久将脱离于人世了。在梅老太平日虽然是拥有百万家产的太太，但也很节省，特地要去买贵重的食品吃，这也很难得有这个机会的。现在定国、定邦、定钰等你也买、他也买，差不多把食品堆了一桌子，可是梅老太已没有这个福气吃这些东西了，就是吃也只不过尝了一尝滋味，就不要吃了。她躺在床上，每天只有喊着碧云的名字，说：

"我的儿，你在哪里安身呀？我害了你，我如何舍得你啊！"

这天黄昏的时候，梅老太躺在床上，见室中坐满了儿子媳妇，四周是静悄悄的，只有窗外的秋风发出了飒飒的声响，因此更显得房内的空气是包含了一些凄凉的意味。忽然，梅老太悄悄地问道：

"现在是几月里了？"

孟起坐在床边的沙发上，听了这话，便回答道：

"是八月的天气了。"

梅老太脑海里浮现了去年中秋节热闹的一幕，她感慨地叹道：

"又过去一年了。"

众人没有回答，静静地呆立。梅老太在床上也没有动静，好像入睡了的样子，待室中已亮了灯的时候，忽然听梅老太自言自语地说道：

"阿福，你说外祖母来接我回去，但风这样大，船怎么开呢？"

阿福是梅老太母家的老仆，死已多年，众人都知道的，今听她这么说，大家都觉冷水浇头，一阵寒意，不禁毛发悚然。定钧走近床边，含泪叫了两声"妈妈"。梅老太从梦中喊醒，心中明白，遂点了点头。这时，孟起和定国等都围到床前来，梅老太叹道：

"我这病怕不中用的了，我死之后，希望你们兄弟依然和和睦睦才好。"

大家听了这话，不禁凄然泪下。梅老太这时又向孟起说道：

"老爷，我和你商量一件事，不知你的意思怎么样？"

"是什么事情，你说吧。"

孟起含了泪，低低地说。梅老太徐徐地道：

"我的意思，在我未死之前，先把竹家丽娟去娶过来了，也好给我多有一个媳妇。"

孟起明白她心中另有一层意思，因为定国、定邦、定钰三人不是她养的，所以点了点头，说道：

"你的意思我很赞成，或许冲一冲喜，你的病也会好起来的。明天我就和竹家商量去，你说好吗？"

梅老太听了，含笑点头，回视定钧，又道：

"孩子，你也喜欢吗？"

定钧淌泪哽咽道：

"只要妈妈病好，我什么都依得。"

梅老太很欣慰，闭眼养了一会子神，于是众人又离开床边，大家坐到沙发上去了。这时，孟起向素贞悄悄地道：

"你不用侍候在这儿，志光今天怎么样了？你要小心地照料才是呀！"

素贞很忧愁地蹙了眉尖，低声地道：

"热势依然很重，李大夫的药也不见什么有效。"

孟起叹道：

"明天换个张大夫瞧瞧，你快回房去吧。"

素贞答应，先自走了。吃晚饭的时候，孟起也叫众人回房息息去，这里只剩了孟起、定钧、定铮、紫霞四个人。素贞回房，见翠环在床边给志光捶额角，便问热度退些吗，翠环道：

"奶奶来摸一下，不是依然热辣辣的吗？"

素贞一摸之下，果然热势很盛，遂微蹙了眉尖，叹了一口气。因为志光只是呻吟，遂问什么不舒服，志光只说头痛。不多一会儿，定国也回房了，闷坐在沙发上，连连地吸着雪茄。素贞如嗔如恨地白了他一眼，说道：

"大病小病，这样倒霉的当儿，你还要去发财。昨晚我一夜没有睡，听耗子数了一夜的钱，早晨关照你不要上市场去了，你偏不听，硬生生去蚀了五万元钱，这不是你自己不好吗？"

正说时，玉英一跳一跳地奔进来，伏到定国怀中去，说：

"爸爸，我要吃咖啡糖。"

定国心中正在烦恼，听她这么说，顺手打了她一下，恨道：

"什么咖啡糖？吃饭了！"

玉英被打，便哇的一声哭起来。定国还要再打时，却被翠环把玉英拉开去了。素贞这就娇斥道：

"自己心头烦恼，何苦拿孩子出气？志光前星期不也是被你打一下才病的吗？你若把玉英再吓病了，你还有性命做人？哼！横竖你可以娶小老婆，但你休想，我没有死，你总不用存这个心的。"

定国因为这半年来时常在堂子里吃花酒，虽是应酬难免，但素贞已打听得定国是爱上一个苏州老七了，所以趁此也骂了出来。定国低了头却不作答。素贞再要骂时，却被翠环劝住了，说：

"少爷有病，就别和大爷吵了。"

素贞是向来听翠环的话，所以也就罢了。定国夫妇在房中吵着嘴，不料定邦夫妇也在不安静，原因是青鸾最近腹部有些隆起，静珠发觉她是怀了喜了，这喜从何来，那还用说的吗？因此深悔自己平日太相信青鸾了，如今祖母有着病，这事情又不好意思闹开来。青鸾却跪在静珠的面前，眼泪鼻涕只管地哭泣。定邦红着脸，也在一旁求情。静珠因事已如此，若认真把青鸾赶出，这不但和丈夫结怨，而且自己也少了助手，因为青鸾平日很忠心于我，那么也只好做个人情，饶了他们，说道：

"对于青鸾给你圆房的事情，我也早有这个意思的。可恨你们为什么要偷偷摸摸的，这成个什么体统？"

当面虽这样说，暗地向青鸾又好言抚慰，说：

"你既是二爷的人了，以后把二爷好好地监视，不许他在外面再胡闹才是。我把你原当作亲姊妹一样，岂肯委屈你呢？"

青鸾听二奶奶这样说，自然感激涕零，从此也更忠心于静珠了。这也是静珠一些手段，和别个妇人又有不同的地方了。老三定钰这时在房中，身子却矮了半截，你道为什么？原来和云英也正在吵嘴，今天是星期六，下午行里不办公的，但定钰回家的时候，却已五点钟了。在上房里当然不好意思盘问，此刻到了自己的闺房，云英就问他下午在哪儿？

定钰说：

"心头烦闷瞧一场电影。"

云英问：

"什么片子？说明书在哪儿？"

定钰见她声色俱厉，因此望着她却扑的一声笑起来。经此一笑，云英当然更肯定他是说谎了，遂冷笑道：

"你真是个孝子，祖母病重得这个样子，你倒还忍心到跳舞场去吗？"

"我并没有到跳舞场去呀！你这人怎么如此多心？那真叫我没了法儿，片子叫《百鸟朝凤》，说明书丢了。你不信，我可以把剧情告诉你听。"

定钰沉着脸，一本正经地解释着。云英见他这样认真的神气，一时倒也将信将疑起来，向他身上打量了一会儿，到底又给她侦探出秘密来了，遂猛可伸手过去，把他西服小袋内那方粉红色的丝帕抽出来，冷笑道：

"早晨给你插上的明明是方蓝色麻纱的，怎么晚上回来就变成粉红的了？莫非你到染坊里去渲染过了吗？"

定钰听她这样俏皮地说着，心头别别地一阵乱跳，脸不免也红起来了，暗想：糟糕！断命小宁波偏给我换去一方，还算和我亲热呢！遂只得镇静了态度，微微地一笑，说道：

"你快不要多心了，早晨一方手帕落了，所以我又买一条。"

"那么这方是不是新的？"

云英见他还要狡赖，遂乌圆眸珠一转，向他低低含笑地问：

"是呀，新从商场里买来的。"

定钰不解她是什么意思，遂也附和着说。

"既是新的，怎么又有香气？你自己闻一闻，这香气是从什么地方来的？"

云英倒也心细如发，遂把手帕拿到他鼻子上去，又冷笑着问。这回把定钰问住了，望着她薄怒娇嗔的粉脸，倒是愣住了一会子，良久，方说得一句道：

"是洋行里一个朋友给我洒上香水的。"

"放屁，你那个朋友是做屁精的不成？难道香水随时带在身边的吗？你不用赖，我只和你一同去见祖父是了，说祖母病得如此危险，你倒还有心思去穷开心？哼！"

云英恨恨地啐了他一口，拉着他身子，怒气冲冲地要向外面跑。

"我们夫妻的事情，就在我们闺房中解决，何苦闹到父母那儿去？好奶奶、亲奶奶，你就饶我这一遭吧！"

定钰这才急起来，赖着不肯走，一面急急地说，一面含了小丑那么地笑。

"什么这一遭？难道每次总是这一遭的吗？我不管，我只把你拉到祖父那里去评个理。一个年轻的人，把跳舞是否该当一件正经事干的？"

云英并不肯饶他，拉着他兀是向房外走。

"云妹，你当真的要拉我去出丑吗？"

定钰似乎也有些动怒了，声音是十二分地沉重，好像和她有争吵的神气。

"真的拉你去，你便怎样？"

云英见他居然也凶恶起来，遂猛可地回身，把手在腰肢上一叉，倒竖了柳眉，圆睁了杏眼，望着他发狠。

"我没有怎么样，我是只好向你跪下了。"

不料定钰见她这个神情，便又一变为笑脸，向她很快地跪下来了。天下的事情，最怕的就是老面皮，云英每次和定钰吵闹，定钰总是闹这一套，所以这叫云英总弄得没了法儿的。这时，她见定钰又跪下了，忍不住把绷住的脸又笑出声音来，伸手指在他额角上一点，娇嗔道：

"我瞧你这个样子还会好起来吗？快给我站起来吧！被红莺见了，成个什么样儿？"

不料红莺是早已瞧见的了，她躲在房门口没有进来，忽然她见五少爷从院子里走过，遂把他叫住了，笑道：

"五爷，你到三爷房中去瞧瞧，准会笑痛肚子呢！"

定钧见母亲病危，心头难受，所以也不要吃饭，便回到房中去了。不料经过三哥的屋子前面，却被红莺喊住，因为听她说得有趣，心里奇怪，遂真的步进房来瞧究竟。定钧一步跨入，映入眼帘下就是这么的一幕，他先羞得两颊绯红，方欲回身退出，但红莺却早已咯咯地笑进来了。定钰也已瞧见，急得慌忙站起。云英回眸一见五叔，那粉颊也绯红的了，遂只好先笑道：

"五叔，祖母病得这么重，他还上舞厅去开心，给我知道了，我要告诉祖父去，他却急得跪下来。你想想，这种人还能算人吗？"

定钧这才明白了，也只好微微地一笑，向红莺瞅了一眼，笑道：

"红莺也真顽皮，叫我来看，我道是怎么的一回事，原来……"

说到这里，却有些不好意思说下去，因此顿了一顿。但红莺和云英都早又笑了。这时，仆妇开上饭菜，定钰趁此说道：

"五弟，就在这儿吃饭吧。妈的病这样危险，说来都是大嫂做媒的祸根，真叫人心里烦恼的。"

定钧只叹了一口气，却没有作答。这时，志新和玉珍由李妈妈领着进房，红莺盛上饭，于是大家一块儿地吃饭了。定钧吃毕饭，遂回到房中，雪雁见他脸带愁容，遂倒上一杯茶，柔声儿地问道：

"五爷，你用过饭了吗？老太太的病，吉人自有天相，你也不必太过分地伤心了。"

定钧点了点头，望了她一眼，叹道：

"母亲的病是没有救的了，她刚才向爸爸说，要在她未死之前先把丽娟去娶了来，也好给她多一个媳妇，这真叫我心痛。"

雪雁突然听了这个消息，不知怎的，心中也有些悲酸的意味，但表面上兀是含了甜笑，秋波逗给他一个媚眼，说道：

"五爷，你何必心痛？我倒以为这是一件喜欢的事，因这么一冲喜，也许老太太的病就好了。同时五爷也联成了良缘，这岂不令人感到快乐的事吗?"

定钧长叹了一声,却没有作答。第二天早晨,孟起已着仆妇来给定钧打扫新房了。定钧问道:

"难道竹家已答应了吗?"

仆妇们笑道:

"过一会儿新五奶奶就来了,五爷还不知道吗?"

这时,雪雁也从房外进来,给定钧箱子拿取蓝袍黑褂。定钧一瞧手表,原来已十点钟了,暗想:原来已这么晚了,怪不得他们事情都舒齐了。雪雁服侍定钧穿上蓝袍黑褂,微笑道:

"五爷,恭喜你吧!"

定钧握了她手,摇了摇头,说道:

"雪雁,你别那么说,叫我心里难受,你待我的好处,我总不会忘你的。"

雪雁听他这么声明,知道五爷真有爱上我的意思,一颗芳心得到了深深的安慰,粉脸上涂了一圆圈的娇红,却是含笑不答。就在这当儿,紫霞急急地来催道:

"新五奶奶已经到了,五爷快些出去吧!"

定钧一听,不知怎么的,心儿会加速度地跳跃起来,遂三脚两步地走到上房里,只见丽娟穿了一件绯红绣花软绸的旗袍,坐在椅子上,垂首出神,旁边陪站的是个林妈。定钧先到床边,望了望梅老太,只见母亲的两眼在向上翻,一时便急叫道:

"妈,妈……"

经定钧这么一喊,定国、定邦、定钰、大嫂、二嫂、三嫂等都走上去瞧,见老太太的神色不对,遂也连喊妈妈。孟起知道靠不住了,遂急把定钧拉着,一面向林妈说道:

"你快把小姐扶出来到外面拜天地和祖先吧!"

这时,外面一间室中,原早已预备舒齐。定钧和丽娟心慌意乱地拜了天地和祖先,正欲向孟起双双跪拜的时候,忽然听得里面已播送出来一阵哭声。孟起这就急了，一面连说罢了，一面把身子已飞样走进上房里去，于是定钧、丽娟也急急奔到房中，只见大大小小的都已在床前跪下了。紫霞、雪雁在点棒香，交到众人的手里去。定钧一阵心痛，便伏到床边去，见母亲已合眼去了，于是他便放声大哭，接着号哭之声震耳欲聋。孟起站在一旁，也是挥泪不已。哭了一会儿，孟起令众人止哀，说办理后事要紧。定国、定邦等早已命人在大厅中陈设素帏，五个儿子把梅老太遗体移到大厅。账房间也着人去发报丧条子，一面喊裁衣匠到来，把大大小小的白衣服尺寸量了，赶紧制来。梅老太的寿衣、寿材都在数年前就备舒齐了，所以对于这层却不用忙碌了。

这一晚大家都没有睡，大厅上陪了一夜的尸体。孟起因定钧是新婚，所以叫他们只管回房去休息。定钧不肯，丽娟当然更没有话说了。

第二天早晨，白衣服都已送到，共计大小四十二件，各人都认开拿去穿上，这时，亲友都已到来吊祭。一时耳中唯闻号哭之声，令人惨不忍听。丽娟想不到自己结婚的仪式竟如此草草，这是多么命苦，但既结过婚后，定钧对自己却并没有一句话，想到这几个月之中，他没有到我家来过一次，就可知他对我并没有十分的感情。既然心中恨我，当初何必答应这头婚姻？那他不是明明有意地在害我吗？丽娟想到这里，心中愈加悲痛，因此她也哭得更为伤心。她在每一次的哭，总是最后停止的。大家混哭的时候，倒也没有注意，待她一个人哭的时候，因了空气寂静的缘故，所以其哭声惨绝哀绝，令人触鼻辛酸，听者无不啧啧赞叹，就是定钧也暗自奇怪，但谁能了解她是伤心人别有怀抱呢？

梅老太入殓毕，预备在家停棺至终七，再送到寄棺所里去。在这七七四十九天的日子中，孟起已和雪窦寺下院接妥，用四十九个高僧在家拜梁王忏，超度梅老太早升佛国。这天晚上，大家方才各自回房安睡。计算起来，众人已有三十六个小时没有睡了。定钧到了房中，因为倦极，所以倒头便睡。丽娟坐在房中，见壁上挂着姊姊秀娟的小照，从这一点看，可见定钧爱姊姊之深，真所谓无以复加了。不过因他的爱姊姊之情深如海，更衬他对自己的情冷若冰，总而言之，都是为了母亲的苛待姊姊，以致使他也恨到我的身上来了。丽娟这样想着，不禁泪如泉涌。雪雁见新五奶奶这么伤心，以为她是多情软心肠人，遂低低地说道：

"新奶奶，你也别伤心了，时已不早，两天没睡了，还是早些安息吧。"

丽娟含泪点了点头，雪雁遂悄悄地走出房外去了。雪雁走后，室中是只剩丽娟一个人了。她望着床上的定钧是睡得十分浓，不免痴痴地暗想：我和他结过婚了，那么我们不是已成为夫妇了吗？但我总觉得好像很隔膜似的，这原因当然是我们结婚的仪式太简单了。不过他假使爱我的话，对我总也有几句安慰的话，谁知从昨天到现在却是没有和我交谈过一句话，他这算什么意思呢？唉！天哪，你不是太给我受一些委屈了吗？想到这里，几乎要哭出声音来了。但又恐被下人们笑话，所以她又竭力地忍住了。

这时，梳妆台上的钟已鸣十下了，力疲神倦，觉难以自支，遂站起身子，意欲脱衣去睡，但一个女孩儿家，如何好意思就睡到他的被窝里去？转念一想，我们是夫妻呀，难道还用怕羞吗？不过照情理上说，定钧刚才是应该招呼我睡觉的。他不叫我，我岂能这么轻狂吗？其实这是因为丽娟平日自尊性很重，所以有此考虑，否则，既成夫妇，理应同衾共枕，哪里来"轻狂"两个字呢？可是丽娟犹委决不下，始终鼓不起这个勇气。她呆住了一会儿，泪水又扑簌簌地滚了下来，不料这时床上的定钧却转了一个身子。丽娟慌忙收束泪水，定钧睁眼见了床前的丽娟，情不自禁地"咦"了一声，说道：

"怎么还不睡觉吗？"

有了定钧这一句话，丽娟胆子就大了许多，于是便脱衣就寝，待她钻身到被窝内去的时候，见定钧早又呼呼地入睡去了。丽娟这时的芳心，真有些说不出的甜酸苦辣的滋味，她奇怪着定钧的举动，若有情若无情，也猜不透他到底是什么心思。但不到十分钟之久，丽娟也沉沉地入梦乡去了。

次日早晨，定钧先一觉醒来，因为在平日是只有一个人睡的，今天突然发觉身旁有了软绵绵、热烘烘的一个身体，他也有些睡糊涂了，所以免不得先吃了一惊，回眸去望，见丽娟的娇靥正凑在自己的颊边，他沉思了良久，方才把前天和昨天的事情一幕一幕地想起来。是的，我和丽娟是结过婚了，而且母亲也确实已经死了。丽娟的粉脸是娇红得可爱，没有一些脂粉，完全是天然的红晕，她蹙了两条弯弯的翠眉，微闭着杏眼，长睫毛连成了一条线，鼻息微微，吹气如兰，只觉有股子细细的幽香从她身上发散出来似的，令人有些心神欲醉。定钧瞧了此情，想起自己对她冷淡的样子，一时也不免怜惜起来，伸手理了她一下睡乱的云发，却是微微地叹了一口气。不料经定钧这么的一下子举动后，却把丽娟扰醒过来了。她微微地睁开星眸，纤手揉擦了一下眼皮，秋波逗了他一瞥娇羞而妩媚的目光，不禁嫣然地一笑。定钧见她柔媚得令人在可爱之中不免带有些可怜的成分，遂低低地说道：

"我把你吵醒了吧？"

"不，我自己也要醒来了。"

丽娟摇了摇头，温柔地回答，大有报报然不胜羞涩的意态。定钧从她这一句话中，体会出她是个很温柔的姑娘，不过一个少女在自己丈夫的面前，总有这一副媚态，却也算不了稀奇，遂说道：

"昨晚真倦极了，睡在床上像死过去了一样，你什么时候躺下来的？"

丽娟听他这样问，心中把昨晚的误会倒又涣然了，暗想：人家没了母亲，兼之人倦神疲，睡也来不及，哪儿还有工夫和自己说话吗？不禁又嫣然笑道：

"十点光景，你不是还问我怎不睡觉吗？"

定钧想了一会儿，方才记得了，"哦"了一声，说道：

"这半个月来，人好像在梦中，颠颠倒倒，自己也说不出一个所以然来。"

"那是当然，像春天我家一样，姊姊才没，爸爸又没了，把人都弄得晕糊了。"

丽娟是明白个中的滋味，点了点头，很表同情地回答。定钧听她提起秀娟，遂故意向她探问道：

"你姊姊和爸爸没后，你常常有梦吗？"

丽娟不知其意，遂从实告诉道：

"说也奇怪，照理该有许多的梦，但我却没有清清楚楚地梦见过他们。"

定钧暗想：你不记挂她，安得有梦？一时又颇为不悦。丽娟这时又悄悄地问道：

"自从爸爸没后，你怎么一次也没有来我家走走？"

定钧倒被她问住了，但总有个推脱之词可以说的，遂道：

"原欲来望你，可是我家接连地妹妹出走，妈妈病了，一直也没有安静过。"

丽娟笑了一笑，秋波斜乜了他一眼，说道：

"也许不是为了这些变故那么简单，我倒明白你心中的意思。"

定钧听她这么说，心头别别地跳跃，情不自禁地红晕了两颊，急道：

"你这是什么话？你还知道我心中有些什么意思呢？"

"无非恨着我罢了。"

丽娟秋波盈盈地逗了他一瞥哀怨的目光，她的话声是带有恓惶的成分，同时粉嫩的脸颊上也涂了一圆圈玫瑰的色彩。

"这话益发奇怪了，我为什么要恨你呢？"

定钧想不到她一语道破了自己的心事，一颗心就愈加地忐忑起来，遂情不自禁拉了她手，把身子去偎近了她一些。丽娟趁此机会也把娇躯紧偎到他的怀里去，微仰了脖子，哀怨地瞟他一眼，低低地道：

"明人不必细说，只要你自己心中明白也就是了。但我也不希望和你声明和解释，所谓日久见人心，反正我们夫妻的日子长哩。"

定钧听她这样说，心中未免有些感动，遂捧了她的粉颊，正欲给她有个亲热的表示，忽然听得雪雁在门外叫道：

"五爷、五奶奶，你们快起来吧！志光小少爷咽了气了，老太爷昏厥过去了呢！"

定钧一听大侄儿死了，爸爸昏厥过去，一时心慌意乱地和丽娟匆匆地披衣起身，也来不及洗脸漱口，就一同奔到大哥的房中。只见大嫂哭得满地乱滚，几个丫鬟、仆妇都劝她不住。大哥、二哥、三哥等都围在沙发旁，连喊着爸爸。二嫂、三嫂拧手巾倒开水，混乱得一团糟似的，于是也走到父亲的旁边，才见悠悠地醒了转来。孟起顿足泣道：

"家门不幸，何至于此？丧我长孙，天心何其酷耶？"

言讫，捶胸挥泪不已。众人闻之，也无不泪如雨下。定国含泪说道：

"爸爸，你是上了年纪的人，千万不要这个样子，这是劫数难逃，非人力所能挽回，徒然悲伤也是没用的。"

孟起挥泪不语，唯有长叹而已。这时，二嫂、三嫂等也把大嫂从地上抱起，扶到沙发上坐下，百般地安慰劝解，但大嫂兀是放声大哭，悲痛不已。

梅老太房中的老妈子素与大嫂不睦，今见此情景，暗自叹道：哭其子死之痛，有甚于哭其姑者，此世人大都如此也。大家正在混乱，紫霞进来报告，说：

"香烛已点，大家上饭去吧！"

众人听了，便各披白衣，一一地到梅老太灵前去拜祭了。

光阴匆匆，早又到腊月的天气了。梅老太的死，连百日之期都过去了，从此梅公馆里的景象是显得分外凄凉了。丽娟见定钧对自己的态度一会儿亲热，一会儿冷淡，心中很是悲哀，兼之这几天连日呕恶，虽很想食吃，但却吃不多，一吃即嫌。这日，想着有半个月不曾回家探母了，于是和定钧商量，说大家去望一次。定钧道：

"大冷的天，我不高兴去，你要去自己一个人去好了。"

丽娟听了，微微地叹了一口气，说道：

"我和你结婚到现在，也有四个月了，但你到我家，却只有去了两次。你纵然恨我母亲，但你也该瞧在我的面上……就是你也恨我吧，那么你也该想想我腹中的一块肉吧……"

说到这里，不禁凄然泪下。定钧不答，却转身自管出外了。丽娟上前拉住他，说道：

"你到哪儿去？"

定钧回头冷笑道：

"你管我到哪儿去？我只不想见你家中那个老东西！"

说时，摔脱了她的手，愤愤地走了。丽娟听了这些话，真是痛到心头，不禁倒在床上，呜呜咽咽地哭了起来。雪雁从里间赶出来，见此情景，遂低低叫奶奶道：

"你是有身孕的人，别老是伤心吧，好好儿的如何又闹起来了？"

丽娟哭泣了一会儿，方才坐起床来，泪眼盈盈地向她告诉，说道：

"假使把我换作你吧，你会不会心痛？谁都有父母的，自己父母纵然不好到如何程度，但到底是父母。虽然他也有缘故，不过我又有何罪，使我竟这么地难堪？"

说毕又泣。雪雁在这四个月的日子中，她也觉察到丽娟的待人可亲，所以很给她表示同情，两人感情也好，此刻听了这话，也不免轻轻地叹了一口气，说道：

"五爷真也古怪，我也劝过他好多次，但他还是改不掉那副脾气。五奶奶，你不要伤心，五爷总会想明白过来的，自己身子保重要紧。"

说时，又拧了手巾给她拭泪。丽娟擦了眼皮，叹息了一会儿，忽然一阵恶心，把刚才吃下的一些食物全又吐到痰盂里去。雪雁瞧此情景，也暗自伤心，遂伸手揉擦她的背脊，一面拿开水给她漱口。丽娟回身到床边坐下，向雪雁道：

"你去瞧瞧他，他在哪个房中？还是出去了？他身上穿得很单薄，把那件厚呢睡衣带了去，回头回房又着了寒哩。"

雪雁见五奶奶兀是这样爱惜五爷，一时愈加代为伤感。因见火炉内已将完燃料，便加了煤后，把睡衣拿着，匆匆地出去了。不多一会儿，雪雁回来，说：

"五爷在二奶奶房中闲谈，他们要玩牌哩。"

丽娟这才放心，遂歪在床上躺了一会儿，一时不免暗根母亲害了女儿的终身，又自叹道：

"姊姊，你的死，我做妹妹的是没有一些罪恶呀，假使你魂而有知的话，该向五哥来托一个梦，劝劝他别对我这么难堪吧……"

说到这里，又呜呜咽咽地啜泣起来。不料这时，忽然外面报说林妈来了，丽娟慌忙收束泪痕。只见林妈已跨步进房，见姑娘歪在床上，遂问道：

"二小姐，你睡中觉吗？"

丽娟勉强含笑，问妈的好，林妈道：

"太太有些不舒服，睡在床上已近十天了，她想念小姐，所以叫我来接二小姐回去住几天。五爷呢？出去了吗？"

丽娟听妈已病了十天，心中很是焦急，但要我回家去住几天，又恐定钧不答应，所以颦锁了翠眉，一时说不出话来。雪雁已倒上了茶，林妈道了谢，她见二小姐脸上沾了丝丝泪痕，心知有异，遂悄声儿问道：

"二小姐，你和五爷斗过嘴了吗？"

丽娟这才摇了摇头，说：

"没有，因为我呕吐过了。"

一面又向雪雁说道：

"你和五爷去说一声，我妈有病，已着林妈来陪我去住几天。"

雪雁答应了一声，遂匆匆地去了。不多一会儿，回进房来，说道：

"五爷说好的，明天五爷会来伴你的。"

丽娟听这话倒还合乎情理，遂向雪雁叮嘱了一会儿，和林妈坐车去了。

这晚，定钧回房，向雪雁问道：

"林妈来陪奶奶回家，这话是不是你给她圆的谎？"

雪雁想不到五爷回到房中会这么问，遂怔住了一会子，正色地道：

"这是真的事情，我怎么敢骗五爷？"

定钧冷笑一声，说道：

"她这次去了，就一辈子别回来。她不是明明地和我赌着气吗？"

雪雁吃了一惊，忙辩白着道：

"五爷，你别冤枉五奶奶了，她何尝和五爷赌过气？假使她和你赌气的话，也不会叫我拿衣服给你穿了。五奶奶是可怜的，她母亲待秀娟小姐不好，和五奶奶原不相干的呀，况且她如今有了身孕，五爷也少给她气受吧！"

定钧望了雪雁一眼，又冷笑一声，说道：

"我也不知道她给你多少的好处，你现在这人就变了。"

雪雁听定钧这样说，忍不住叹了一口气，却低头不语。定钧把脚一顿，遂恨恨地躺到床上去了。雪雁走到床边，向他柔声地道：

"五爷，要睡好好儿脱了衣服睡，这样容易受寒的。"

定钧听了，不理睬她。雪雁觉得五爷真还不脱孩子的脾气，没有办法，只好伸手给他解纽襻。定钧一摔手，说道：

"别理我，你自管去睡吧！"

"何苦来？和我生这个气？我说的也是实情实理的话，你既然恨着五奶奶，当初何必答应这个婚姻？害了人家的终身，也不忍心呀！"

雪雁被他摔痛了手，微蹙了眉尖，向他低低地说着。定钩却猛可回过身子，向她瞪了一眼，说道：

"我害她的什么？还是没有给她吃，还是没有给她穿？你别管我这些闲事，快给我滚吧！"

雪雁自从服侍定钧以来，从来没有给他这么地怒斥过，今晚还是破题儿第一遭，一时悲酸万分，遂把身子退到沙发上去坐下了，泪水不免涌了出来。定钧既骂了她之后，一时倒又后悔了，望着她楚楚可怜的意态，不禁愕住了一会子，良久方道：

"雪雁，我错了，你别伤心吧！"

雪雁被他这么一说，眼泪愈加落了下来，站起身子，却向房门口走了。定钩忙又叫道：

"雪雁，你回来呀！"

但雪雁这次也不理睬他，自管回房去了。定钩知道自己太不应该向她骂滚出去，一时十分难受，猛抬头又见壁上的秀娟小照，使他更激起无限的伤心，倒在床上，忍不住啜泣不止。

雪雁其实并没有走远，在房门口站着，听定钩在房中哭泣，她也陪着流了一会儿泪。良久之后，见房中已没有了动静，知道定钩已睡熟了，于是又蹑着脚步入房中，只见定钩和衣歪着，连被也没有盖上，不禁叹了一声，拿被给他轻轻盖上了，方才退出房去了。

第二天，定钩起来向雪雁赔错，雪雁嫣然笑道：

"过去的小事，还提它做什么？"

定钩听了，益发感动，握了她手，由不得亲热了一会儿。

下午，定钩出去玩了，雪雁问他上哪儿去，定钩说：

"随便散散心。"

雪雁道：

"何不到五奶奶家中去一次，顺便去望望她娘。心里虽恨，道理总是这个样子的。"

定钧口里答应，心中却在发狠，恨不得她会死了，我也痛快哩！一面跨着步子，便走出去了。定钧这一去后，直到吃晚饭的时候还没有回来。雪雁以为一定在五奶奶家中留饭了，心里倒很喜欢，但又放心不下，遂打个电话去询问。不料丽娟回答说：

"五爷没有来过。"

雪雁听了，心中一跳，遂忙道：

"那么老太太病好些了吗？倘然好些了，奶奶就回家来了吧。"

丽娟听了这话，心中很明白，遂说声知道了，把电话挂断。回到房中，竹太太躺在床上，见丽娟眉尖锁愁地进来，问：

"怎么了？"

丽娟叹道：

"雪雁告诉我，他出去了一下午，此刻也没回去。唉！没有我在家，他就一个时辰都住不下。"

竹太太听了，也叹了一口气，说道：

"我也明白定钧所以和你不对，无非为了秀娟罢了。早知如此，悔不该再把你……"

说到这里，顿了一顿，因为两小口子是好的，我怎么能说这些话呢？于是又道：

"儿女给了人家，就由不得我们的主意了。既然如此，孩子你就回去吧。"

说时，扑簌簌地掉下泪来。丽娟也伤心泪落，竹太太长叹一声，泣道：

"今日只落得如此凄清，乃是我罪有应得，所谓眼前报应，虽懊悔可是却来不及了。"

丽娟听了，没有作答，也唯有伤心泪下而已。

晚饭毕，竹太太因不忍为了自己而伤他们两小口子的感情，所以连催丽娟回去。丽娟虽有依恋之情，但也只好含泪叮嘱林妈好生侍候，匆匆而别。回到家中，定钧还没有回来，便问雪雁：

"他是到哪儿去的？"

雪雁道：

"他没有告诉到哪儿去，只说随便散心，我曾经嘱他来瞧奶奶，不料他嘴应心不应呢。"

丽娟低头无语，雪雁问：

"奶奶可曾用饭？"

丽娟点头，雪雁倒上一杯茶，两人又说了一会儿话，看时候已九点了，丽娟便叫雪雁自管吃饭，不用等候他了，想来他是在外面吃饭了。

这晚定钧回家，已在子夜一点了。丽娟、雪雁两人在灯下做活，却一直等到他回家，两人见了，忙放下活针，含笑站起。雪雁倒了一杯茶后，遂悄悄地退出去了。丽娟伸手去接他大衣，说道：

"外面风很大吧？"

定钧却把大衣掷到沙发上去，冷笑了一声，说道：

"你还用回家来了吗？反正你一辈子和娘做伴去好了！"

丽娟把他大衣从沙发上拿起，挂到衣橱里去，回身说道：

"咦！我不是差雪雁问过你，你自己答应我去的呀！"

定钧这回却没有作答，自管坐到沙发上去。丽娟把他睡鞋放在面前，蹲身欲给他解皮鞋的带子。定钧心中有些不忍，遂说道：

"我自己脱吧。"

丽娟只好站起身子，不知怎么的，因为触动了胎气，她又在痰盂边呕恶不停。定钧站起身子，说道：

"呕不出什么东西，别多呕了，为什么不早些睡，要直等到这个时候？"

丽娟听他这两句话，又像怜惜自己，又像嗔恨自己，一时也不知是悲是喜，眼泪会像雨一般地滚下来。两人睡到床上的时候，定

钧见她泪痕不干的,遂冷笑道:

"我也不知道什么地方委屈了你,你总是这样地伤心。"

丽娟哀怨地瞟了他一眼,说道:

"这个时候,家事国事,何事不足伤心?"

定钧听了,不觉默然。两人躺下,各人背对背地睡着。定钧虽不听她有哭的声音,但感觉到她身子在微微地颤动的时候,也可见她是在伤心地哭了。也不知为什么缘故,一阵子悲酸触鼻,他的眼泪也淌下颊来。

流光是很快的,一会儿又到第二年的春天了,丽娟的腹部是慢慢地隆高了,定钧恨她娘的时候,便少不得要恨上了她。但见到她可怜的神情,心头又觉得爱惜,所以他和丽娟说道:

"你是已有四个月的身孕了,有身孕的人是受不得气的,我在家里有时候总要使性子,害得你常常暗自淌泪,这对你是有害的,所以我意思,这学期转到南京大学去读书,暂时分离半年,待你产下孩子,我再回来好不好?"

丽娟听他这样说,不免又好气又好笑,遂哀怨地瞅了他一眼,说道:

"那么你不会把小性儿改过一些吗?你若爱我的,我给你骂打,我也甘心,你若不爱我的⋯⋯"

说到这里,不免声泪俱坠。定钧听了这话,感动得把她抱住了,说道:

"丽妹,人非草木,孰能无情?这半年多日子来,我虽时使性子,你竟一无怨恨之意,所以我扪心自问,亦觉不忍。正因为爱你,所以我欲暂时和你离别几月的,你放心,且保重自己身子要紧。"

丽娟听了,不禁呜咽哭泣,定钧抱着她亦哭。两人哭了一会儿,丽娟劝留他不住,于是也只好给他整理衣箱。到了第二天,定钧和孟起说明往南京读书,遂和丽娟洒泪作别矣。

定钧和丽娟自分别之后,天南地北,各不相见,在书信往来中,果然感情好了许多。不知不觉地已到暑假之期，这天定钧正在宿舍中凭窗闲眺绿荫中的小鸟，飞鸣不息，忽然校役送进一封信，说上海有信来了。

第六回

两心相印两心碎　返魂乏术

定钧接过信封一瞧，见上面写的很秀气的笔迹，知道是丽娟的来信，遂倚在窗前，把信拆开，抽出信笺，就展开来念道：

定钧良人如握：

春天里分别以后，壁上的日历一张一张地撕去，转眼之间，一忽儿已有四个月了。这几天阳光如火，炎热逼人，且又日长如年，每日情思昏昏，身子懒得一些气力出没有。这一半原因，当然还是受了腹部隆起的累啦。你的校中大概可以放暑假了吧？前次信中听说你不预备回上海来，就在南京清凉山去避暑了。我听了你这个消息，我心里非常难受，虽然我知道你不肯回上海，原是为了爱护我身子的意思，不过我已分娩在即，盼望你的到来，真好像是大旱之望云霓，你怎么可以不回来呢？

钧哥，在当面我就觉得不敢向你解释，在书信上说来，自然比较容易一些。你是一个多情而有志气的青年，这凡是和你接近的亲戚朋友都知道，那何况我还是你的妻子呢？然而你和我结婚之后，为什么这样讨厌我呢？是我容貌丑恶吗？性情悍妒吗？抑是学识浅薄吗？我想不，这些绝不是的，因为即使我有以上之三恶，既然你已承认我是你的妻子，你必定也会爱怜我的。那么这是为了什么缘故呢？难道说我和你命中是相冲的吗？这当然更是无稽之谈了。在这里，我就感到可恨，不过却不是恨你，也不是恨天，更不是恨别人，我只恨的是自己。

钧哥，你是多情的，你是令人可爱的，我明白你所以讨厌我，是为了我母亲的缘故。因为母亲虽不杀姊姊，但姊姊究系因受母亲的委屈积疾而死的。并不是在已死的姊姊身上讨好，我之爱姊姊，较之我自己尤甚，每购一物，每吃一食，我必与姊姊分之。虽然母亲之好妒令人发指，但母亲到底是母亲，即哥置身于妹的环境，又将奈何欤？以上我觉得全是一篇废话，如今我向你问一句，假使一个杀人罪犯的女儿，她在法律上是不是有罪恶的？我想聪明如哥，当然有所悟然了。妹妹是个可怜痴心的女子，这四个月的日子中，心头总觉得仿佛是失却了一件什么珍宝的东西。前人云：一日不见，如三秋矣。何况遥长已有四个月的日子了吗？

暑夏的天气，睡眠和饮食是最要留心的，否则往往易病。现在我和你天涯海角，遥遥相隔，日不能亲自照料饮食，夜不能侍候枕衾冷热。唉！你叫我心中如何能安呢？

钧哥，你回来吧！我情愿天天见到你的脸，天天听到你的说话。纵然我在你那儿受到了一百二十分的委屈，我也是甘心接受的。因为这比彼此不见面，心头总要好过得多了。

钧哥，你别顾虑我，你只管使小性儿，我愿意听到你的骂声，我却不愿意你一个人孤独地流浪在异乡呀！好哥哥，你纵然恨我，你也瞧瞧将要落地这个孩子的脸上吧！虽然时在子夜十二时，但写到这里，汗已雨下。雪雁叫我休息了，因此我也只得搁笔。妹在这里十万分热诚地要

求哥哥早日回乡，真是不胜感盼之至。专此奉恳，敬请
暑安！

妾丽娟敛衽

六月十四日夜

定钧瞧毕了这一封信，把他感激得不禁流下泪来，叹息道：

"唉！丽娟，你真不愧是秀娟的妹妹了。过去我的罪孽太重，因
为我是太委屈你了。"

不料话声未完，忽听身后有个女子的声音，笑嗔道：

"好个无情无义的夫婿，偏会遇到这么一个多情多义的爱妻，真
叫人不平极了。"

定钧冷不防听了这个话，心头倒吃了一惊，急忙回头去瞧，原
来是校中同学秦玉卿小姐，一时不免绯红了两颊，望着她粉脸，
笑道：

"玉卿，多早晚进来的？我却一些也不理会，你真是善于窥人秘
密的了。"

玉卿啐了他一口，却又扑地一笑，说道：

"我真做梦也想不到你的爱妻原来就是我最知己的丽娟妹妹呢！"

定钧听了这话，惊讶地说道：

"什么？丽娟你也认识吗？"

玉卿点了点头，说道：

"我如何不认识？她是和我在上海道中女中时的同学，因为我祖
父病了，所以在前年回乡的。你是不是梅家的五少爷啦？我和你做
了半学期同学，却一些不知道你的身世呢。"

定钧这才恍然，忙说道：

"不错，我正是梅家的老五。你和丽娟既是知己同学，怎么你就
不知道她的近况呢？"

玉卿叹了一口气，却又微笑道：

"当然原有书信往来，后来不知怎么的，彼此消息就疏远了。这是两人都不好，你懒我懒，因此也就不再提笔了。我觉得真奇怪，难道秀娟姊姊没后，他们把丽娟妹妹又嫁给你了吗？"

定钧叹道：

"婚事的变化无穷，其神秘总莫过于我家了。秀娟本是我四哥的未婚妻，因为我四哥骏甚，所以爸爸把秀娟改配与我，今秀娟不幸死去，明允老伯临终，又把丽娟继配给我，这……岂不是奇事吗？"

玉卿听明允也死，感叹殊甚，遂把秋波逗了他一瞥娇媚的目光，微笑道：

"秀娟、丽娟是对瑶台姊妹，姿容之艳，允称国色。今你虽不得与秀娟好合，然有丽妹补充，这也是你的幸福，为何待丽妹若是之薄情，岂不令人痛恨……"

说到这里，绷住粉脸，却有嗔恨之意。定钧摇头道：

"我也自知错了，不过我之恨丽娟，皆因其母苛待秀娟故也。以为秀娟一定遭其妹之搬弄是非，故阿母视之为眼中钉耳。"

玉卿忙道：

"那你岂不委屈死丽妹了吗？丽妹之仁爱，有甚于秀娟。秀娟的死，固然后母之罪，亦旧礼教婚姻之过错，与丽妹何相干？你试瞧她这一封信中的词句，当可知实乃天下第一多情姑娘了。所以我希望你快快省悟才好，因为丽妹已给你将养了孩子，纵然她和秀娟不睦，你也不该冷待她呀。你既要恨她，当初就不该答应这头婚事，所谓一错在前，岂可再误在后？你是个明达的人，岂能做此丧害天良的事情吗？设若为秀娟报仇，此更属不妥，冤有头，债有主，恨其母而害其女，此乃仁者所不取。况秀娟在日，爱妹亦复爱己，你竟害秀娟之手足，则秀娟魂而有知的话，岂非亦将痛哭于九泉之下了吗？我忠言直谏，还请三思才好。"

定钧听了她这一篇话，不禁连连地点头，情不自禁地把她手握了一阵，说道：

"玉卿，你金玉良言，我如何敢不听从呢？那么这学期结束之后，我是该回上海去的了。"

玉卿听了这话，粉脸上不免添上了一圆圈娇红，笑道：

"在当时我原不知你是丽妹的夫婿，故而留你不必回上海去了，反正下学期总要来读书，何必多劳往返？现在既然知道了，我怎么还敢留你？希望你立刻动身才好呢！"

"玉卿，你真是个多情的姑娘，我心里太感激你了。只恨我分身乏术，你这一份的情义，我也只好待来生报答你了。"

定钧把她手摇撼了一阵，话声是非常多情。玉卿微微地一笑，说道：

"我也没有待你怎么好，你何必说这些话？我以为爱的范围很广，我们虽不能成为夫妇之爱，但友谊之爱总可以永久存在的。我希望你能够加倍地去爱护你的丽妹，我那心中的快乐，实较之爱我自己要胜过多多了。"

定钧听了，感叹不已，说道：

"男子的无良若我，更衬女子的多情如你。我这次到南京来求学，遇见了秦小姐，承蒙一见如故，倾心订交，把我心中思念丽娟之情更淡薄了。所以你留我住到你家中去，我也答应了，在我心中确实有和丽妹离婚之意，如今我的秘密既被你知悉，在常人处此，必向我更进谗言，因为我们这四个月来的情爱不是也太深了吗？然而你既知之，却向我忠言直谏，使我顿开茅塞。从这一点看来，你不但是多情，而且也太有思想了，怎不叫我感到心头吗？"

玉卿很得意地扬了扬眉毛，掀着酒窝儿，嫣然地一笑，说道：

"为一己之私爱，而破坏人家一对美满的家庭，这于心何忍？就是你的夫人，和我漠不相关，我亦不忍，何况是我的知友吗？倘若你有和丽妹离婚之意，欲和我结合，此等不情不义的行动，我若尽知底细的话，我也绝不会来爱上你的了。"

定钧连声说是，心中愈加敬爱。两人又闲谈一会儿，也就分手走开。当晚，定钧写了一封回信给丽娟，大意谓你的意思我已明白，然回上海与否，尚未决定，届时再行告知。在定钧所以这样写，是叫丽娟明日见我回去，可以又有意外的惊喜的感觉，不料丽娟接到此信，免不得猜疑不定，暗暗地又伤心了一会子。

定钧写好信，去丢信回来在途中的时候，却遇到了一个年轻的女子，虽在街灯依稀之下，因为距离得近，彼此自然瞧了一个清楚。两人这就不约而同地"啊哟"了一声，只见那少女猛可扑到定钧的怀里，便呜咽咽地哭起来了。

"妹妹，妹妹，原来你在南京吗？唉！你怎么就不预备回家了呢？我知道丹枫是和你一同走的，不知道你们在南京干些什么事情呢？"

原来，这个少女就是定钧的妹子碧云，当时碧云听他这么问，便痛断肝肠地泣道：

"我害了丹枫，我害了丹枫，丹枫……他……他已死了。"

"啊哟，妹妹，这么一个强壮的人如何会死的？……他……他是患了什么病症啊？"

这消息骤然听到定钧的耳中，他忍不住又失声地叫起来，急急地追问。

"唉！一言难尽，哥哥，大街上不是说话之所，我们到前面这家冷饮室去坐一会儿吧。"

碧云哭泣了一会儿，方才拭了眼泪，向他低低地回答，于是兄妹俩一同步到美美冷饮室，各喊了一瓶鲜橘水。定钧见妹妹人儿清瘦得多了，愈显得楚楚可怜，遂悄悄地问道：

"妹妹，你快告诉我吧，那么你现在怎样生活呢？"

碧云叹了一口气，泪又雨下，良久，方低低地说道：

"哥哥，素臣的为人，你是知道的，我岂肯屈服在这黑暗势力下的婚姻中吗？所以我和丹枫在一度商量之后，便决定为自由幸福而脱离家庭共同情奔。不料我们一同到南京之后，丹枫在路上因偶染感冒，以致恹恹成病，我便即把他送入生生医院治病，这是万万也料不到的，一个年轻力壮的人，会在微病之下而丧了性命。天啊！这岂是大数难逃吗？唉！哥哥，我知道丹枫的死是冤枉的，是委屈的，固然是我害了他，按诸实际，却是母亲杀死他的，母亲若不强迫我们这个婚姻，我们又何至于情奔？既不到南京，丹枫也不会病，不病又岂会死？这不是专制婚姻在无形中杀人吗？丹枫的死，和秀娟的死是一样的，我心头只感到愤恨悲痛极了，我恨不得也从此死于地下，但自尽到底太无勇气，况且丹枫临终再三勉励我、劝慰我，叫我从恶劣的环境下更要努力奋斗，并且叫我回上海家中去。哥哥，你想，我活活地害死了一个有作为的青年，我和家庭之仇可谓势不两立，我岂肯再回家来丢这个脸吗？所以我纵然在他乡做了饿殍，我也绝不再回家了。幸而天无绝人之路，医院院长见我可怜，遂允我在院中做看护，一直到现在，我增进了不少的医学知识，为世界上最痛苦的病者服务，觉人生的心灵亦有所寄托了。哥哥，想不到我兄妹俩一样命苦、一样可怜啊！"

碧云一口气说到这里，泪水早又扑簌簌地滚了下来。定钧听了，也陪着落了一会儿眼泪，便说道：

"妹妹，你知道家中也发生了许多不幸的事情了吗？妈妈已死，志光也死，我却和丽娟权行花烛了。"

碧云一听母亲死了，虽然心中怨恨，但也由不得一阵痛伤，失声哭泣起来，急问详细的情形。定钧含泪遂把家中之不幸诉说了一遍，并且又道：

"我瞧妹妹在南京太苦了，还是回到家中去吧。可怜自你走后，母亲深悔不及，爸爸又和妈吵闹，现在妈妈死了，你也该回家去瞧瞧爸爸老人家了。"

"哥哥，妹妹不孝，累妈妈死矣，现在我也没有脸再回家去，爸爸那儿也只好请代为叩安吧。但哥哥怎么好好儿的又上南京来读书了？"

碧云听了，摇了摇头，却坚决地回答。她因哭母，而又哭起丹枫来，因此泪水就不断地流着。定钧遂也把自己苦衷向她诉说，并道：

"现在丽娟已将分娩，她今日有信给我，妹妹，你瞧吧，读了此信，若不使我回心转意，我岂还是人类中的一分子吗？"

说时，把袋中信取出，交与她瞧。碧云读毕，亦感动殊甚，点头道：

"丽妹既如是之多情可怜，哥哥千万不要给她再受委屈了，况且她腹中已有哥哥的骨血了，愿哥哥前途光明，终身幸福，不像妹之薄命，恐永无见天日之时哩！"

说罢，又涕泣不止。定钧听了，亦垂泪不已。兄妹泣了一会儿，把鲜橘水喝了，付去账，遂一同走出冷饮室。两人在人行道上踱了一会儿，彼此又劝了一会儿，方才各自分手回去。从此以后，兄妹两人时相往来，倒也不觉寂寞，而且碧云和玉卿也认识了，两人情投意合，心心相印，也十分知己。

光阴匆匆，各学校早已结束，定钧也就预备回上海去了。这天，他匆匆地去找碧云，叫她一同回上海去。碧云垂泪道：

"妹子绝不会回去了，哥哥在爸爸老人家面前多多问安吧。"

"妹妹，你那又有何苦来呢？你在异乡客地，一个人孤零零的，叫我们心中如何能放得下？别拗执了，快同我一块儿回去，爸爸是不会责骂你的，可怜他老人家是多么地想念你，见妹妹回家，恐怕真要喜欢得淌下泪来呢！"

定钧知道她心中的意思，遂向她低低地劝慰。不料碧云却摇了摇头，叹了一口气，坚决地道：

"我也明白爸爸是疼爱我，不会见责的，只是我心里自觉惭愧，没有脸颜见众人罢了。虽然我在异乡客地，但我每日遇到的都是可怜的病人，在他们稍会痊愈的时候，都会向我表示感激亲热的样子，这情意我认为是世界上最真挚诚恳的，强似家庭中那些虚伪的敷衍

216

的好得多了，所以我绝不会感到孤零，我只有步入了人类互爱的阶段了。哥哥，老实地说，我和丹枫所以抛家出走，心头是存了多么的热望，满想预备得到光明的前途，不料愿与事违，竟给我这样惨痛的结局，这是我的命耶？抑是家庭之祸害耶？唉！哥哥，我不愿说，我心中已没有家，已没有一切，我本来是孤零零的一个人呀！"

碧云说到这里，忍不住又泪如泉涌。定钧知道她是灰心到了极点，而且也是痛恨到了极点的意思，遂也眼前一红，摇头叹道：

"这是大嫂害了你了。不过妹妹还是年轻的姑娘，岂能抱此消极的思想？往后的幸福不是依然很多的吗？"

碧云拭了一会儿眼泪，说道：

"这我当然也很明白，只不过我心里感到不忍罢了，因为丹枫的死，到底是我连累他的。唉！丹枫会遭此不幸而早夭，这岂是命中注定的吗？"

定钧听她话中大有终身寡居的意思，一时万分伤心，泪水也夺眶而出，遂也不再劝她回去，只嘱她在外一切小心，有空的时候，常可以到秦玉卿家中去玩玩。你的衣服大衣等应用物件，我回家后当着人送上，若要钱用，我也随时会汇来的。碧云听哥哥这样疼爱自己，也不免感极而泣。兄妹俩哭了一会儿，也就洒泪分别矣。定钧又到玉卿那儿去辞行，玉卿还请他吃了午饭，然后送他动身到火车站。临别，两人依依不舍，不忍分别，最后方说得一句前途保重，遂含泪分离了。

火车到了上海，定钧坐车急急赶到家中，先到上房里见过爸爸，孟起很是欢喜，遂说道：

"你妻子分娩在即，原也该回家的了。"

定钧又把在南京遇见妹妹的话告诉，却把丹枫一同情奔的事实隐瞒了。孟起听女儿有了下落，不禁又悲又喜，遂含泪急道：

"那么你怎不叫她一同回家呢？"

定钧遂忙又告诉道：

"妹妹说没有脸再回来见爸爸，她愿意终身服务病者，为大众谋一些幸福。我想她既已打定主意，遂也不必强劝，因为回家之后，也使她多加重一层痛苦罢了。只是妹妹家中的衣服，她在外面都要穿的，所以明儿该派人送过去。"

孟起听了，点了点头，又沉吟了一会儿，说道：

"明儿我带张妈亲自去望望她，唉！这孩子太可怜了。"

定钧见爸爱妹如此，心中很欢喜。父子两人又闲谈了一会儿，孟起因催他回房去息一会儿，定钧心中记挂丽娟，于是到自己房中去了。定钧还没跨步进房，只见雪雁已笑盈盈地迎在房门口了，叫道：

"五爷，你倒也想着回来了，为什么上封信中还是没有一定的样子，可怜害得五奶奶又哭了一整天。"

雪雁说着，一面打起湘帘，一面秋波逗给他一瞥娇嗔的目光，不免带有些怨恨的成分。定钧一面含笑点头，一面已走进房中，只见丽娟穿了一件薄纱的旗袍，也早已迎在房中，一见了定钧，也不知是悲是喜，是爱是怨，她含笑只叫了一声五哥，却是淌下眼泪来了。定钧这时也由不得起了一阵爱怜之心，遂抢步上前，把她手握住了，叫了一声丽妹，向她粉脸凝望着呆住了。良久，这才拿了方小帕，亲自给她拭去了眼泪，笑道：

"妹妹，你一向身体好？"

丽娟对于定钧会回来，已经是意料不到的了，此刻又见他柔情蜜意的样子，一时更所梦想不到，因为是喜欢过了度，所以她的眼泪竟不由自主地滚了下来。但她又怕定钧生气，粉脸上兀是含了妩媚的娇笑，温和地答道：

"我倒很好，你也好吗？"

定钧点点头，因为她颊上又沾了丝丝泪痕，遂笑着道：

"我回来了，你怎么倒反而伤心起来了呢？"

丽娟一听这话，慌忙把手来回地揉擦了一下眼皮，笑道：

"谁伤心？我是因为太喜欢的缘故呀！五哥，快脱了衣服，吹吹电风息一会儿，回头叫雪雁开西瓜吃。"

于是定钧脱了白哔叽的上装，丽娟亲自接去挂好。虽然已是黄昏的时候，但残暑未消，依然十分炎热。这时，雪雁倒上两杯汽水，望着定钧只是抿着嘴哧哧地笑。定钧被她笑得不好意思，忽然想着了碧云，遂告诉她道：

"你六小姐也在南京生生医院做看护……"

丽娟、雪雁听了，不约而同地"啊哟"了一声，笑道：

"真的吗？那你为何不拉她一同回家呢？"

定钧道：

"她不肯回家，我也没有办法。"

雪雁悄声儿笑道：

"阿弥陀佛，六小姐真有眼睛，幸而不曾答应了这头婚姻，否则真尴尬了。"

"怎么啦？难道卫家发生什么变故了吗？"

定钧听她这么说，心里奇怪，忙急急地追问。丽娟道：

"大嫂的弟弟素臣已经在三个月前死了，听说死得很不名誉，大概为了一个舞女和人家争风吃醋，竟被人家叫流氓用斧头劈死了。"

定钧听了，深深叹了一口气，说道：

"假使母亲还在，听了这个消息，心中真不知作何感想呢！"

雪雁道：

"五爷、五奶奶且喝了汽水，我开西瓜去了。"

说着，便走出房去了。定钧握了杯子，觉得这汽水是冰过的，遂向丽娟忙道：

"冰过的东西，你是不可以吃的，我想你回头还是吃西瓜吧。"

丽娟听他这么说，觉得自结婚到现在，对于定钧这样关心自己的话，实在还只有第一次听到，心中不免暗想：隔别了四个月后，果然他人变换样子了，难道他真想明白过来了吗？遂微笑道：

219

"雪雁也劝我不要吃，可是我偏又怕热，看见冷的食品，就爱得了不得，我想少喝些也没有关系的。"

"那么你只能喝小半杯的，衔在嘴里不要立刻咽下去，知道吗？"

定钧点头，向她又很认真地叮嘱着，一面把自己一杯汽水喝完，一面却伸过手去，笑道：

"拿来我喝吧！"

丽娟才喝上了两口，便听他这么地说，一时忍不住微微地一笑，因为不忍拂他的意思，遂把自己一杯也递过去了。不多一会儿，雪雁把西瓜开上，于是三人又围着桌子吃了。吃毕西瓜，丽娟催定钧去洗澡，说道：

"我给你擦背去，你身子也觉腌臜了吧。"

定钧道：

"你凸着肚子，那怎么行？我不要你擦背，你也息息吧。"

丽娟芳心荡漾了一下，抿嘴嫣然地一笑，秋波向雪雁瞟了一眼，说道：

"那么雪雁伴五爷到浴室去吧。"

雪雁听了这话，粉脸早已绯红起来，逗给她一个娇嗔，赧赧然地说道：

"奶奶，你这是什么话？五爷又不是第一次到来，难道连浴室都不认得了吗？"

说着话，把身子先逃到院子外去了。定钧听丽娟这么说，也是一怔，笑道：

"你怎么和她开起玩笑来？无怪雪雁要害羞了。"

丽娟含笑不答，定钧便自到浴室去了。过了一会儿，雪雁进来，见定钧已不在房中，遂向丽娟逗了一瞥嗔恨的目光，笑道：

"你这话算什么意思，叫人不是难为情吗？"

"那有什么难为情？你这妮子，我欲成全了你，你难道倒不喜欢吗？"

雪雁再也想不到丽娟会说出这几句话来，不免又喜又羞，绯红了两颊，却是半晌说不出一句话来。良久，说了一句"我不"，她却也笑了。丽娟道：

　　"上封信中还是写得那么冷淡，想不到这次回家，却改变了样子，那不是叫人奇怪吗？"

　　"奶奶，你不知道，五爷是多么刁，他生成就是这一副脾气的。这也是奶奶的福气好，天可怜的总算他也回心转来了。"

　　雪雁听她这样问，遂也笑嘻嘻地回答，表示她内心是这一份的欢喜。但丽娟听了，却又叹息了一会儿，遂亲自把定钧衣衫理出，叫雪雁拿到浴室中去。不料雪雁忸怩着腰肢，却不肯拿去，说道：

　　"奶奶自己送去好了，为什么专派这些事给我做呢？"

　　丽娟起初还不明白，及至仔细一想，方才理会过来了，笑道：

　　"奇怪了，这事情难道就不好做的吗？你若不肯拿去，这倒反显得有意思了。"

　　雪雁听奶奶这么说，也只好拿了衫裤到浴室去了。走到浴室门口的时候，那颗芳心却跳跃得厉害，只听定钧在里面先问道：

　　"是谁在门外走过？快和奶奶说去，把我衬衫裤子拿来呀。"

　　雪雁扑地一笑，悄声儿在门缝边说道：

　　"五爷，你别性急，奶奶原叫我送衣服来的，我给你放在门口，你洗好出来自己拿吧。"

　　定钧在里面听出是雪雁的声音，便忙笑道：

　　"雪雁，你忙什么？别走，我又不会吃了你，你这样害怕做什么？我还没有脱衣服哩，你只管走进来是了。"

　　雪雁被定钧这么一说，觉得走进去不好，离开了又不是，因此站在门口，倒是愕住了一会子。定钧以为她走了，便连喊了两声雪雁，雪雁这才笑答道：

　　"你门可上了插吗？"

　　"没有上插，你推进来是了。"

定钧在里面低声地回答，方知她是没有走远。雪雁以为他真的还没有脱去衣服，也就推门进内，不料定钧却早已全身精赤地坐在浴盆内了，幸而缸内已盛满了水，所以雪雁还没有注意到他，遂红晕了脸，啐他一口，别转身子去，笑道：

"五爷，你真个不怕难为情的。"

"好妹妹，你就给我擦个背吧！"

定钧嘻嘻地笑着，涎着脸向她低声地央求。

"被奶奶知道了算什么意思？衣裤放着在椅子上，我走了。"

雪雁不答应他，拉着门拳要走的神气。

"雪雁，别走呀，奶奶自己也叫你给我擦背哩！她知道了要什么紧呢？好妹妹，我今天第一天到家，你难道不肯赏我一个脸吗？反正我不向着你是了。"

雪雁听他说得那么可怜，一时心头也软了下来，回眸去瞧他，只见他果然背着自己了，于是沉吟了一会儿，也就走上来，笑道：

"第一天回来，偏又这许多找人麻烦的，那么你别回过身子来，我就给你擦个背吧！"

她说着话，撩起西湖毛巾，涂了香胰子，给他擦到背上去。定钧笑着道：

"雪雁，你明白奶奶的意思吗？"

雪雁道：

"不知道……因为爷今日回家了，奶奶特别快乐，所以就和我也开起玩笑来了。"

"不，你错了，奶奶不是喜开玩笑的人，况且这种事情，一个女子妒忌还来不及，哪里就肯和你开玩笑的？"

定钧摇了摇头，低低地声明着。

"那么照五爷说来，奶奶算是什么意思呢？"

雪雁一面擦背，一面故意低低地问。

"奶奶是要成全我们的好事呀！你何必明知故问？"

定钧笑着说，心中是有说不出的得意。

"啐，你别梦……"

雪雁噘着小嘴儿，向他啐了一口，但说到这里，却顿住了，没有再说下去。定钧生气道：

"你难道瞧不中意我吗?"

雪雁也自知失言，遂乌圆眸珠转了转，笑道：

"凭爷过去对待奶奶这样无情无义，我真有些瞧不中意哩!"

定钧这才笑出声音来，说道：

"你和奶奶也不知几世里结了亲家，竟好得这个模样儿，不过我现在想明白过来了，我是不应对待奶奶这样冷淡的。"

雪雁听了，连连念了两声佛，笑道：

"想不到爷到南京去了四个月，真正改变了样子了。大概爷到过清凉山的清凉寺，老和尚给你吃过了清凉散，所以爷的头脑就清楚过来了，是不是?"

雪雁边说边笑，说完了后，却笑得透不过气来了。

"你这妮子真淘气，再取笑我，我可回过身子来了。"

定钧啐她一口，却故意去吓她。

"哎哟! 你算稀奇，你有脸皮回过身子来，我总也不怕你的。"

雪雁鼓着小腮子，说了这两句话，却忍不住又赧赧然地笑。定钧因为雪雁早晚总是自己的人了，他便真的回过身子来，笑道：

"那可是你自己叫我回过来的吧!"

雪雁恨恨地啐他一口，却拉开浴室的门，哧哧地笑着逃出去了。定钧见她逃跑，一时更感到她温厚可爱，遂笑了一笑，匆匆地洗毕，披上衣服，走回房中来。在房门口先碰见雪雁，雪雁划着脸羞他，定钧要去捉她，她早又逃开去了。定钧于是进房，只见丽娟坐在房中出神，遂说道：

"妹妹也可以洗身去了，我该到几个哥哥房中去问个好。"

丽娟道：

"你还没有去过吗？那么快去吧，这也是一个理。"

定钧遂匆匆穿上西服衬衫和西裤，到大哥、二哥、三哥的房中问好去了。

这里雪雁进房来服侍丽娟洗浴，待丽娟兰汤浴罢，定钧也回房来了，笑道：

"三个哥哥都留我吃饭，却又不敢留，说第一天回家，总该和妹妹一处吃的。"

说着，在丽娟身旁已坐下来了。只见她已换了一件湖色麻纱旗袍，脚下踏了一双白竹布的拖鞋，这当然是因为穿孝的缘故。丽娟笑了一笑，说道：

"多热的天，你还穿得斯斯文文做什么？只穿一条短裤、一件汗背心是了。"

定钧道：

"刚才到哥哥房中去，少不得要斯文些，此刻也用不到斯文了。"

说着，遂把西服衬衫和西裤都脱了。丽娟给他挂好舒齐，定钧见她赤了那双雪白的俏脚，竟有些虚肿的样子，遂问道：

"妹妹的脚怎么有些肿的？"

"那是因为天热，孕妇少不得要脚肿的。"

丽娟回过身子，低低地说。定钧道：

"你总该多休息才是。"

正说时，雪雁开饭上来，虽然时已七点，但天色还很亮。雪雁道：

"怎么喊的菜还没有来？"

定钧听了，忙道：

"这些菜很素净，何必还去叫菜？"

雪雁笑道：

"奶奶请请爷，爷难道不喜欢吗？"

说得两人都笑起来了。不多一会儿，仆妇把叫来的菜拿上。雪雁亮了电灯，于是定钧夫妇便坐下吃饭，丽娟向雪雁道：

"你也坐着一同吃吧。这四个月来，我们没有一天不一同吃饭，难道爷回来了，你就另外地去吃了？"

雪雁听了，也就盛了饭，一同吃了。一会儿饭毕，定钧和丽娟坐到小院子里去乘凉，这时碧天如洗，万里无云，一轮光圆的明月，筛着那棵高大银杏树的叶子，在泥土地上显得分外清楚。晚风一阵一阵地吹来，颇觉遍体凉爽，此时感觉暑气全消了。定钧是仰卧在一张藤榻上，丽娟坐在他的旁边，定钧在晚风中不时地闻到一阵细细的幽香，却是从丽娟身上发散出来，遂去抚摸着她的柔荑，只觉其凉如玉，遂低低笑问道：

"妹妹，你还有几个月要分娩了？"

丽娟笑了一笑，却又叹了一口气，说道：

"你也糊涂，连这个都不知道，那可见你平日对我的不关心是像陌路人了。"

定钧听她这样说，脸不免一红，遂从藤床上坐起身子，把手搭了她的肩胛，把脸几乎要偎到她的颊上去，说道：

"妹妹，过去的一切，我完全存了偏心，我是错了，以后我总再也不敢得罪你了，妹妹，你饶了我吧！"

丽娟见他低低地说着，带了忏悔的口吻，又见他把嘴要凑到自己的颊上来，这就逗给他一个娇嗔，把手向他嘴一推，笑道：

"谁和你涎脸？既然你有明白的一天，也就罢了。我早已说过，所谓日久见人心，但你所以冷待我，我也没有怨你，我只怨造物弄人，在我的命中该要受这一番磨难罢了。"

定钧听了"磨难"两字，有些伤心，眼泪不禁夺眶而出，慢慢地垂下头来。丽娟见此情景，芳心却暗暗痛快，忍不住掀着酒窝笑了，说道：

"大热的天，何苦来？我受了这么多的委屈倒不哭，你给人家委屈的，竟哭起来了，那也不是笑话吗？"

定钧泪眼盈盈地望着她娇容，苦笑着道：

"妹妹，你剪刀似的话少说几句吧，我心里可疼痛哩！现在我什么都清楚了。"

丽娟本当还要讽刺他几句，但又生恐他伤心，于是也就笑道：

"你现在清楚了，怪不得雪雁说你在清凉山清凉寺吃过清凉散了。"

定钧听了这话，方知雪雁对于丽娟是无话不告诉的，就可知丽娟待人之厚，故雪雁对她也有这样忠心，于是拭着泪痕也笑起来。这时，雪雁又开了两瓶汽水来，瓶里插了麦管子，笑道：

"外面风倒大，你们口渴吗？"

丽娟接过道：

"给我一瓶没冰过的吧。你快收拾了，也来坐会子。"

雪雁答应，身子又走进里面去了。丽娟望着她去远了窈窕的后影，回眸向定钧瞟了一眼，低低笑道：

"雪雁倒有福相，明儿我禀明爷爷，瞧五哥的样子，也给你圆了房好吗？"

定钧荡漾了一下，吸了几口汽水，笑道：

"只怕会起醋海风波的。"

丽娟啐他一口，笑道：

"雪雁比不了别个孩子，她是不会的，况且我这样对待她，她还会妒忌我吗？我想自己分娩还要两个月，凸了肚子又不会服侍人，叫雪雁服侍你，她又怕难为情，所以先圆了房，有了名分之后，也就不必避什么嫌疑了，你瞧怎么样？"

定钧听她这样说，心中着实感激了一阵子，遂道：

"你既然这样疼爱雪雁，我当然也不忍辜负你这一片美意，不过就是要圆房，也得待妹妹分娩以后，否则我是不答应。至于'服侍'两字，我也没有叫什么人专服侍的，譬如在南京学校里的时候，还不是都一个人自己干的吗？你凸了肚子，我也不要你服侍，只有我服侍你才好哩。所以且待秋凉天气再说吧。妹妹，你说是不是？"

丽娟听他要待自己分娩后再和雪雁圆房，心中似乎也有些明白他深刻的意思，这就感到定钧实在是个多情的好夫婿，并非是个贪色喜新的人，她的芳心中也得到了无上的安慰，便笑道：

"那又何必？早些圆房，也早完了一桩美事，你也不会太嫌苦闷了，人家对你老实地说，你倒又假惺惺起来了。"

说时，抿嘴哧哧地笑。定钧听她话中包含了一些神秘的意思，遂红晕了两颊，笑道：

"你这话……那么我在没有结婚之前，怎么样地办呢？难道就不能过活了？"

丽娟听他言在意外，益发好笑起来。就在这个时候，雪雁端了一张小椅子，手里还拿了一把扇子，匆匆地走来，见他们这样好笑，便一面坐下，一面也笑问道：

"五爷和奶奶说起什么好笑的事情，竟笑得嘴也合不拢来，给我听听，也大家笑会子。"

两人被她这么一问，也就愈加笑得厉害了。雪雁原是一个聪敏人，她被两人这么一笑，也就理会过来了，红晕了娇靥，却不再作答，自拿了扇子，只管连连地挥着。丽娟于是停止了笑，把半瓶吃剩的汽水递给雪雁，说道：

"我吃不下，你吃了吧。"

雪雁也不客气，接过吸了。定钧见雪雁此刻也洗过了浴，穿了一件泡泡纱的旗袍，粉脸白里透红，只觉容光焕发，若和丽娟相较，一个艳若玫瑰，一个静如幽兰，自己得此娇妻美妾，这个艳福真也是前世修来的了。三个人谈谈笑笑，不觉时已深夜，雪雁见露水很重，丽娟有倦意之态，于是催他们回房去睡了。房中比院子内当然热得多，丽娟瞟了他一眼，笑道：

"这样热的天气，我们分床睡吧。"

定钧不依着道：

"今天我才回家，当然要睡在一块儿的，表示我们和好如初婚第一夜一样，心心相印，从此再没有感情不好的事情发生了。"

丽娟听他说得有意思，芳心中这一快乐，不免笑起来了，于是也就答应了他，两人并头躺下，室中的电灯也就随着熄灭了。在床上躺着，定钧不得要顽皮起来。丽娟嗔他道：

"安静些吧，痒丝丝怪难受的。"

定钧却把手摸着她隆起的腹部，笑道：

"我摸摸，看养下的是男是女？"

丽娟不忍拂他，不料他只是摸，并不作答，遂把他手拿下了，笑嗔道：

"还不够摸？你看出养下的是男是女？"

"我猜一定是个儿子，妹妹，你再给我……"

定钧涎着脸，笑嘻嘻地，扳着她粉脸，又去吻她的小嘴。丽娟给他吻了一会儿，笑道：

"我瞧你再也熬不过这许多日子的了，明晚准定把雪雁先给你圆了房，我也乐得清静一些。"

"不，妹妹，你别误会我，我岂是色眯眯的人？我之所以和妹妹表示亲热，也无非爱你罢了。你假使讨厌我的话，我明天就和你分床睡，因为我原知道你是个爱洁净的人。"

定钧听她这样说，遂又急急地辩解着。

"我怎么讨厌你？你这话可不是向我负气？"

丽娟把身子偎上去，向他柔情蜜意地笑。定钧忙抱住她，又吻她的粉脸，笑道：

"你真会多心，我不是已向你发过誓，从今以后，我若再给你气受，我便天诛地……"

丽娟不等他说下去，早就把他嘴扪住了，笑道：

"何苦又念起誓来？那么我这个意思也没有一些虚伪的做作，你何苦不答应呢？"

"我没有不答应你呀，在我欲待你分娩后也是合乎情理的话，因为过去我错了，所以我还想和妹妹再来一个洞房花烛夜，以补我的薄情。"

定钧很诚恳地说。丽娟不禁赧赧然地笑起来，情不自禁地在他脸颊上也喷地吻了一下，笑道：

"哥哥，我太感激你了，但是你也太刁恶，从南京给我最后的一封信中，为什么还是这么冷淡？我以为你这暑假中真的不回来了，害得我又哭了一场。"

定钧听了这话，后悔不已，说道：

"这是我的错了，以为我的回来使你们防不到，待见面时可以增加无限的惊喜，却没想到你会伤心的，唉！我真害苦你了。"

丽娟笑道：

"雪雁说你刁恶，她真不愧是你的知己，我听她告诉，为了我，她也受了你许多委屈，有一次，你叫她滚，有一次，你竟拿茶杯摔她，可怜她也为了我哭过好多次，大概我俩是欠着你的眼泪债……"

定钧忙也把她嘴儿扪住了，还轻轻地打了一下，笑道：

"别提这些事了，虽然我给你们委屈受，我自己又何尝不哭过呢？"

丽娟把手指画他脸颊，笑道：

"既这么说，那又有何苦来？难道你欢喜自寻烦恼吗？不过如今怎么又想明白过来了？"

定钧叹了一口气，说道：

"我也有说不出的苦衷，其实我所以到南京去，的确也已经是为了爱怜你的缘故了。后来见了你末后的一封信，我感动得淌下眼泪来，同时听一个朋友的劝告，所以我是猛然地省悟了。"

"你这位朋友叫什么名字？想不到你竟这么地听从他的话？"

丽娟明白他心中的为难，故而有到南京之举，但听他末后这一句话，心中又感到奇怪，遂低低地问。

229

"说起来也是你的好朋友，她的名字叫作秦玉卿呀！"

定钧说时，遂把玉卿和自己同窗的事告诉了一遍，丽娟这才恍然，心中暗暗地感激了一阵。两小口子又闲谈了一会儿，也就沉沉地睡去了。

次日起身，定钧叫雪雁把六小姐的衣服整理了一只大皮箱。不多一会儿，孟起便来说道：

"我决定今天到南京去一次，你们在家好生地看守。"

雪雁虽然已服侍五奶奶了，但想起六小姐的种种好处，不免激起了故主之情，遂愿意一同去望望六小姐。定钧颇为赞成，于是雪雁提了皮箱，便跟随孟起一同上南京去了。

匆匆过了五天，雪雁方跟老爷回来了，向定钧、丽娟诉说六小姐人儿清瘦多了的时候，她不免又落下眼泪来。定钧、丽娟原是个富于情感的人，听了这话，免不得又暗暗地伤了一会子神。

流光如驶，两个月的暑期，在几阵凉意的秋风中悄悄地吹走了。定钧在上海大学里又考入了插班生，在这两月中，和丽娟情好至笃，真所谓百依百顺，本来把竹太太恨入切骨，但为丽娟故，竟也双双地去探望过几次。竹太太这时性情大改，心灰意懒，孤苦伶仃地病卧在床，见两小口子恩爱，一同来探望自己，也会感激欢喜得淌下泪来的。

这日定钧从学校回来，听雪雁说："奶奶有些腹痛，恐怕要分娩了，我去告诉老爷，老爷已着二奶奶坐汽车去接那位预定的美国女医生了。"

定钧听了这话，又喜又愁，三脚两步地奔到房中，见丽娟歪在床上，连连地呻吟。定钧见她两颊涨得红红的，痛得那么紧，便急得连连地跺脚，说道：

"那怎么办？那怎么办？"

丽娟见他这个情景，倒笑起来，忍住了痛，说道：

"你急什么？这痛是当然的事。你……"

说到这里，微咬了雪白牙齿，却再也说不下去。定钧明白她是痛得厉害的缘故，一时急糊涂了，遂伸手去抚摸她腹部，说道：

"你呻吟一声，我心中就代为痛一阵，我给你揉擦一会子吧。"

丽娟见他痴骏的举动，一时又好笑又好气，推着他勉强笑道：

"你怕听我呻吟，你就到外面去坐一会子吧。"

正在这时，二嫂陪了那位美国女医生进来了，还有一个女看护，手提皮包，接着大嫂、三嫂、孟起等都进来了。雪雁身子是给丽娟靠着，女医生诊过脉息后，便和看护说了一会子，看护遂向众人道：

"时候尚早，也许要在晚上十二时方可以养下来。"

定钧一听这话，急得满头是汗，暗想：丽娟单弱的身子岂有这许多时候能痛吗？遂向女医生操着英语问：

"可有方法给她早些养下来？"

美国女医生见他能懂英语，遂直接对他说道：

"总要待她自然养下的好。"

这时，孟起请她们留在这儿，说接生费情愿以时间照算，一面特地叫厨下烧两客西餐，预备给她们在家饭餐。美国女医生见他们是贵族人家，当然答应，且特别地出力一些，一会儿给她吃药水，一会儿给她打针，丽娟因此疼痛也略觉好些。

时间一刻不停地过去，已经是子夜两点了，但丽娟还没有养下来，躺在床上却痛得发昏。孟起在大厅上焚香告祖，希望丽娟早早平安养下。定钧却一会儿到房中，一会儿又到院子里，踱着圈子打转。大哥、二哥、三哥、四哥和大嫂、二嫂、三嫂等也没有去睡，有的在房中，有的在大厅，都等养下的消息。这时，定钧又到房中，向美国医生低低说道：

"现在已两点了，怎么还没有养下来？产妇恐怕痛得受不住，你有什么法子可以给她快些养吗？"

美国女医生听了，也向他低低地道：

"你夫人在怀孕时受了气郁，胎气不好，我瞧还是送到医院里

231

去吧。"

定钧听了这话，竟说到自己的心眼儿上去，一时疼痛欲割，一面答应，一面到大厅里来和父亲商量。孟起见他神色慌张，也不免心惊肉跳，遂点头说好，于是雪雁、定钧两人伴送丽娟，和美国女医生等一同到克德产科医院里去了。孟起临别，向定钧吩咐道：

"一等孩子养下，就立刻打电话来告诉我。"

定钧点头答应，匆匆别去，这里众人各自回房去睡。孟起躺在床上，心神不定，眼跳心惊，好像非常不安，眼瞧着时针一刻一时地过去，好容易直到天快发亮，定钧从医院里有电话来，说：

"医生施用手术，已经平安产下，是一个男孩子，都很安好。"

孟起听了这个消息，眉飞色舞，阖家欢喜万分。孟起于是漱洗完毕，吃过早点，急急坐车到克德医院。定钧接着，两人同到特等产房，只见丽娟脸色灰白，合眼躺在床上养神，这可知她是经过一度生命的挣扎，一时颇为爱怜。她听房中有人说话，遂微睁星眸，向前望了一眼，见是孟起，脸上略展一丝微笑，叫声爷爷。孟起含笑点头，叫她安心静养，不要胡思乱想，一面向定钧和雪雁说道：

"你们一夜没睡，也该息息了。"

雪雁道：

"我们也合过一会儿眼了。老太爷，小少爷真生得一副福气相，回头叫看护小姐抱来瞧吧。"

说时，已抿嘴笑了。孟起也乐得拉开了嘴，笑得合不拢来。不多一会儿，竹太太也已闻讯赶到，前来探望。接着大嫂等也都来望，看护小姐把小孩抱来，众人见了，无不啧啧称羡。丽娟得意万分，颊上的酒窝儿也就没有平复的时候了。

当晚，众人散去，只有雪雁和定钧伴在房中，定钧因妹妹上星期有信来问可曾添了麟儿，于是他就写了一封回信去告诉，叫雪雁去寄出。这时，他坐在床边，见丽娟面色比早晨红润了许多，心中欢喜万分，两小口子喁喁唧唧地说了一会儿，说到将来的幸福，各人心中都有说不出的甜蜜。不料第三天早晨，丽娟身上忽然有了热度，虽经医生吃药水打针，热度却没有稍减。定钧急得了不得，想起医生说的你夫人怀孕时受了气郁的话，他几乎要痛心疾首地敲打自己起来。这时，孟起等众人和竹太太得此消息，也都来探望。第一天大家都笑逐颜开，此刻都有些愁眉不展，直到下午，丽娟忽然嘴儿向左一歪，便全身发抖起来。那时在房中的，除了雪雁和定钧外，只有一个竹太太，三人瞧此情景，都大吃一惊，立刻报告医生。那个美国女医生瞧此情景，也着了慌，立刻给她打了两枚强心针。竹太太是已急得哭出声音来，雪雁生恐她见了难受，遂把竹太太拉开了，说道：

"太太，你别这样，奶奶瞧着会心酸的。"

这时，定钧只管和美国医生说话，美国医生见她嘴儿一歪之后，舌头已经有些弯了，同时热度只管上升，于是和定钧说要用冰。定钧没了主意，遂答应用冰，这就走到床边，向丽娟柔声儿地说道：

"妹妹，你别害怕，不要紧的，美国医生会医愈你的。"

丽娟嘴儿微微一掀，要向定钧回答一句什么，不料却已口不能言，丽娟到此方知自己病势剧变，产后发热惊风，这是绝病。她想到昨晚和定钧说的一番甜蜜的话，恐怕是难以实现的了，一阵无限的悲痛，她眼泪已像泉水一般地涌上来了。定钧被她一哭，泪水也夺眶而出。这时，医生、看护等已把冰取来，用手巾给她冰在头上，雪雁恐怕发生意外，遂打电话去告诉孟起。孟起和众人听了这话，都急得了不得，但干急也没有用，孟起于是急忙地又坐车来院探望。大嫂等因家中有事，预备明天早晨去探望。孟起到了医院，定钧含泪告诉情形。这时，丽娟热势盛得非常，昏糊在床，不省人事。孟起知病已入膏肓，深叹不已，直到晚上八时，方才回家。

这一夜里，丽娟说了许多热话，因为舌头已弯，说话十分含糊，定钧也听不出她说些什么，似乎是喊了一夜"囡囡"和"宝宝"的名字。这两字是直声的，所以还可以听得明白。定钧知道她是记挂着孩子，因为她自己已病得这么模样，可知慈母的崇高，固无出其右的了。直到东方发白，丽娟病势已危，手拉定钧，做亲热之状。定钧见她已不会说话，心痛如摘，不禁哭道：

"妹妹，我害了你，我害了你，你若不幸，我绝不独生于人间的。"

丽娟听得明白，泪如雨下，唯有摇头，把手按他嘴唇而已。定钧知道她是叫自己别那么说的意思，因此愈加痛伤，偎着她脸哭泣不止。一会儿，丽娟又向雪雁招手，雪雁含泪到床边，叫声"奶奶"早已声泪俱下。丽娟直叫一声囡囡，定钧知其意，遂命看护把孩子抱来，丽娟呆望了婴孩儿良久，饮泣不止，遂手指雪雁，雪雁懂得，遂伸手抱过，丽娟向定钧点头，苦笑了一笑，泪若泉涌。这时，竹太太再也忍熬不住，奔到床边，叫声"我的儿"已呜咽大哭。丽娟这时心头很清，暗自想道：死娟姊者，母亲也；死我者，亦母亲也。因此她摇了摇头，把眼睛闭了下来。定钧见她对母如是，知有怨恨之意，因她不怨我，而怨其母，内心更属疼痛，遂又哭道：

"丽妹，我太对不住你，我有何颜再活在这个世上？"

丽娟听了这话，睁开眼来，摇了摇头，唯以手指天。这时，孟起等赶来，丽娟含泪点头，竟含恨而逝矣。定钧大叫一声，便跌倒在地，也昏厥过去了。

丽娟死后，定钧终日以泪洗面，如醉如痴，想到丽娟在日种种的好处，自己犹薄情对待，因此更为心痛，大哭不已。这日，定钧见雪雁手抱婴孩小钧，给他哺牛乳吸，因儿思娘，不免又挥泪痛哭，雪雁也泪流如雨。忽仆妇送入一信，原来是从南京寄来，定钧遂拆开瞧道：

五哥惠鉴：

妹连接两函，不禁啼笑皆非。妹固伤心人也，安得不痛哭流涕而一挥辛酸之泪耶？唯死者已矣，纵然心碎肠断，

234

于五嫂又有何益？盖人生在世，本是大梦一场，早死迟死，也犹若梦之短长而已。今妹有所告者，近日边疆发生战争，医院当局已组织服务队，择日出发。想哥与妹，情场失意，万念俱灰，若不趁此而干一些有意义的事情，岂郁郁在胸而与草木共腐吗？倘哥亦有此心，希即日动身来京，专此奉达，顺颂台安！

妹碧云手上
八月十四日

定钧瞧毕这信，恍然大悟，遂以信授与雪雁瞧看，说道：

"妹妹来信所言，正合我意，故我欲定明日动身赴京，小钧托付给你抚养，倘他日得能侥幸回来，我绝不敢有忘你的大德，不知你的意思如何？"

雪雁瞧完了信，又听了他的话，觉得劝他不去又不好，不劝阻他，自己又不忍，因此呆呆地说不出话来，良久，方徐徐道：

"五爷能不去，当然是好；若执意要去，我亦不敢相留，阻了你的前途……"

说到这里，泪如雨下。定钧知她的意思，盖我俩的婚姻尚属悬宕未定，因此也淌下泪来，说道：

"我受了这两重刺激之后，觉得在这环境之下，再也住不下去了，所以我志意已决，到另外一个环境中去透一口气。至于你的情义，我已刻骨铭心，他日回家，非你不娶，你请放心是了。"

雪雁听了，虽然安慰，却也辛酸，但既不敢过分伤心，而又不得不能伤心，所以叹了一口气说道：

"五爷如此存心，使我感恩不尽，我总好歹尽心把小少爷抚养成人是了。"

定钧道：

"从此，小钧即你的孩子了，可以不必再呼少爷，此意我自当向爸爸说明。"

雪雁听了又喜又羞，又悲又怨，一时心中也说不出是什么的滋味了。定钧拿了这信，遂来告诉，孟起苦留不住，也只好含泪罢了，并且说道：

"雪雁这孩子品貌端整，态度稳重，你既这么说，今夜何不先行结婚，那么也有一个名分了。"

定钧摇头道：

"我们之所以相爱，乃情感融洽故也。若草草成婚即别，我心未忍，他日孩子有还乡一日，此后之幸福，我绝不有所负她，否则……"

说到这里，顿了一顿，却再也说不下去。孟起知其意，一阵辛酸，也泪下如雨，哽咽久之道：

"希望你早日回家才好。"

定钧点头说道：

"但愿如此，真谢天谢地的了。"

于是匆匆回房，见雪雁已把小钧哄睡，放在床上，却含泪在给他整理衣箱。定钧走到背后，低声叫声"雪妹"。雪雁回头见了定钧，慌忙收束泪痕，强笑道：

"老爷怎么地说？"

定钧道：

"为什么尚呼老爷？妹妹，爸的意思，欲于今晚给我们成婚，但我却不忍太委屈了你，只要我有得意的一天，也是你幸福的日子到了。"

雪雁听了这话，感极而泣。定钧情不自禁地却抱着她，接了一个吻，良久，方笑道：

"我们去摄一张影，留个纪念好吗？"

雪雁含羞答应，遂叫老妈子好生看顾小少爷，两人遂换衣一同出去。两人先拍了小照，又瞧一次影戏，且在外面吃了晚饭。当他

236

们回家在途中的时候，秋夜的风吹在脸上，在喜悦之中也不免带了一些凄凉的意味。这晚，两人谈到十二时才睡的。

到了第二天，定钧到孟起、大哥等房中拜辞，回来又到房中和雪雁告别，两人依依惜别，不忍分离，但阿银车已备好，雪雁遂送他到火车站。两人絮絮地又话别了一会儿，雪雁虽然多情，但时间并不像她那样多情，火车终于开去了。雪雁眼瞧着长蛇似的火车在青青的草原中消失了，她低下头来，心中在回味往后的甜蜜，忍不住轻轻地叹了一口气。

天空是蔚蓝的，火车头上散吐出来的浓烟横抹在太空中，缥缈地和云儿混合在一起，飞浮无定，真象征着人生的变幻，世事的空虚，和浮云一样地缥缈哩。

附　　录

从鸳鸯蝴蝶派谈到冯玉奇小说

裴效维

　　《民国通俗小说典藏文库·冯玉奇卷》将收录冯玉奇的百余种小说作品，此举极其不易。现在，我愿以这篇文章给出版者呐喊助威。尽管我人微言轻，但我毕竟是一个中国文学的研究者，为鸳鸯蝴蝶派说些公道话是我的责任。

　　冯玉奇是一位鸳鸯蝴蝶派作家，因此我们要想了解冯玉奇，必须首先厘清有关鸳鸯蝴蝶派的一些问题。

一、何谓鸳鸯蝴蝶派

　　鸳鸯蝴蝶派作家平襟亚在《关于鸳鸯蝴蝶派》（署名宁远）一文中对鸳鸯蝴蝶派的来历说得很清楚：

　　　　鸳鸯蝴蝶派的名称是由群众起出来的，因为那些作品中常写爱情故事，离不开"卅六鸳鸯同命鸟，一双蝴蝶可怜虫"的范围，因而公赠了这个佳名。

　　　　　　　　　　　　——载香港《大公报》1960 年 7 月 20 日

　　可见鸳鸯蝴蝶派并不是一个有组织有宗旨的小说流派，而是因为当时流行的言情小说多写一对对恋人或夫妻如同鸳鸯蝴蝶般相亲相爱，形影不离，因而民间用鸳鸯蝴蝶小说来比喻这种言情小说，那么这种言情小说的作家群当然也就是鸳鸯蝴蝶派了。这种说法应该是可信的，因为民间常用鸳鸯和蝴蝶来比喻恋人或夫妻，很多民间文学作品中不乏其例。这一比喻非常形象生动，但并无褒贬之意，因此不胫而走。

传到新文学家那里，便加以利用，并赋予贬义，作为贬低对手的武器。但新文学家对鸳鸯蝴蝶派的界定并不一致，大致有两种看法。

一种看法认同民间的比喻说法，即将鸳鸯蝴蝶派小说局限为通俗小说中的言情小说，将鸳鸯蝴蝶派局限为言情小说作家群。鲁迅是这种看法的代表，他在 1922 年所写的《所谓"国学"》一文中说："洋场上的文豪又作了几篇鸳鸯蝴蝶派体小说出版"，其内容无非是"'卿卿我我''蝴蝶鸳鸯'"（载《晨报副刊》1922 年 10 月 4 日）。又于 1931 年 8 月 12 日在社会科学研究会做了《上海文艺之一瞥》的长篇演讲，其中对鸳鸯蝴蝶派小说更做了形象而精辟的概括：

> 这时新的才子＋佳人小说便又流行起来，但佳人已是良家女子了，和才子相悦相恋，分拆不开，柳阴花下，像一对蝴蝶、一双鸳鸯一样。

——连载于《文艺新闻》第 20、21 期

此外，周作人、钱玄同也持这种看法。周作人于 1918 年 4 月 19 日在北京大学文科研究所小说研究会做《日本近三十年小说之发达》的演讲中，就说现代中国小说"还有《玉梨魂》派的鸳鸯蝴蝶体"（载《新青年》第 5 卷第 1 号）。次年 2 月，周作人又发表《中国小说里的男女问题》（署名仲密）一文，认为"近时流行的《玉梨

242

魂》，虽文章很是肉麻，（却）为鸳鸯蝴蝶派小说的鼻祖"（载《每周评论》第5卷第7号）。与周作人差不多同时，钱玄同在1919年1月9日所写的《"黑幕"书》一文中也说："人人皆知'黑幕'书为一种不正当之书籍，其实与'黑幕'同类之书籍正复不少，如《艳情尺牍》《香闺韵语》及'鸳鸯蝴蝶派小说'等等皆是。"（载《新青年》第6卷第1号）这种看法后来被人称之为"狭义的鸳鸯蝴蝶派"看法。

　　另一种看法却将鸳鸯蝴蝶派无限扩大，认为民国年间新文学派之外的所有通俗小说作家都是鸳鸯蝴蝶派，他们的所有通俗小说都是鸳鸯蝴蝶派小说。这种看法的代表人物是瞿秋白和茅盾。瞿秋白从小说的内容方面来扩大鸳鸯蝴蝶派小说的范围，他在《财神还是反财神》一文中说，"什么武侠，什么神怪，什么侦探，什么言情，什么历史，什么家庭"小说，都是鸳鸯蝴蝶派小说（见人民文学出版社1953年10月版《瞿秋白文集》）。茅盾则从小说的形式方面来扩大鸳鸯蝴蝶派小说的范围，他在《自然主义与中国现代小说》一文中认定鸳鸯蝴蝶派小说包括"旧式章回体的长篇小说""不分章回的旧式小说""中西合璧的旧式小说""文言白话都有"的短篇小说（载1922年7月《小说月报》第13卷第7号）。这种看法后来被人称之为"广义的鸳鸯蝴蝶派"看法，而且逐渐成为主流看法，以致后来的文学研究者都接受了这种看法。

　　新文学家不仅在鸳鸯蝴蝶派的界定问题上分成了两派，而且在鸳鸯蝴蝶派的名称上也花样百出。如罗家伦因为徐枕亚等人好用四六句的文言写小说，便称其为"滥调四六派"（见署名志希的《今日中国之小说界》，载1919年《新潮》第1卷第1号），但无人响应。郑振铎因为《礼拜六》杂志为鸳鸯蝴蝶派的主要刊物之一，便称其为"礼拜六派"（见署名西谛的《新文学观的建设》一文，载1922年5月21日《文学旬刊》第38号）。这一说法得到了周作人、茅盾、瞿秋白、朱自清、阿英、冯至、楼适夷等人的响应，纷纷采用，以致使用频率越来越高，知名度越来越大，终于成为鸳鸯蝴蝶派的别称了。于是"鸳鸯蝴蝶派"和"礼拜六派"两个名称便被新文学家所滥用。如郑振铎在《新文学观的建设》一文中称"礼拜六派"，而在《〈文学论争集〉导言》一文中却称"鸳鸯蝴蝶派"（见上海良友图书公司 1935 年 10 月出版的《新文学大系·文学论争集》卷首）。还有人在同一篇文章里既称鸳鸯蝴蝶派，又称礼拜六派。如阿英在 1932 年所写的《上海事变与鸳鸯蝴蝶派文艺》一文中说：张恨水的所谓"国难小说"，与"礼拜六派的作品一样，是鸳鸯蝴蝶派的一体"，"充分地说明了鸳鸯蝴蝶派的作家的本色而已"（见上海合众书店 1933 年 6 月出版的《现代中国文学论》）。

茅盾在 20 世纪 70 年代觉得统称鸳鸯蝴蝶派或礼拜六派都不合适，于是提出了一个折中的看法，他在《紧张而复杂的生活、学习与斗争（上）——回忆录（四）》中说：

> 我以为在"五四"以前，"鸳鸯蝴蝶派"这名称对这一派人是适用的。……但在"五四"以后，这一派中有不少人也来"赶潮流"了，他们不再老是某生某女，而居然写家庭冲突，甚至写劳动人民的悲惨生活了，因此，如果用他们那一派最老的刊物《礼拜六》来称呼他们，较为合式。

——载 1979 年 8 月《新文学史料》第 4 辑

事实是该派在"五四"前后没有根本变化，都是既写言情小说，又写其他小说，将其人为地腰斩为两段，既显得武断，又无法掩盖当时的混乱看法。

这些混乱的看法导致后来的文学研究者无所适从：或沿用"鸳鸯蝴蝶派"的说法（如北大本《中国文学史》和《中国小说史稿》、

复旦本《中国文学史》和《中国近代文学史稿》等）；或沿用"礼拜六派"的说法（如山东师院本《中国现代文学史》等）；或干脆别出心裁地称之为"鸳鸯蝴蝶—礼拜六派"（见汤哲声《鸳鸯蝴蝶—礼拜六小说观念的价值取向及其评价》，载《苏州大学学报》1992年第2期）。这可真算是中国小说史上的一出有趣的滑稽戏了。

二、如何评价鸳鸯蝴蝶派

鸳鸯蝴蝶派的开山作品是1900年陈蝶仙的言情小说《泪珠缘》，因此鸳鸯蝴蝶派应该是指言情小说派，这也就是后来的所谓"狭义的鸳鸯蝴蝶派"，但被新文学家扩大为"广义的鸳鸯蝴蝶派"，实际上也就是民国通俗小说派。

鸳鸯蝴蝶派与同时期的"南社"不同，既没有组织，也没有纲领，而是一个在思想倾向和艺术风格上大体相同或相近的小说流派，连"鸳鸯蝴蝶派"这一招牌也是别人强加给它的。然而客观地说，鸳鸯蝴蝶派确实是一个产生过巨大影响的小说流派。在"五四"以前的近二十年间，它几乎独占了中国文坛；在"五四"以后的三十年间，虽然产生了新文学，但新文学只是表面上风光，而鸳鸯蝴蝶派却一派兴旺发达景象。我对"广义的鸳鸯蝴蝶派"做过不完全的统计：该派作家达数百人，较著名者有一百余人，所办刊物、小报和大报副刊仅在上海就有三百四十种，所著中长篇小说两千多种，至于短篇小说、笔记等更难以计数。在此前的中国文学史上，还没有哪个文学流派有过如此宏大的规模，产生过如此巨大的影响。

鸳鸯蝴蝶派由于规模宏大，又处在历史的一个巨变时期，其成员的确鱼龙混杂，其作品也良莠不齐，但总体来说，它形象地记录了中国二十世纪前五十年的历史，为中国读者提供了丰富的精神食粮，对中国小说的传承起过积极作用，因此应该给予充分的肯定。

鸳鸯蝴蝶派小说已经不是中国传统通俗小说的复制，而是一种改良的通俗小说。在形式方面，它既采用章回体，也采用非章回体，甚至采用了西洋小说的日记体、书信体等，至于侦探小说则更是完全模仿自西洋小说。在艺术手法方面，受西洋小说的影响非常明显，如增加了人物形象和景物描写，结构与叙事方式也趋于多样化，单线和复线结构并用，第三人称和第一人称叙述法兼施，还采用了倒叙法和补叙法。在内容方面，鸳鸯蝴蝶派小说已经扩大了描写范围，反映了当时社会生活的各个方面，甚至已经紧跟时事，及时反映当前的社会现实，被称为"时事小说"。如李涵秋的《广陵潮》描写辛亥革命，而他的《战地莺花录》则描写五四运动，这种及时反映当时发生的重大政治事件的小说，与多写历史故事的古代小说完全不同，显然是一大进步。鸳鸯蝴蝶派的言情小说，也不同于古代的才子佳人小说，而是一种新才子佳人小说。古代的才子佳人小说因面对森严的封建礼教，只能写才子与佳人偶尔一见钟情，以眉目传情或诗书传情的方式进行交流，最后皆是有情人终成眷属的大团圆结局。而这种大团圆结局完全是人为的：或出于巧合，或由于才子金榜题名，皇帝御赐完婚，这就完全回避了封建包办婚姻的问题。而民国年间的封建礼教已经在一定程度上松绑，尤其像上海、北京等大城市得风气之先，恋爱自由和婚姻自主思想已经渐入人心。因此有些鸳鸯蝴蝶派的言情小说也突破了古代才子佳人小说的窠臼，才子佳人已经敢于"相悦相恋，分拆不开，柳阴花下，像一对蝴蝶、一双鸳鸯一样"。其结局也不再全是有情人终成眷属的大团圆，而是"有时因为严亲，或者因为薄命，也竟至于偶见悲剧的结局……这实在不能不说是一个大进步"（鲁迅《上海文艺之一瞥》，连载于1931年7月27日、8月3日《文艺新闻》第20、21期）。言情小说由大团圆结局到悲剧结局的确是一个大进步，因为前者是回避封建包办婚姻礼制，而后者是控诉封建包办婚姻礼制。而这一进步的开创者是曹雪芹和高鹗，他们在《红楼梦》里所写的婚姻差不多都是悲剧。因此胡适称赞《红楼梦》不仅把一个个人物"都写作悲剧的下场"，而且最后"作一个大悲剧的结束，打破了中国小说的团圆迷信"（《〈红楼梦〉考证》，见 1923 年亚东图书馆版《胡适文存》）。可见鸳鸯蝴蝶派的言情小说在一定程度上继承了《红楼梦》开创的爱情婚姻悲剧模式，因而具有相当的反封建意义。我们可以徐枕亚的《玉梨魂》为例加以说明，因为该小说被新文学家指为鸳鸯蝴蝶派的代表性作品。

《玉梨魂》的故事很简单——清末宣统年间，小学教员何梦霞与年轻寡妇白梨影相爱，但两人均认为他们的这种行为是不道德的。为了得到感情的解脱，白梨影想出个"移花接木"的办法，即撮合何梦霞与自己的小姑崔筠倩订了婚。然而何梦霞既不能移情于崔筠倩，白梨影也无法忘情于何梦霞，结果造成了一连串的悲剧——白梨影在爱情与道德的激烈冲突下郁郁而死；崔筠倩因得不到何梦霞之爱而离开了人世；白梨影的公公因感伤女儿、儿媳之死而一病身亡；白梨影的十岁儿子鹏郎成了孤儿。何梦霞为排遣苦闷，先赴日本留学，继又回国参加了辛亥武昌起义（即辛亥革命），壮烈牺牲。

《玉梨魂》不仅描写了一个爱情婚姻悲剧，而且不同于一般的爱情婚姻悲剧。一般的爱情婚姻悲剧都是由封建势力造成的，即由包办婚姻造成的；而《玉梨魂》所写的爱情婚姻悲剧，其原因却是何梦霞和白梨影自身的封建道德。他们既渴望获得恋爱自由和婚姻自主的权利，又不能摆脱封建道德和封建礼教的束缚，两者激烈冲突，造成三死一孤的惨剧。从而揭露了封建道德和封建礼教的影响力是多么巨大，它已深入人们的骨髓，使其不能自拔。因此，它的反封建意义比一般的爱情婚姻悲剧更为深刻。

其实，新文学阵营也不是铁板一块，虽然大多数新文学家对鸳鸯蝴蝶派全盘否定，但也有少数新文学家态度比较客观，他们对鸳鸯蝴蝶派也给予一定的肯定。鲁迅是其中最突出的一位，他不仅认为某些鸳鸯蝴蝶派的悲剧言情小说是"一大进步"，而且不同意某些新文学家对鸳鸯蝴蝶派消极影响的夸大其词。他说：

至于说他流毒中国的青年，那似乎是过虑。倘有人能为这类小说所害，则即使没有这类东西也还是废物，无从挽救的。与社会，尤其不相干，气类相同的鼓词和唱本，国内非常多，品格也相像，所以这些作品也再不能"火上添油"，使中国人堕落得更厉害了。

——《关于〈小说世界〉》，载《晨报副刊》
1923 年 1 月 15 日

这种客观的观点与前述周作人无限夸大鸳鸯蝴蝶派作品能使国民生活陷入"完全动物的状态"乃至"非动物的状态"的观点形成了鲜明对比。当抗日战争爆发后，鲁迅更提倡文学界的抗日统一战线，主张团结鸳鸯蝴蝶派一起抗日。他说：

我以为文艺家在抗日问题上的联合是无条件的，只要他不是汉奸，愿意或赞成抗日，则不论叫哥哥妹妹，之乎者也，或鸳鸯蝴蝶都无妨。但在文学问题上我们仍可以互相批判。

——《答徐懋庸并关于抗日统一战线问题》，
载《作家》月刊第 1 卷第 5 期

鲁迅不仅提倡团结鸳鸯蝴蝶派一起抗日，而且主张新文学派与鸳鸯蝴蝶派在文学问题上"互相批判"，这种平等对待鸳鸯蝴蝶派的度量，也与那些视鸳鸯蝴蝶派如寇仇，必欲置诸死地而后快的新文学家形成了鲜明对比。

对鸳鸯蝴蝶派给予肯定的不只鲁迅，还有朱自清和茅盾。朱自清认为供人娱乐是中国传统小说的特点，因此不赞成将"消遣"作为罪状来批判鸳鸯蝴蝶派小说。他说：

> 在中国文学的传统里，小说……更是小道中的小道，就因为是消遣的，不严肃。不严肃也就是不正经，小说通常称为"闲书"，不是正经书。……鸳鸯蝴蝶派的小说意在供人们茶余酒后的消遣，倒是中国小说的正宗。

——《论严肃》，载《中国作家》创刊号

茅盾也承认鸳鸯蝴蝶派小说也"写家庭冲突，甚至写劳动人民的悲惨生活"。他还从艺术性方面对鸳鸯蝴蝶派小说给予一定肯定。他认为鸳鸯蝴蝶派的有些长篇小说"采用西洋小说的布局法"，如倒叙法、补叙法，以及人物出场免去套语、故事叙述"戛然收住"等等，这一切是对"旧章回体小说布局法的革命"。还认为鸳鸯蝴蝶派的有些短篇小说学习了西洋短篇小说"截取一段人生来描写，而人生的全体因之以见"的方法："叙述一段人事，可以无头无尾；出场一个人物，可以不细叙家世；书中人物可以只有一人；书中情节可以简至只是一段回忆。……能够学到这一层的，比起一头死钻在旧章回体小说的圈子里的人，自然要高出几倍。"（《自然主义与中国现代小说》，载1922年7月10日《小说月报》第13卷第7号）

鲁迅、朱自清、茅盾毕竟属于新文学派，因此他们对鸳鸯蝴蝶派的肯定是有限的。我们应该摆脱成见与束缚，从中国文学史的角度，对鸳鸯蝴蝶派做出客观公正的评价。

三、如何看待冯玉奇的小说

我们澄清了以上有关鸳鸯蝴蝶派的三个问题，等于为介绍冯玉奇的小说提供了一个坐标，也等于为读者提供了一把参照标尺。读者用这把标尺，就可自行评判冯玉奇的小说了。

冯玉奇于 1918 年左右生于浙江慈溪，笔名左明生、海上先觉楼、先觉楼，曾署名慈水冯玉奇、四明冯玉奇、海上冯玉奇。据说他毕业于浙江大学（一说复旦大学）。1937 年九一八事变后寄居上海，感山河破碎，国事蜩螗，开始写作小说以抒怀。其处女作为《解语花》，由上海春明书店出版。出版后旋即由东方书场改编为同名话剧，演出后轰动一时。那时他才十九岁。由此一发而不可收，至 1949 年 7 月《花落谁家》出版，在短短十来年时间里，他创作的小说竟达一百九十多种，平均每年近二十种，总篇幅应该不少于三千万字，只能用"神速"来形容。这时他只有三十一岁。近现代文学史料专家魏绍昌先生（已去世）所编《鸳鸯蝴蝶派研究资料（史料部分）》（上海文艺出版社 1962 年 10 月出版）开列的《冯玉奇作品》目录只有一百七十二种，也有遗珠之憾。不过我们从这一目录中仍可确定冯玉奇是一位以写言情小说为主的通俗小说作家，因为在一百七十二种小说中，言情小说占有一百二十二种，其他小说只有五十种：社会小说三十四种、武侠小说十四种、侦探小说两种。

冯玉奇不仅是一位写作神速且极为多产的通俗小说作家，还是一位热心的剧作家和剧务工作者。早在他二十六岁（1944 年）时，就担任了越剧名伶袁雪芬的雪声剧团的剧务，并为之创作了《雁南归》《红粉金戈》《太平天国》《有情人》《孝女复仇》五大剧本，演出效果全都甚佳。在他二十七到二十八岁（1945～1946）时，又与他人合作，前后为全香剧团和天红剧团编导了《小妹妹》《遗产恨》《飘零泪》《义薄云天》《流亡曲》等二十多个剧本，演出效果同样甚佳。可见冯玉奇至少写过十几个剧本。

冯玉奇一生所写的小说和剧本总计不下两百五十种，总篇幅可能达到四千万字以上，是名副其实的"著作等身"，是当之无愧的中国最多产的作家，号称多产的同派小说家张恨水也难望其项背。当时的文学作品已是一种特殊商品，冯玉奇的小说如此畅销，其剧本演出又如此轰动，这足可以证明其受人欢迎，这就是读者和观众对冯玉奇的评价，它比专家的评价更为准确，也更为重要。遗憾的是，我们无法看到他的剧作和三十岁以后的作品，也不知其晚景如何，卒于何年。

从冯玉奇的生活年代和创作时段来看，他显然是鸳鸯蝴蝶派的后起之秀，所以尽管他作品如此之多，影响如此之大，而同派的老前辈却很少提到他，这也是"文人相轻"的表现之一。

按说要介绍冯玉奇的小说，应该将其全部小说阅读一遍，但我没有这么多时间，也没有这么大精力，因而只向中国文史出版社借阅了《舞宫春艳》《小红楼》《百合花开》三种，全都是言情小说。因此我只能以这三种言情小说为例加以介绍，这可能会犯以偏概全的错误，因此只能供读者参考。

《舞宫春艳》写了两个纠缠在一起的爱情婚姻悲剧故事：苏州富家子秦可玉自幼与邻居豆腐坊之女李慧娟相恋，由于门第悬殊，秦可玉被其父禁锢，二人难圆成婚之梦。不幸李慧娟生下了一个私生女鹃儿，只好遗弃，自己则郁郁而死。鹃儿被无赖李三子收养，长大后卖到上海做伴舞女郎，改名卷耳。中学生唐小棣先是爱上了姑夫秦可玉家的婢女叶小红，不料叶小红失踪，于是移情于卷耳，但无钱为卷耳赎身，两人感到婚姻无望，于是双双吞鸦片自尽。

《小红楼》的故事紧接《舞宫春艳》：曾经被唐小棣爱过的叶小红的失踪，原来也是被无赖李三子拐卖为伴舞女郎，小棣、卷耳自杀后，小红才被救了回来，并被秦可玉认为义女。经苏雨田介绍，与辛石秋相识相恋而订婚。同时石秋的姨表妹巢爱吾也爱石秋，但石秋既与小红订婚在先，便毅然与小红结婚。爱吾为了摆脱难堪的地位，离家出走，下落不明。石秋奉父命赴北平探望二哥雁秋，在火车站被人诬陷私带军火，被军人押到司令部。可巧爱吾此时已成为张司令的干女儿兼秘书，便设法救了石秋一命。但张司令强迫石秋与爱吾结婚，二人既不敢违命，又固守道德，便以假夫妻应付。后来石秋回到家里，终于与小红团聚。

《百合花开》写了两个紧密相关的爱情婚姻故事：二十岁的寡妇花如兰同时被四十二岁的教育家盖季常和十八岁的革命青年盖雨龙叔侄俩所爱，而盖季常的十六岁侄女盖云仙又同时被三十六岁的银行家杨如仁和十九岁的革命青年杨梦花父子俩所爱。经过许多曲折后，终于两位长辈让步，盖雨龙与花如兰、杨梦花与盖云仙同场结婚。

由以上简单介绍可知，冯玉奇的这三种小说共写了五个爱情婚姻故事，其中两个是悲剧结局，三个是有情人终成眷属。这正如鲁迅所说："有时因为严亲，或者因为薄命，也竟至于偶见悲剧的结局……这实在不能不说是一个大进步。"其次，这三种小说的五个爱情婚姻故事，倒有四个是三角爱情婚姻故事，但它们的情况并不雷同。唐小棣、叶小红、卷耳的三角恋是一男爱二女，辛石秋、叶小红、巢爱吾的三角恋是两女爱一男，而盖季常、盖雨龙、花如兰和杨如仁、杨梦花、盖云仙的三角恋更为异想天开，竟然都是两辈嫡亲男人（叔侄、父子）同爱一个女子。可见冯玉奇极有编故事的才能，从而使作品更具吸引力和娱乐性。又次，这三种言情小说的描写极为干净，没有任何色情描写。除了秦可玉与李慧娟有私生女外，其他人都非礼勿言，非礼勿行。如辛石秋与叶小红因婚礼当天石秋之母去世，为了守孝，新婚夫妻在百日之内没有圆房。而辛石秋与姨表妹巢爱吾为了对得起叶小红，虽被张司令强迫成亲，却只做了几天假夫妻。

从表现形式和艺术手法来看，我觉得冯玉奇的小说与当时新文学的新小说都受了西洋小说的影响，基本相同。譬如：两者都突破了传统小说书名的套路，不拘一格，尤其采用了一字书名和二字书名，如冯玉奇有《罪》《孽》《恨》《血》和《歧途》《逃婚》《情奔》等；而巴金有《家》《春》《秋》，茅盾有《幻灭》《动摇》《追

252

求》。两者的对话方式也突破了传统小说的套路，灵活自如：对话既可置于说话者之后，也可置于说话者之前，还可将说话者夹在两句或两段话之间。至于小说的结构法、叙述法与描写法，更是差不多的。譬如人物描写不再是"沉鱼落雁""闭月羞花""倾国倾城"之类的千人一面，景物描写也不再是"落红满地""绿柳成荫""玉兔东升"之类的千篇一律，而加以具体描绘。这里随便举一个例子：

> 小红坐在窗旁，手托香腮，望着窗外院子里放有一缸残荷，风吹枯叶，瑟瑟作响。墙角旁几株梧桐，巍然而立。下面花坞上满种着秋海棠，正在发花，绿叶红筋，临风生姿，可惜艳而无香，但点缀秋色，也颇令人爱而忘倦。

这是《小红楼》对莲花庵一角的景物描绘，虽然算不上十分精彩，但作者通过小红的眼睛描绘了院中的三样东西——风吹作响的"枯荷"、巍然挺立的"梧桐"、正在开花的"海棠"，从而衬托出莲花庵幽静的环境，曲折地表明了时在秋季。频繁使用巧合手法是冯玉奇小说的显著特点，可以说把所谓"无巧不成书"用到了极致。巧合手法有助于编织故事，缩短篇幅，增加作品的吸引力等，但使用过多则时有破绽，有损于作品的真实性。冯玉奇的某些小说也采用了章回体，但只是标题用"第×回"和对偶句，"却说""且听下回分解"之类的套语已不再经常出现，因此并非章回体的完全照搬。况且章回体并非劣等小说的标志，它在我国小说史上发挥过巨大作用，产生过杰出的四大古典小说。因此用章回体来贬低冯玉奇的小说，也是毫无道理的。

冯玉奇的小说也有明显的缺点。它们与其他鸳鸯蝴蝶派小说一样，主要注重小说的娱乐性，而忽视小说的社会性和艺术性，因此没有产生杰出的作品。他是南方人而小说采用北方话，加之写作速度太快，无暇深思熟虑，导致语言不够流畅，用词不够准确，还有许多错别字和语病。还有使用"巧合"法太多，有时破绽明显，这里不再举例。

总而言之，冯玉奇既不是"黄色"和"反动"小说家，也不是杰出小说家，而是一位勤奋多产、有益无害的通俗小说家，他应在中国小说史尤其是中国现代小说中占有一席之地。

2017 年 6 月 4 日于北京蜗居

图书在版编目（CIP）数据

颠倒夫妻·逃婚／冯玉奇著. — 北京：中国文史

出版社,2018.3

（民国通俗小说典藏文库·冯玉奇卷）

ISBN 978 – 7 – 5205 – 0009 – 8

Ⅰ. ①颠… Ⅱ. ①冯… Ⅲ. ①长篇小说 – 中国 – 现代

Ⅳ. ①I246.5

中国版本图书馆 CIP 数据核字（2018）第 010527 号

点　　校：清寒树　旷　野

责任编辑：牟国煜

出版发行：**中国文史出版社**

网　　址：http://www. chinawenshi. net

社　　址：北京市西城区太平桥大街 23 号　邮编：100811

电　　话：010 – 66173572　66168268　66192736（发行部）

传　　真：010 – 66192703

印　　装：廊坊市海涛印刷有限公司

经　　销：全国新华书店

开　　本：720 × 1020　1/16

印　　张：16.5　　　字数：209 千字

版　　次：2018 年 3 月第 1 版

印　　次：2018 年 3 月第 1 次印刷

定　　价：49.80 元